죽은 자들의 포도주

Le vin des morts
by Romain GARY
Copyright © Éditions Gallimard 2014
Korean translation copyright © Maumsanchaek 2018

This Korean edition was published
by arrangement with Éditions Gallimard
through Sibylle Books Literary Agency.

이 책의 한국어판 저작권은 시빌 에이전시를 통해
프랑스 Gallimard사와 독점 계약한 마음산책에 있습니다.
저작권법에 의해 한국 내에서 보호를 받는 저작물이므로
무단 전재 및 무단 복제를 금합니다.

■ 이 도서의 국립중앙도서관 출판예정도서목록(CIP)은
서지정보유통지원시스템 홈페이지(http://seoji.nl.go.kr)와
국가자료공동목록시스템(http://www.nl.go.kr/kolisnet)에서 이용하실 수 있습니다.
(CIP제어번호: CIP2018040952)

죽은 자들의 포도주

로맹 가리

장소미 옮김

마음산책

죽은 자들의 포도주

1판 1쇄 인쇄 2018년 12월 15일
1판 1쇄 발행 2018년 12월 20일

지은이 | 로맹 가리
옮긴이 | 장소미
펴낸이 | 정은숙
펴낸곳 | 마음산책

편집 | 이승학 · 최해경 · 최지연 · 이복규   디자인 | 이혜진 · 최정윤
마케팅 | 권혁준 · 김종민   경영지원 | 박지혜

등록 | 2000년 7월 28일(제13-653호)
주소 | (우 04043) 서울시 마포구 잔다리로 3안길 20
전화 | 대표 362-1452 편집 362-1451   팩스 | 362-1455
홈페이지 | http://www.maumsan.com
블로그 | maumsanchaek.blog.me
트위터 | http://twitter.com/maumsanchaek
페이스북 | http://www.facebook.com/maumsanchaek
전자우편 | maum@maumsan.com

ISBN 978-89-6090-558-0 03860

* 책값은 뒤표지에 있습니다.

삶은 죽음의 패러디에 불과하다.

■ 참고 사항 ■

『죽은 자들의 포도주』 원본은 331페이지로 구성된 로맹의 육필 원고로
서 분절이나 장 구분이 되어 있지 않다. 본 판본은 몇몇 철자법 교정을 제외
하고는 거의 삭제 없이 본래의 원고가 준수되었다.

　이 혼합 양식의 원고에서는 소설을 구성하는 일련의 짧은 이야기들이 확
연히 구분된다. 때로는 삽입의 형식을 띠기도 하는 이 짧은 이야기들은 총
서른일곱 가지*인데, 튤립의 기나긴 지하 묘지 여정을 따르다 보면 모든 이
야기가 장을 이루지는 않는다. 따라서 독서가 더욱 편안할 수 있도록 원고
의 호흡을 나눌 필요성이, 즉 지하 묘지 여정에 따라 이야기를 구분할 필요
성이 대두된다. 이것이 우리가 본 판본을 22장으로 구분한 뒤 대개 각 장에
서 발췌한 내용으로 소제목을 단 이유다.

필리프 브르노Philippe Brenot(편집자)

*　1. 카드놀이하는 사람들 / 2. 장관의 시중꾼 / 3. 거인 경찰 / 4. 두 경찰 / 5. 홀쭉
한 해골과 땅딸막한 해골 / 6. 본초 중위 / 7. 창녀와 그의 딸 / 8. 여자를 잘못 찾아
들어간 남자 / 9. 세 매춘부 수녀 / 10. 가스 협박 / 11. 망친 사진 / 12. 무명 병사 / 13.
조제프 씨 / 14. 성배 도난 / 15. 무죄판결을 받은 소아성애자 / 16. 매음굴의 경찰들 /
17. 포주 수녀들 / 18. 볼가강의 뱃노래 / 19. 신을 용두질해주는 수도사들 / 20. 난방
기에 낀 페니스 / 21. 하얀 콜롱빈 / 22. 죽은 자를 자백시키는 방법 / 23. 감기에 걸린
코 없는 시체 / 24. 화장실 제막식 / 25. 참호 속의 동료 / 26. 양주 부인과 악취 / 27.
창녀와 장의사 / 28. 어린아이와 그리스도와 성냥 / 29. 주정뱅이의 연설 / 30. 아나스
타즈 삼촌 / 31. 시체의 출산 / 32. 임신한 만돌린 / 33. 이녜스 델 카르멜리토 / 34. 신
의 어지 / 35. 머리들이 싸움 / 36. 죽은 자들의 포도주 / 37. 뜨겁게, 유방이여, 뜨겁게!

이것은 마지막 투쟁
모두 모이자, 내일의 주인공은
국경을 넘어
인류일 것이니!

- 일러두기

1. 이 책은 로맹 가리의 첫 번째 장편소설 『Le vin des morts』(Gallimard, 2014)를 우리말로 옮긴 것이다. 초고는 1937년 로맹 카체프Romain Kacew로 탈고되었으나 오랫동안 출판되지 못했고, 이 책이 첫 판본이다. 이 판본은 정신과 전문의이자 인류학자로 레스프리 뒤 탕 L'esprit du Temps 출판사의 문학 디렉터인 필리프 브르노Philippe Brenot의 편집을 거쳤다. 이에 관한 내용은 첫머리에 실은 「참고 사항」에서 언급했다.

2. 외국 인명·지명·독음 등은 외래어표기법을 따르되 관용적인 표기와 동떨어진 경우 절충하여 실용적 표기를 따랐다.

3. 원주와 옮긴이 주 모두 글줄 상단에 맞추어 작게 표기하거나 각주로 달되 원주는 따로 밝혔다.

4. 신문, 잡지, 공연, 강연, 노래, 방송 프로그램 등의 제목은 〈 〉로, 단편과 기사 제목은 「 」로, 희곡과 장편, 책 제목은 『 』로 묶었다.

죽은 자들의 포도주

사기 치지 마!

튤립은 묘지의 철책을 기어올라 건너편으로 철퍼덕 떨어졌다. 구시렁거리며 몸을 일으킨 그는 휘우뚱거리며 걷다가 십자가에 부딪쳤고 넘어지지 않기 위해 죽기 살기로 매달렸다.

"사기 치지 마!"

껄센 목소리가 돌연 지척에서 울렸다.

기겁한 튤립이 십자가를 놓은 채 어둠 속에서 껑충 튀어 올랐다.

"사기 치지 마!"

같은 목소리가 역정을 내며 되풀이했다. 튤립은 우는 소리를 냈다.

"무슨, 대체 내가 무슨 사기를 쳤다고?"

잠시 침묵이 흘렀다. 이윽고 목소리가 다시 선명하게 들렸다.

"사기 치지 말라고. 알아들어?"

튤립은 울부짖었다.

"아니, 아니! 난 사기 친 적 없소!"

이번에는 침묵이 좀 더 길었다. 아까의 목소리가 의심쩍은 듯 물었다.

"이게 뭔 소리지? 무슨 소리 못 들었어, 조?"

다른 목소리가 무심하게 대꾸했다.

"대체 뭘 원해, 짐? XX단어 누락. 원고의 이 부분이 훼손되었다—원주나 그 비슷한 거겠지. 더구나 난 아무 소리도 못 들었다고!"

겁에 질린 튤립은 더는 감히 숨도 쉬지 못한 채 그 자리에 얼어붙었다. 머리칼이 곤두섰고 무릎은 덜덜 떨렸으며 이가 딱딱 맞부딪쳤다.

첫 번째 목소리가 돌연 역정을 내며 말을 이었다.

"이런, 젠장맞을! 사기 치지 말랬지, 조. 추잡스럽다고!"

두 번째 목소리가 차분하게 대꾸했다.

"네 상소리를 듣고 있기가 여간 곤혹스러운 게 아니야, 짐! 살아 있을 때도 이미 골백번 상스러웠지만 죽어서까지 그 타령이라니, 창피한 줄 알라고!"

까무러치기 일보직전의 튤립이 꽥꽥거렸다.

"사람 살려!"

그는 무작정 내달리다가 어딘가로 빨려들었다. 균형을 잃었고, 무언가를 필사적으로 붙들었지만 이것이 의지할 만한 것이 아닌 듯했다. 왜냐하면 공포에 질려 짧고 발작적인 괴성을 지르며 그대로 엎어졌기 때문이다. 얼굴이 바닥에 부딪쳤지만 아픔이 느껴지지 않았다. 그는 무릎을 세워 몸을 벌떡 일으켰다가 다시 움츠렸다. 벌어진 입에서 금방이라도 비명이 튀어나올 듯했다. 탁자 비슷한 것 위에 놓인 양초 불빛이 사위를 희미하게 밝혔다. 탁자 모양이 기이함을 넘어 음산했다. 여북하면 튤립이 울부짖는 것도 잊고서 입을 헤벌린 채 눈을 껌뻑거리며 멍하니 그것을 바라보았을까. 탁자의 상판은 어느 모로 보나 관 뚜껑임이 분명했다. 하지만 무엇보다 튤립을 충격에 빠뜨리고 어안이 벙벙하게 만든 것은 다리, 네 개의 탁자 다리였다. 말이야 바른 말이지, 그것들은 다리가 아니라 정강뼈였다. 땅에 박힌 네 개의 정강뼈. 탁자는 그저 그 위에 관 뚜껑을 얹은 것과 다름없었다.

"내 뭐랬어, 조. 틀림없이 저 위에 누군가 있다고 했지? 아마 너도 나처럼 귀를 기울였다면 알 수 있었을 거야. 하지만 넌 사기 치는 데 정신이 팔려 미처 들을 새가 없었지!"

발화자는 노쇠할 대로 노쇠했고 쭈그러들 대로 쭈그러들었다. 기다란 허연 수염이 얼굴을 뒤덮어 뾰족한 콧날만 빼꼼히 드러났고, 왜소하고 비쩍 마른 몸에 걸친 유행 지난 외투와 꼭 끼는 바지는 둘 다 똑같이 빛바랜 푸르스름한 색이었다. 옷 주인은 행여 옷들이 손상될까 두렵다는 듯 극도로 조심스럽게 행동했는데, 동작 하나하나가 어찌나 느리고 엄숙한지 어느 면으로는 다소 우스꽝스러웠다. 튤립은 어안이 벙벙하여 좀처럼 눈을 떼지 못한 채 늙은이를 지켜보았다. 튤립의 눈길이 거북살스러웠을까? 늙은이가 쉰 목소리로 호령했다.

"왜 그리 사람을 빤히 쳐다보나, 젊은이? 혹시 신사를 난생처음 보나?"

노인네의 말을 이해하지 못한 튤립은 한동안 그를 바라본 뒤에야 비로소 새된 웃음을 터뜨렸다.

"흐흐흐!"

튤립이 몸을 뒤틀었다.

"호호호!"

계제에 맞지 않는 명랑함이 작달막한 노인네의 화를 북돋았다. 그가 성을 내며 외쳤다.

"목을 매고 싶어, 조. 어쨌든 이번에는 옷이 손상되지 않도록 너무 거친 행동은 삼가야겠지만. 목을 매고 싶어, 조. 저 뻔뻔이가 코가 비뚤어지도록 취한 게 아니라면, 내 얼굴을 비웃는 거라면. 내 모자지, 조, 내 모자지! 목을 매달고 싶어, 조. 저치가 날 보며 킬킬거리는 거라면!"

"세상 누구도 절대 두 번 목을 매지는 못해, 짐. 누구도 절대 두 번 목을 매지는 못해……."

음산한 암시로 가득한 이 지적의 주인공은 작달만한 첫 번째 늙은이의 완벽한 복사판이었다. 이 인물 또한 극도로 작고 비쩍 말랐으며 동료와 똑같은 외투와 똑같은 꼭 끼는 바지를 입었다. 똑같이 얼굴을 뒤덮은 허옇고 가느다란 수염이 한 마디 한 마디 말을 할 때마다 기이하게 흐늘거렸다.

"그따위 돼먹지 못한 지적질이나 하려거든 차라리 저 젊은 놈이 왜 여기 와서 우리의 멋들어진 탁자와 카드에 흙탕물을 뿌려대는지 물어보면 어때? 그래, 그게 바로 네가 할 일이야, 조! 하지만 우리의 가련한 어머니가 널 낳아준 이후로 넌 늘 우리의 바람과 어긋나는 일만 했어, 조!"

"대체 뭘 바라, 짐. 하잘것없는 가련한 놈일 뿐인 나한테……. 이럴 게 아니라 저 젊은 놈한테 직접 말을 걸어보면 어때?"

두 작달만한 늙은이가 똑같은 얼굴을 튤립 쪽으로 돌려 똑같이 매섭게 그를 주시했다. 당황한 튤립이 딸꾹질을 했다.

"나 말이오? 딸꾹. 나? 딸꾹. 난 그저…… 여기서 밤을 보내고 싶을 뿐이오!"

"들었어, 조? 저치 얘기 들었냐고?"

"응, 짐, 들었고말고."

"어떻게 생각해, 조? 정말 기막혀서! 내가 죽은 이래 들어본 중 제일 웃긴 말이야!"

"나도 저렇게 웃긴 말은 들어본 적이 없어, 짐."

"우리 저치가 여기서 밤을 보내게 해줄까, 조?"

"그러게, 짐, 그러게……."

"정말 기막혀서! 조, 우리 아무것도 하지 말자. 아니지, 그보다는 저치가 당장 줄행랑치게 해주면 어떨까? 그럴 수 있고말고, 조. 어때, 내 생각이?"

"아무렴, 짐, 아무렴!"

두 작달막한 늙은이가 동시에 성큼 한 발을 내디뎠다. 튤립은 감히 몸을 움직일 엄두조차 내지 못했다. 두 늙은이가 한 발을 더 내디뎠다. 튤립은 여전히 미동도 하지 못했다. 두 늙은이가 돌연 두 손을 들어 각자의 머리를 어깨에서 능숙하게 빼내더니 나란히 튤립 쪽으로 내밀며 코앞에 들이댔다.

"우우! 우우! 우우!"

그들의 손에 들린 두 머리가 쉰 목소리로 세 번 합창했다. 둘 다 왼쪽 눈은 감고 오른쪽 눈은 크게 뜬 채 시커멓고 뻣뻣한 혀를 내밀고 있었다. 그들의 수염이 일제히 빠르게 흔들거렸다. 우우! 우우! 우우!

"사람 살려!"

튤립이 울부짖었다. 그는 데구루루 굴러 곧장 내달리다가 고양이 지린내가 풍기는 어둡고 눅눅한 복도 같은 곳에 들어섰다. 두 작달막한 늙은이의 모습은 더 이상 보이지 않았지만 말소리는 여전히 들려왔다.

"우리의 소박한 공연 효과가 기대 이상이야, 조! 겁을 잔뜩 집어먹은 꼴이라니. 아마 당분간은 우리를 다시 귀찮게 하러 오지 못할걸!"

"그렇고말고, 짐, 그럴 거야. 단단히 놀라 까무러치는 것 같던걸. 카드놀이나 계속할까?"

"아무렴, 조, 그러자고!"

두 목소리가 잠시 잠잠하더니 이윽고 다시 말소리가 들렸다.

"이런, 젠장맞을! 또 사기 치기 시작하는 거야, 조? 정말이지 역겹군!"

"누가 사기를 쳤다는 거야, 짐. 착각도 유분수지!"

"어디 소매 좀 보여봐, 조. 내 장담컨대 거기 에이스를 감췄다고!"

"틀렸어, 짐, 틀렸다고! 잘 봐, 이건 킹이야!"

"정말이지 미치게 네 엉덩짝을 차주고 싶구나, 조. 그래, 정말이야, 미치게 그런 감정이 들어!"

"이런 말 미안하지만…… 지독하게 상스러운 감정이야, 짐!"

"그렇든 말든 조, 감정대로 하지 못할 이유가 없다는 생각이 들어!"

"음…… 굳이 일깨워줄 필요도 없겠지만, 네가 감히 발을 들어올리지 못하리라는 것은 기정사실이야, 짐. 넌 네 멋쟁이 바지가 찢어질까 두려워 늘 벌벌 떠니까!"

두 목소리가 멀어지다가 잦아들고⋯⋯ 침묵이 내려앉았다.

거인 경찰

튤립은 계속해서 덮쳐오는 어둠 속을 폭풍우를 만나 속수무책인 범선처럼 휘우뚱거리며 불안한 목소리로 떠듬거렸다.

"원, 별 희한한 꼴을 다 당했네…… 마누라한테 얘기하면 절대 믿지 않을 거야…… 또 술을 퍼댔느냐는 소리나 듣겠지! 그 모든 게…… 언뜻 떠올리기만 해도…… 오줌이 절로 찔끔거려…… 맙소사, 하기는 오줌뿐이겠어! 절대 생각을 말아야지…… 절대 깊이 생각하면 안 돼…… 그랬다간 지독한 고통에 시달리다가…… 금세 죽어버릴 수도 있어…… 허무하게…… 꺼억!"

그는 손바닥에 대고 트림을 했다.

"마누라가 예전에 방을 세줬던 작자가 떠오르는군…… 아주 멋진 구레나룻을 길렀더랬지…… 어느 이름난 장관의 시중꾼이었는데…… 그 작자가 들려준 장관 얘기…… 장관이 무시무시하게 살쪄버린 얘기…… 장관이 그야말로 민망할 정도로…… 엄청나게 뚱뚱해졌다고 했지…… 돼지마냥! 장관은 더는 감히 공식 석상에 나서지 못했고…… 사람들은 장관을 멸시했어…… 비아냥거리고 떠들썩한 야유를 보냈지. '우우! 도둑놈! 사리사욕

만 채우는 놈! 물러나라! 홀딱 벗겨 쫓아내! 우량 가축 대회에 내보내자! 저 살이 죄다 우리의 피야!' 장관은 결국 의사를 불렀어…… 의사가 장관을 진찰했지…… 머리도 만져보고…… 맥박도 재고…… 온몸 구석구석 쿵쿵거리다가…… 입 냄새도 맡고…… 심장박동도 듣고…… 똥구멍에 손가락도 넣어봤지! 의사가 말했어. '옳거니, 그거야! 별거 아닙니다! 의심의 여지가 없어요! 아주 쉬워요! 간단해요! 그저 매일 아침 15분 동안 명상만 하면 금방 낫습니다…… 공복 상태로요! 그거면 끝이에요! 단, 절대 15분을 넘기지 마세요! 어떤 구실로도, 어떤 경우에도 어기면 안 됩니다! 그러지 않으면…… 어떤 부작용이 생길지 몰라요…… 코가 마비될 수도 있고…… 그보다 더한 재앙이 닥칠 수도 있어요. 급성에 치명적인!' 이튿날 장관이 시중꾼을 불렀어…… 시중꾼이 계단을 올라…… 장관의 방으로 들어갔지…… 구레나룻 얼굴로! '아침 가져와, 로돌프…….' '장관님, 잊으셨습니까? 우선 명상부터 하셔야지요…… 15분간…… 그 뒤에 식사하십시오!' 로돌프가 방을 나가…… 계단을 내려갔어…… 구레나룻 얼굴로…… 별안간 비명이 들리는 거야! 자지러지는 소리가! 갈라지는 소리가! '망할!' 로돌프는 구시렁거리며 장관의 방으로 들어갔어…… 구레나룻 얼굴로. 방 안에서 어떤 일이 벌어졌을까? 장관이…… 바닥에 쓰러져…… 울부짖고 있었어…… 피를 질질 싸면서…… 끔찍했지! '로돌프! 죽을 것 같아! 역전패당했어! 표결에서 밀렸다고! 이제 끝장이야! 응급처치를…… 너무 늦었어!' 장관은 영영 밥숟가락을 놓고 말았지…… 입을 헤벌린 채! 장관 부인이 의사를 고소했어…… 그러고 승소했지……

심각하고…… 막중한…… 직업적 과실이라는 이유로! 전문가들이 죄다 같은 의견이었어…… 15분간 공복은 과했다는 거였지! 일단 10초부터 시작해서…… 시간을 늘렸어야 한다나…… 조금씩…… 차차…… 그래도 절대 2분을 넘겨선 안 되고! 사정이 이럴진대 15분이라니…… 문자 그대로 살인이었지!"

튤립은 문득 어두운 복도 한쪽으로 난 막다른 골목의 문 앞에 이르렀다. 문 옆의 묘석 위에 거인 경찰이 앉아 있었다. 배가 불룩하고 전신이 털로 뒤덮인 일종의 괴물로 위로 훌쩍 솟은 키만큼이나 옆으로도 넓게 퍼져 있었다. 그의 손에 들린 양초가 어둠 속에 노르스름한 불빛을 퍼뜨렸다. 그는 지하 묘지의 벽에 분필로 쓰인 '금연'이라는 글자 바로 밑에서 짤막한 파이프를 피웠다. 옷이라고는 빛바랜 옛 경찰모와 심하게 좀이 슨 자그마한 망토가 전부였는데 이것으로는 견갑골만을 덮을 수 있을 뿐 울룩불룩하고 푸르스름한 신체의 나머지 부분이 훤히 드러났다. 밑창이 벌어진 무겁고 너덜거리는 군화 밖으로 아무렇게나 비어져 나온 놀랍도록 기다란 발가락들 또한 거의 이끼로 뒤덮였다.

"딸꾹!"

튤립이 겁에 질려 딸꾹질을 했다. 경찰은 튤립은 거들떠보지도 않은 채 야수같이 사납게 목덜미를 긁적거리다가, 화를 내며 바들거리는 무언가를 꺼내어 엄지와 검지로 들어 올렸다.

"잡았다!"

그가 매캐한 연기 구름을 내뿜으며 흡족한 듯 으르렁댔다.

"네놈에게 저주가 내리기를!"

포로가 악을 썼다.

"1991마리!"

경찰이 장화로 포로를 단칼에 짓이기며 쩌렁쩌렁 울리도록 외쳤다.

"딸꾹!"

튤립이 겁에 질려 딸꾹질을 했다. 경찰은 여전히 그를 거들떠보지도 않은 채 더욱 사납게 가슴팍을 긁어댔다.

"1992마리!"

경찰이 다시 한 번 검은 연기를 튤립의 눈앞에 뿜어대며 외쳤다. 경찰은 가슴팍에서 손을 꺼내더니 자신의 두 손가락 사이에서 길길이 날뛰며 분노하는 포로를 더없이 흥미롭다는 듯 관찰했다. 그가 의기양양해하며 말했다.

"내가 잡았어, 안 그래?"

"머저리!"

포로가 악을 썼다.

"망할 놈!"

경찰이 장화로 포로를 단칼에 짓이기며 울부짖었다.

"딸꾹!"

튤립은 딸꾹질을 했다. 그는 주머니에서 담배꽁초를 꺼낸 다음 양초를 향해 발끝을 들어 올리며 머뭇머뭇 웅얼거렸다. 경찰에게 말을 붙이려는 시도였다.

"담뱃불 좀 빌립시다."

"1993마리!"

경찰이 배꼽에서 또 다른 포로를 꺼내더니 한 발을 쳐들어 올리며 고함쳤다.

"내 부러질지언정 꺾이진 않을 테다!"

작은 벌레가 의연하게 외쳤다.

"네 뜻이 정히 그렇다면!"

경찰이 벌레를 으스러뜨리며 으르렁댔다.

"신이시여!"

벌레가 저세상으로 떠나며 부르짖었다. 튤립이 딸꾹질을 했다.

"딸꾹! 불 좀! 불 좀 빌려주시오!"

경찰이 흠칫했다.

"어라? 이건 뭐지?"

경찰이 팔을 뻗어 튤립의 목을 잡고는 번쩍 들어 올려 냄새를 맡느라 킁킁거리더니 벌레들이 우글거리는 자신의 눈가로 가져 갔다. 튤립은 거인의 손가락 사이에서 버둥거리며 우는 소리를 냈다.

"엄마야!"

"지독히도 흉측하군!"

경찰이 평가를 내리고는 튤립을 땅에 내팽개치더니 그대로 짓 뭉개기 위해 한 발을 들어 올렸다. 하지만 발을 내리지 않고 허공에 치켜든 채로 등을 긁다가 손을 꺼내며 울부짖었다.

"1995마리!"

포로가 악을 썼다.

"독재 타도!"

벌레가 이어 몇 마디 덧붙일 기세였지만 거인이 단칼에 으스러 뜨림으로써 저지했다.

튤립은 더듬거리며 물었다.

"부…… 불 좀, 불…… 좀…… 있소?"

경찰이 경멸 어린 눈초리로 튤립을 흘긋 보더니 음산한 연기 구름을 토하며 일갈했다.

"여긴 금연이야!"

경찰이 바로 이어 외치며 발을 쾅 굴렀다.

"1996마리!"

포로가 숨을 거두며 외쳤다.

"내 이름은 집단이다!" 『마가복음』 5장 인용. 묘지에서 집단 귀신이 들린 자가 예수 앞으로 나와 괴로움을 호소하자 예수가 "네 이름이 무엇이냐"라고 묻고 그가 "내 이름은 집단입니다. 우리는 여럿이기 때문입니다"라고 답한다. 이에 예수가 귀신 무리에게 그 사람에게서 나오라고 말하자 귀신들이 그의 몸에서 빠져나와 근처 산에 있던 돼지들에게 빙의하고, 놀란 돼지들은 그대로 강물에 뛰어들어 익사한다.

튤립은 호주머니 속에 담배꽁초를 미끄러뜨리고는 용기를 쥐어짜 길을 가로막은 거인 경찰의 다리로 기어올랐고, 그대로 추락해 목이 부러지는 일이 없도록 경찰의 다리털을 꽉 움켜쥐었다. 그는 안전하고 무사하게 경찰의 다리를 통과한 뒤 이마에 맺힌 식은땀을 닦고는 녹슨 문을 밀었다. 오른쪽 눈으로 침 한 줄기가 거칠게 날아와 꽂혔다.

"뭐 하는 짓이오?"

튤립이 소스라쳤다. 작고 친절한 인상의 사복 경찰 두 명이 서로의 팔짱을 낀 채 관 위에 앉아 있었다. 자유로운 다른 쪽 손에는 각각 양초를 들었다. 그들의 옷차림은 무심하다 못해 불량하기까지 했다. 한껏 편안하려는 듯 조끼 단추는 채우지 않고 허리띠도 푼 채였다. 통통한 얼굴엔 죽은 자의 얼굴에서 절대 피어

날 수 없는 최고조의 희열과 더할 수 없이 평온한 기쁨이 흘렀다. 그들은 호탕한 웃음을 합창으로 터뜨렸다. 다소 새된 목소리가 섞여들긴 했지만 그래서 더욱 유쾌하기도 했다. 실크해트도 그들의 행복감에 완전히 동화되어 그들의 정수리에서 흥겹게 덩실거렸다.

"대체 뭐 하는 짓이오?"

튤립이 눈을 꼼꼼하게 닦아내며 재차 물었다. 두 사복 경찰 중하나가 설명했다.

"그러니까 보시다시피 우리는 지금…… 아야!"

그가 재빨리 몸을 굽혀 발을 긁었다. 다른 경찰이 물었다.

"잡았어?"

처음의 경찰이 긍정했다.

"잡았어! 이번에도 아주 멋진 놈으로다!"

그가 노란 양초 불빛 가까이로 손을 가져갔다.

"내 아들! 내 아들!"

"내 아우!"

"제발 자비를!"

"나의 연인!"

경찰의 배 속에서 울려 나오는 듯한 목소리들이 부르짖었다.

"용기를 잃지 말아요, 오, 동지들이여! 난 여기서 끝이지만…… 내가 이놈 손에 오줌을 갈겨줬다는 사실만은 기억하길!"

벌레가 목소리들에게 고결하게 외치고는 마지막 도전인 양 타다닥 타는 소리와 함께 불길로 뛰어들었다.

"이번에도 아주 멋진 놈이었어. 분명 우두머리 중 하나였을 거야!"

첫 번째 경찰이 되풀이하여 외쳤다.

"흥! 나한테 붙은 놈들은 그보다 더 길쭉하고 실하다고. 자,
봐!"

그의 동료가 턱 밑에서 무언가를 잡아 불꽃 위로 들어 올리며
외쳤다.

"자유여, 오, 자유여!"

벌레가 비통한 마지막 경련을 일으키며 외쳤고 그 즉시 노란
불길 속에서 타들어갔다. 첫 번째 경찰이 인정했다.

"아닌 게 아니라 꽤 실하군! 하지만 나한테 붙은 놈들은 기민
한 데다 침투력이 막강해. 게다가 어찌나 기막히게 고루 분포됐는
지 특히 간하고 심장 쪽에……."

그가 말을 멈추고 물었다.

"잡았어?"

"잡았고말고! 오늘 밤은 도무지 실패란 없군! 유난히 펄펄 나
는 기분이랄까!"

그가 양초 위에서 손가락들을 비비며 은근하게 물었다.

"흥분돼?"

벌레가 불길 속에서 버둥거리며 증오심에 불타 외쳤다.

"흥분되고말고! 아으으! 좋아라! 하지만 괜찮아. 우리가 네놈
을 잡고 말 테니까!"

첫 번째 경찰이 다시 튤립 쪽을 돌아보며 차분하게 말했다.

"아까 무슨 짓이냐고 했던가? '자유' '평등' '박애', 여기 이 문
에 쓰인 세 단어가 보이나? 우리 중 누가 먼저 이 글자들을 침으

로 완전히 뒤덮나 내기 중이었소. 무해한 게임이지. 안 그렇소?"

튤립은 어물쩍 대답을 회피했다.

"거야 두고 봐야지! 내 마누라가 예전에 방을 세줬던 한 작자가 못된 버릇이 있었소. 늘 아무 데나 침을 뱉었는데 꼭 뭔가를 겨냥했지…… 당신네들이나 나마냥 평범하게 침을 뱉는 게 아니라 1, 2미터 거리까지 침을 날려버릴 수 있었으니까……."

튤립은 입을 오물거리며 침을 모아 첫 번째 경찰의 한쪽 눈을 조준한 뒤 퉤 날렸다. 경찰이 가소로워하며 말했다.

"초짜 중의 초짜군! 이건 어떤지?"

경찰은 공중에 침을 퉤 뱉더니 혀로 그것을 받아 다시 뱉었고, 그의 동료가 이것을 공중에서 패스하여 혀로 돌려 감아 다시 뱉었다. 그들은 같은 식으로 한두 번 더 침을 주거니 받거니 하다가 튤립에게 날렸다. 튤립이 이것을 받아 다시 퉤 뱉자 첫 번째 경찰이 되받아 삼켰다. 그가 으스대며 말했다.

"봤지? 이게 우리야. 우리 경찰들!"

튤립이 인정했다.

"제법이군! 하지만 내가 말한 그 작자한텐 못 당해! 예컨대 그 작자는 납 구슬 몇 알을 입에 머금었다가 퉤 뱉어 하늘을 나는 비둘기도 가뿐히 때려잡았거든…… 게다가 그저 단순한 침 뱉기 고수가 아니라 공익성이 인정된 프랑스 침 뱉기 협회장인 동시에 검사장이었어! 그자가 한번은 재판 중에 변호사가 아가리를 커다랗게 벌린 채 피고의 결백을 변론하고 있을 때 문득 충동에 사로잡혔지…… 나중에 난롯가에서 내 마누라한테 이렇게 설명하더군. '걷잡을 수 없는 충동이었소! 나도 모르게 벌떡 일어날 정도로! 난 눈을 감았소! 정확히 조준하고는 그자의 이 사이로 침을 쏘아주었소! 이후에는 신들린 듯 여기저기 침을 뱉었소! 모든 것에! 쉴 새 없이! 연속으로! 피고를 향해! 배심원들을 향해! 배석판사들을 향해! 청중을 향해! 그야말로 홍수였소! 폭우! 격랑! 아직도 자리에서 일어나 재판장의 정수리에 멋들어진 침을 철썩 꽂아놓는 내 모습이 눈에 선하오. 재판장은 대머리였소! 그야말로 다시없을 아름다운 한 방…… 독보적인 한 방이었지! 난 6개월 형을 언도받았소…… 경력은 날아가고…… 인생도 엉망이 되었지…… 재앙이었소!' 잠시 실례 좀?"

튤립은 예의를 갖춰 두 경찰의 주위를 돌았다. 뒤에서 목소리 하나가 말했다.

"슬픈 얘기요! 그건 그렇고…… 퉤! 아무래도 놓친 것 같아, 토토."

"그래, 쥘로, 그래, 놓쳤어. 이번엔 내 차례야…… 퉤!"

끼익 소리를 내며 문이 열리더니 복도에서 검은 연기 구름이 스멀스멀 밀려들었다. 거인 경찰이 문틈으로 거대한 머리를 들이밀려고 했지만 허사였다. 그가 쩌렁쩌렁 울리는 목소리로 고함쳤다.

"1998마리! 1999마리…… 오늘 밤은 이만하면 됐어. 나중에 우리 가련한 성녀 마누라가 싹 다 치우고 닦을 테니까…… 2000마리!"

포로가 거인의 장화 밑에서 숨을 거두며 영웅적으로 외쳤다.

"의로운 투쟁에서 숨진 이들이여 행복하여라!"

"딸꾹!"

튤립은 딸꾹질을 했다.

"퉤!"

두 사복 경찰이 합창으로 침을 뱉었다. 이번에는 정확하게 조준했다. 거인 경찰의 양쪽 눈에 침이 옹골차게 꽂혔다. 그가 욕설을 내뱉으며 보복으로 특별히 역겨운 구름 연기를 한바탕 뿜어대고는 후퇴했다. 두 사복 경찰은 자신들의 성과에 만족한 듯했다. 왜냐하면 관 위에서 일어나 서로의 입에 키스하며 다정하게 얼싸안은 채 양초를 입으로 후 불어 끄고는 조용히 관 속으로 미끄러져 들어갔기 때문이다.

창피스러워라!

튤립은 그곳을 떠나 지하 묘지의 출구를 찾겠다는 일념으로 어둠 속을 더듬더듬 걸어 나갔으나 좀처럼 희망이 보이지 않았다. 전진하던 튤립 앞에 작은 골방 입구가 불쑥 모습을 드러냈다. 둥근 천장에 매달린 기름칠한 해골 머리통이 골방을 밝혔다. 하단은 견고하지만 절단 상태는 엉성한 두 개의 관 위에 각각 해골이 하나씩 앉아 있었다. 하나는 호리호리했고 다른 하나는 땅딸막했다. 호리호리한 해골이 냄비를 닦으며 이야기를 했고 땅딸막한 해골은 금이 가고 더러운 접시를 정성껏 닦으며 상대의 말을 경청했다.

"생각해봐요, 그러니 남자가 뭐라고 했겠나. '이 역겨운 년! 화냥년! 창녀! 매춘부!' 그러고는 한 대 칠 기세로 주먹을 쳐들었어요……."

땅딸막한 해골이 분개하며 소리쳤다.

"창피스러워라!"

"그렇다니까요. 하지만 정말로 때리지는 않았죠. 여자가 남자 발치에 누더기처럼 엎어져 무릎에 키스했거든요. 나와 시도니

는 복도에서 그 꼴을 보다가 배꼽을 잡았지 뭐예요! 이윽고 여자
가 흐느껴 울더라고요. '그래, 그렇게 해. 날 박살 내, 내 사랑! 뭐
든 좋으니 제발 당신 곁에 있게만 해줘!' '그럴게!' 남자가 고함치
더니 해골을 주워 들어 빡! 박살 냈어요. 여자가 황홀해했죠. '그
래! 바로 그거야! 날 또 박살 내! 더 세게 박살 내! 세상에서 가
장 소중한 가엾은 내 사랑, 내 자기!' 그러자 남자가 더는 여자를
박살 내지 않고 외려 일어나도록 부축해주더라고요……."

땅딸막한 해골이 소리쳤다.

"창피스러워라!"

"그렇다니까요. 남자가 탄식했죠. '불쌍한 내 아기! 내가 널 아
프게 하다니!' 여자가 요란스럽게 흐느끼면서 눈물을 흘리는 사
이사이 다 죽어가는 소리로 중얼거렸어요. '날 으스러뜨려! 내가
네 가엾고 관대한 심장을 박살 냈잖아!' 남자가 머리를 세차게 도
리질 쳤어요. 자기의 심장은 전혀 박살 나지 않았다는 듯, 그 안
에 아직 관대함이 있다는 듯. 그러더니 새끼 강아지마냥 가만히
울다가 여자의 손을 잡고는 이리저리 가벼운 키스를 퍼부었어요.
신음을 흘리는가 하면 킁킁거리며 냄새를 맡기도 하고, 한숨을
쉬는가 하면 훌쩍거리기도 하면서……."

땅딸막한 해골이 분개했다.

"차아아앙피해라!"

"그렇다니까요. 남자가 말했어요. '불쌍한 내 아기! 용서해줘,
진짜 죄인은 나야! 내가 널 방치했어, 너한테 신경을 많이 못 썼
어! 불쌍한 내 아기!' 여자가 암늑대처럼 울부짖었죠. '아니, 그렇
지 않아, 자기야! 냉정해져! 날 땅바닥에 패대기쳐! 발로 짓이겨

쓰레기통에 던져버려!' 그러자 남자가 여자 앞에 무릎을 꿇더니 여자의 발을 핥으면서 용서해달라고 애원했어요. 더 가관은 그 둘이 그런 식으로 싸우다 화해한 게 여기 입주한 후로 일곱 번째 라는 거예요. 여자의 상대는 처음엔 갓 매장된 젊은 화가였고, 두 번째는 제비족이었고……."

땅딸막한 해골이 결단코 단언했다.

"창피스러워라! 창피스러워라! 창피스러워라!"

"세 번째는 공동 구덩이에 묻혔던 이랑 눈이 맞았는데…… 자 살자였어요! 둘이 도망친 걸 남자가 묘지 끝까지 쫓아가서 붙들 어 왔죠. 지금은 부부가 썩은 내 풍기는 무덤에서 보름 전부터 허 리가 부러져 있어요. 그나마 그 무덤도 가난한 사람이 혼자 세 들 어 사는 데를 전대한 거죠. 방세는 물론 남자가 냈고요!"

땅딸막한 해골이 고개를 주억거리며 말했다.

"죽은 것들이 그 꼴이라니…… 창피스러워라!"

"그런데 글쎄, 여자가 뻔뻔스럽게도 감히 나더러 방세를 속였다 지 뭐예요! 사실이긴 하지만 그래도 그렇지, 그런 화냥년이 감히 날 몰아세워도 되는 거예요?"

땅딸막한 해골이 진심으로 분개했다.

"창피스러워라!"

"그래서 내가 뭐랬게요? 이렇게 쏘아줬죠. '부인은 발정 난 암캐예요. 공동 구덩이의 걸레, 매춘부, 창녀!' 그랬더니 최후 의 심판이 어쩌고저쩌고하면서 자기가 경찰청장하고 잘 안다나 요……."

땅딸막한 해골이 가볍게 지적했다.

"창피스러워라!"

"그래서 내가 뭐라고 대꾸했게요?"

땅딸막한 해골로서는 전혀 알 길이 없었다.

"이렇게 말해줬죠. '부인과 잘 안다는 경찰청장한테 내가 오줌을 갈겨주죠! 부인이 아무리 경찰청장하고도 잤기로서니…….'"

땅딸막한 해골이 흥분했다.

"경찰청장하고도! 지금 경찰청장하고도라고 했어요?"

"네, 그렇다니까요, 경찰청장하고도! '부인이 아무리 경찰청장하고도 잤기로서니 내가 눈 하나 깜빡할 것 같아요? 이 요물, 발정 난 암캐, 공동 구덩이의 걸레, 매춘부, 창녀!' 그랬더니 아무래도 자기가 착각했나 보다고 방세가 그게 맞을 거라나요. 그나저나 접시는 다 닦았나요? 네? 그럼 잘 자요, 자기!"

땅딸막한 해골이 재빨리 관으로 돌아가 하품을 하며 뚜껑을 잡아당겼다. 이어 호리호리한 해골도 사라지려는 찰나, 호주머니에 양손을 넣은 채 가만히 자신을 응시하는 튤립을 발견했다. 호리호리한 해골이 교태를 부리며 간드러진 목소리로 속삭였다.

"어머! 잘생기기도 하셔라. 젊은 양반이 잘생겨도 너무 잘생겼네!"

튤립이 응수했다.

"흠, 내가 또 가짜 말라깽이한테는 사족을 못 써요! 아무것도 없어 보여도 정작 필요할 땐 활활 타오르게 해주거든!"

튤립은 미인에게 다가가 허리를 감싸 안았다. 뒤에서 격분한 목소리가 들려왔다.

"창피스러워라!"

땅딸막한 해골이 관 뚜껑을 들어 올리고 콧구멍을 밖으로 내놓은 채 언짢은 기색이 가득한 안와로 그들을 지켜보고 있었다. 호리호리한 해골이 황급히 자기 관으로 들어가며 쏘아붙였다.

"자기는 자기 일이나 신경 써요! 이 젊은 양반은 단지 길을 물어본 것뿐이니까!"

호리호리한 해골이 먼지가 피어오르는 관 뚜껑을 세차게 닫았다. 땅딸막한 해골은 계속해서 호기심 어린 안와로 튤립을 바라보았다. 튤립이 단언했다.

"그거 아쇼. 이 관이 생각만큼 튼튼하지 않다는 거. 그리고 내 성격이 불같이 지랄맞다는 거!"

뒤에서 뜨악한 목소리가 들려왔다.

"창피스러워라!"

말이 끝나기 무섭게 땅딸막한 해골이 관 속으로 사라졌다⋯⋯ 공모자 같은 표정의 쥐새끼 한 마리가 슬그머니 골방을 통과했다.

마인 고트![*]

"충성, 동무!"

튤립은 외마디 비명을 쏟아내며 팽이처럼 빙그르 뒤를 돌았다. 관에서 튀어 오른 작고 친절한 인상의 시체가 바로 코앞에서, 한 다리를 황새처럼 허공에 들어 올린 채 다른 한 다리로 버티고 서 있었다. 훈장 장식과 구멍 자국이 요란한 군복을 걸쳤고 삭발한 둥근 얼굴은 주먹 하나 크기도 안 되었다. 오른쪽 눈은 외알박이 안경이 박혀 있었고 왼쪽 눈은 암탉마냥 반쯤 감겨 있었다.

"마인 고트! 산 사람을 만나다니 이렇게 기쁠 데가! 정말이지 반갑소, 정말이지…… 이런, 마인 고트!"

튤립이 뒤를 돌아 그에게 엉덩이를 내보이며 거칠게 악을 썼다.

"꺼져, 독일 놈들!"

호감 가는 인상의 시체가 언짢은 표정으로 소리쳤다.

"무슨 말을 그렇게 하는 거며 이건 또 뭐 하자는 행동이오? 마인 고트! 우리가 당신네를 얼마나 좋아하는데. 정말이지 얼마나,

* 독일어로 '맙소사'라는 뜻.

정말이지 얼마나!이 뒤부터 『유럽의 교육』에 인용된 긴 대목의 시작—원주. 자, 들어보시오. 징병되기 전날 나는 폰 호엔린덴 남작의 성에 갔었소. 성대한 연회가 벌어졌다오. 훌륭한 포도주에 아름다운 음악에 젊은이들까지…… 아흐! 그 젊은이들은 그야말로……."

그의 외알박이 안경이 광채를 뿜었다. 그의 오른쪽 눈은 완전히 감겼으나 얼굴 전체에 극도의 황홀경이 번졌다.

"윤기 흐르고 금발에 귀염이 철철 넘치고…… 사랑스럽죠! 정녕 사랑스러워요! 하지만 나한텐 아무것도 보이지 않았소. 슬픔에 빠진 채 구석에 앉아 울고 있었으니까. 내가 우는데……."

눈물 몇 방울이 그의 분홍빛 볼을 따라 흘러내렸다. 튤립이 고래고래 소리를 질렀다.

"꺼져, 조국의 원수!"

"황태자가 날 보았소. 나의 진정한 친구, 소중한 친구 아우구스트 황태자, 진실한 친구. 우리 같은 우정을 맺는 경우는 극히 드물다오. 황태자가 날 보더니 다가와 물었소. '왜 울고 있어, 본초, 아흐, 대체 왜 우나?' '아흐, 구티, 구티, 전쟁 때문일세. 전쟁이 날 울리네…… 난 프랑스를 상대로 싸우고 싶지 않아, 구티!' 그러자 황태자가 내게 말했소. '아흐, 본초, 닥치게. 본초 자네 때문에 내 가슴도 찢기네! 나 역시 프랑스를 상대로 싸우고 싶지 않아!' 나는 고개를 들었소, 아흐. 내 눈앞에 어떤 일이 벌어졌는지 아시오? 그때의 광경이란! 그때의 기억이란! 황태자가 울고 있었소! 황태자가 프랑스와의 전쟁에 울었단 말이오! 그런 게 바로……."

그가 손가락을 쳐들었다.

"진정한 황태자의 눈물이오! 우리 주위엔 음악과 춤과 샴페인과 베를린에서 가장 아름다운 젊은이들이 모여 있었소. 사랑스러운! 정녕 사랑스러운! 하지만 우리 눈에는 아무것도 보이지 않았소. 황태자와 나, 우리는 깊은 슬픔에 잠겨 함께 울었소! 그런 게 바로……."

그가 손가락을 쳐들었다.

"진정한 황태자의 눈물이오! 그런데 갑자기, 아흐! 내가 뭘 보았는지 아시오? 폰 호엔린덴 남작이었소! 폰 호엔린덴 남작을 실물로 보다니! 아름다운 수컷! 강한 군주! '어인 일로 울고 계십니까, 전하?' 그가 우리에게 다가와 묻자 황태자가 대답했소. '아흐, 프리츠, 프리츠, 전쟁이 우리를 울렸다네! 우리는 프랑스를 상대로 싸우고 싶지 않아! 우리는 프랑스인들을 사랑하고 싶네! 온 마음을 다해! 온 영혼을 다해!' '아흐, 전하, 아흐, 전하! 가련한, 가련한 프랑스여!' 그러더니 우는 거였소! 그런 게 바로……."

그가 손가락을 쳐들었다.

"그렇소! 진정한 황태자의 눈물이오!" 튤립이 말 울음소리를 냈다.

"힝힝, 덤벼, 독일 놈아, 덤벼! 베를린 평화 만세!"

"그런데 갑자기…… 아흐! 내가 뭘 보았는지 아시오? 바로 남작의 아내와 딸이 다가왔소. '왜 울고들 계세요, 아흐. 도대체 왜?' 남작이 대답했다오. '아흐, 퓌프첸, 아흐, 그레첸! 우리는 프랑스를 상대로 싸우고 싶지 않아! 우리는 프랑스를 사랑한다고! 아흐, 아흐!' '아흐! 아흐!' 퓌프첸이 대답하자 그레첸도 대답했소. '아흐! 아흐!' 그러더니 두 여인도 우는 거였소! 선한 여인들! 고귀한 영혼들! 그러자 연회장의 젊은이들과 귀빈들이 죄다 다가

와 우리를 에워쌌소. '아흐, 왜 울고들 계세요? 아흐, 대체 왜요?'
'아흐, 우리가 사랑하는 프랑스를 상대로 싸우고 싶지 않아서요,
아흐, 진심으로!' 그러자 사람들이 말했소. '아흐! 어찌 이런 불행
이! 가련한, 가련한 프랑스!' 아흐! 내 눈앞에 어떤 일이 벌어졌는
지 아시오? 그때의 광경이란! 그때의 기억이란! 황태자가 울고,
내가 울고, 남작이 울고, 퓌프첸이 울고, 그레첸이 울고, 귀빈들이
울고, 시종들이 울고, 오케스트라가 울고, 모두가 울었소. 모두가
눈물을 철철 흘렸소! 이윽고 황태자가 내게 말했다오. '아흐, 본
초! 자네의 말은 내 아버지 황제 폐하께 크나큰 영향력이 있으니
가서 아뢰게. 프랑스를 구하게, 본초!' 아흐, 얼마나 어진 마음씨
인지…… 얼마나 어진 마음씨인지…… 훌륭한 나의 친구, 구티!"

그의 얼굴이 일순 일그러지더니 더할 나위 없이 부드러워졌다.
튤립이 목이 터져라 외쳤다.

"조국의 원수를 죽이자, 끝장내자! 심장을 도려내자! 간을 씹
어 먹자!"

호감 가는 인상의 시체가 동요하지 않고서 말을 이었다.

"그래서 우리는 궁으로 갔소! 우리가 도착하자 황제께 고해졌
고 우리는 계단을 올라가 안으로 안내되었는데…… 아흐! 마인
고트! 그때의 광경이란! 그때의 기억이란! 황제 폐하 만세! 황제
폐하 만세! 황제가 거기서 울고 있었소. 폰 루덴도르프도 거기서
울고 있었소. 폰 카첸야머도 거기서 울고 있었소. 폰 몰트케도 거
기서 울고 있었소. 수뇌부 전체가 거기서 울고 있었던 거요! 그런
게 바로……"

그가 손가락을 쳐들었다.

"진정한, 그렇소, 진정한 황태자의 눈물이오! 만세! 만세! 만세! 황제 폐하가 내게 말씀하셨소. '아흐, 본초, 자랑스러운 본초! 우리는 울고 있었노라, 본초. 어떻게 울지 않을 수 있겠느냐? 우리 제국의 가슴이 찢어지는데, 프랑스를 상대로 싸우는 것에 우리 제국의 가슴이 찢어지는데. 가련한 프랑스, 본초…… 아흐! 가련한 프랑스!' 내가 대답했소. '아흐!' 황태자도 반응했소. '아흐!' 폰 몰트케도 반응했소. '아흐!' 폰 카첸야머도 반응했소. '아흐!' 우리는 아름다운 나라 프랑스에 대해 이야기하고 울고 또 울면서 밤을 지새웠다오. 그런 게 바로……."

그가 손가락을 쳐들었다.

"그렇소! 진정한 황태자의 눈물이오!"

튤립이 관 주위를 돌며 용감하게 메스춤을 추면서 빽빽거렸다.

"죽이자, 죽이자, 민족의 원수를 죽이자!"

호감 가는 인상의 시체가 한숨을 내쉬었다.

"하지만 아흐…… 4년 뒤에…… 그때의 광경이란! 마인 고트, 그때의 기억이란! 베를린이 피범벅이 되었소! 군중은 으르렁거렸고 혁명이 넘쳐났다오! 모두들 덜덜 떨었고, 갈팡질팡했고, 죽어나갔소! 궁이 함락당하고 황제가 위험해졌으며 수뇌부도 같은 운명이었지…… 모두들 덜덜 떨었고, 갈팡질팡했고, 죽어나갔소! 그렇다면 누가 황제를 보호할 것인가? 그래, 누가 수뇌부를 보호하겠느냐고? 바로 나! 나! 나였소! 나 본초 블리츠 아블라이터! 출동 준비! 한 손엔 검을! 다른 손엔 총을! 별안간…… 아흐! 내가 뭘 보았는지 아시오? 황제 폐하의 방문이 활짝 열리더니, 마인 고트! 그때의 광경이란! 그때의 기억이란! 황제 폐하가 나왔소! 그 뒤로 폰 루덴도르프와 폰 카첸야머가 나왔고, 폰 카첸야머의 뒤를 이어 폰 몰트케가 나왔소! 그들이 입을 모아 내게 말했다오. '용감한 본초! 우리를 구해다오! 제국을 구해다오!' 그러니 내가, 이 본초 폰 블리츠 아블라이터 오버로이트난트독일어로 '육군 중위'라는 뜻가 어찌해야 했겠소? 땅바닥에 무릎을 꿇은 채, 한 손엔 검을 다른 손엔 총을 들고서, 울음 섞인 목소리로 부르짖었다오. '폐하! 퓌어 마이넨 카이저 운트 호엔촐런, 캄펜 운트 슈터벤! 저는 황제와 호엔촐런 황제 일가를 위해 싸우다 죽을 것입니다! 만세! 만세! 만세!' 이 말을 마친 뒤 나는 쿵! 창문에서 뛰어내렸소! 그러자 쿵! 황제가 창문으로 뛰어내렸소! 황제의 뒤로 쿵! 폰 루덴도르프가 뛰어내렸소! 쿵! 폰 몰트케와 폰 카첸야머가 창문으로 뛰어내렸소! 쿵! 수뇌부 전체가 뛰어내렸소! 내가 황제를 구했다오! 수뇌부를 구했다오! 모두들 외쳤소. '만세! 만세! 만세! 본초 폰 블리츠 아블라이터 오버로이트난트를 위하여!'"

튤립이 길길이 날뛰었다.

"무자비한 적군을 무찌르자, 무찌르자!"

호감 가는 인상의 시체가 튤립의 개입에 아랑곳하지 않은 채 말을 이었다.

"그런데 갑자기…… 아흐, 내가 뭘 보았는지 아시오? 우리가 뛰어내린 궁전 안뜰에서 포탄이 터지고 전투기가 윙윙거렸소. 모두들 덜덜 떨었고, 갈팡질팡했고, 죽어나갔소! 그러니 내가 어찌해야 했겠소? 나, 이 본초 폰 블리츠 아블라이터가? 땅바닥에 무릎을 꿇은 채, 한 손엔 검을 다른 손엔 총을 들고서, 울음 섞인 목소리로 부르짖었다오. '폐하, 몸을 피하십시오! 폐하, 어서요!

제가 보호하겠습니다! 제가 폐하의 도피를 돕겠습니다! 마지막 숨이 끊어질 때까지! 마지막 피를 흘릴 때까지! 저는 황제와 호엔촐런 황제 일가를 위해 싸우다 죽을 것입니다! 만세!' 이 말을 마친 뒤 나는 탁! 탁! 탁! 뛰기 시작했소! '용감한 본초! 고귀한 친구'! 황제가 부르짖으며 탁! 탁! 탁! 뛰기 시작했소! '용감한 본초! 신의 가호가 있기를!' 폰 루덴도르프가 울부짖으며 탁! 탁! 탁! 뛰기 시작했소! '용감한 본초! 자랑스러운 기사!' 폰 몰트케와 폰 카첸야머가 울부짖으며 탁! 탁! 탁! 뛰기 시작했소! 『유럽의 교육』인용 끝―원주. 내가 황제를 구했다오! 수뇌부를 구했다오! 모두들 외쳤소. '만세! 만세! 만세! 본초 폰 블리츠 아블라이터 오버로이트난트를 위하여!'"

그가 오른쪽 다리를 내리고는 차렷하며 부동자세를 취했다. 그의 발뒤축이 터지면서 전신에서 짙은 연기가 피어올랐다. 튤립이 여전히 악을 썼다.

"죽어라, 독일 놈들!"

이윽고 튤립은 그에게 등을 돌린 채 비웃음을 흘리며 짙은 어둠 속으로 빨려 들어갔다.

소녀

"같이 갈래요?"

튤립은 우뚝 멈춰 섰다. 한없이 나른한 여자의 목소리였다. 목소리가 지척에서 들렸다. 튤립은 뒷걸음치며 웅얼거렸다.

"안 돼!"

목소리가 고집스럽게 재차 물었다.

"같이 갈래요?"

같은 곳에서 어린 계집아이의 목소리가 소곤거렸다.

"대답 소리 못 들었어, 엄마? 난 들었는데. '안 돼'라잖아!"

여자의 목소리가 고집을 피웠다.

"같이 갈래요?"

어조가 한결같았다. 여자가 금방이라도 질문을 반복할 기세임이 느껴졌다. 아이의 목소리가 애가 타서 말했다.

"싫다잖아, 엄마! 안 된대. 생각이 없나 봐. 왜 그래, 귀라도 먹었어, 엄마?"

지하 모퉁이에서 한 줄기 불빛이 쏟아져 들어왔다. 한 손에 양초를 든 여자가 나타났다. 스물 내지 서른 살, 어쩌면 쉰 살로도 보였다. 아무튼 적어도 예순 이상으로는 보이지 않았다. 무표정한 창백한 안색에 빛바랜 금발 앞머리가 반으로 갈라졌고, 그 틈으로 놀란 듯 고정된 눈동자가 드러났다. 희미한 양초 불빛에 눈동자가 번쩍거렸다. 여자는 머리칼과 똑같이 빛바랜 누르스름한 색깔의 더러운 목욕 가운을 걸쳤는데 아마 머리칼과 색이 같다는 것이 이 가운을 선택한 이유인 듯했다. 가운이 반쯤 벌어진 덕분에 튤립은 두 개의 빈 주머니처럼 납작하게 주저앉은 젖가슴을 살짝 덮은 꼬깃꼬깃한 속치마와 야위고 흰 허연 무릎을 힘들이지 않고 들여다볼 수 있었다. 여자는 한 팔에 자신과 묘하게 닮은 어린 계집아이를 꼭 끌어안고 있었다. 똑같이 빛바랜 금발에 똑같이 둘로 갈라진 앞머리 사이로 똑같이 넋 나간 무표정한 얼굴과 똑같이 놀란 눈동자가 드러났다. 마치 오래전에 목이 잘렸으나 고통만은 여전히 느낄 수 있는 암탉 같다고 할까. 소녀도 제 어미와 똑같이 더러운 목욕 가운과 똑같이 꼬깃꼬깃한 속치마를 걸쳤다. 젖가슴은 아직 발달하지 않은 반면 무릎은 벌써부터 몹시 여위고 휘었으며 하얬다. 소녀는 성냥개비같이 가느다란 두 팔을 여자의 목에 둘렀다. 엄마와 딸, 모녀가 서로를 맹렬히 부둥켜안은 자세, 쫓기는 짐승의 본능적인 자세로 튤립 앞에 서 있었다.

여자가 되풀이했다.

"같이 갈래요?"

여자의 손에 들린 양초가 흔들렸다. 튤립은 더듬더듬 말했다.

"아, 안 돼!"

소녀가 여자의 귀에 황급히 속삭였다.

"'같이 갈래요, 자기?'라고 물어봐. '자기'라고 말해주는 걸 잊지 마. 효과가 좋으니까."

여자가 되풀이했다.

"같이 갈래요, 자기?"

모녀는 목소리도 똑같았다. 오직 입술의 움직임만으로 누가 말하는 건지 분간할 수 있었다. 튤립이 거절했다.

"아니, 싫소."

소녀가 흥분하여 속삭였다.

"푹신한 쿠션도 있다고 말해. 엄마가 아주 음탕하다고 말해……."

"푹신한 쿠션도 있고, 난 아주 음탕해요."

튤립은 딸꾹질을 했다.

"싫어…… 싫다고!"

그는 달리다가 지하 묘지의 얼음장 같은 벽에 부딪치자 멈춰섰다. 여자의 손에 들린 양초가 점점 거세게 흔들리며 사방에서 그림자들이 너울거렸다. 소녀가 울부짖었다.

"빨리, 빨리, 뭔가 보여봐! 빨리! 이러다 놓치겠어!"

여자가 치마를 들어 올리며 말했다.

"이걸 봐요!"

튤립은 딸꾹질을 했다.

"딸꾹!"

소녀가 고함쳤다.

"예쁘게 웃어줘봐!"

여자가 몸을 돌리더니 얼굴을 끔찍하게 일그러뜨리며 말했다.

"옜소!"

튤립이 울먹였다.

"사람 살려!"

튤립은 그대로 내달렸다. 울부짖으며 이 흉측한 모녀를 지나쳐 계속해서 달렸다. 소녀가 그를 잡으려고 손을 내뻗으며 말했다.

"잠깐만요, 아저씨, 잠깐만요! 혹시 내가 낫겠어요? 나랑 같이 갈래요? 혹시…… 아저씨? 아저씨! 늦었어, 가버렸어…… 이런…… 멍청이!"

따귀 소리에 이어 새된 비난이 튤립에게까지 들렸다. 소녀가 악을 썼다.

"멍처어엉이! 한심이! 가버렸잖아! 그걸 못 잡아! 엄만 이제 더는 아무도 유혹하지 못하는구나, 심지어 죽은 사람들조차! 아마 쥐새끼조차 엄마를 원하지 않을걸! 결국 놓쳤어…… 이제 어쩔 거야? 내일은 뭘 먹을 거냐고."

여자가 늘어지는 목소리로 말했다.

"내가 죽어서까지 이 짓을 하게 될 줄 알았더라면 아마 그냥 사는 걸 택했을 거야. 굳이 가스를 틀진 않았을 거라고!"

소녀가 한탄했다.

"가버렸어, 가버렸어! 머어엉처어엉이!"

두 목소리가 잠잠해졌다. 튤립은 달리고 걷고 달리기를 반복하다가 숨을 몰아쉬며 멈춰 섰다. 얼굴에 식은땀이 흘러내렸다. 그는 떨리는 한 손으로 연신 땀을 닦아내면서 허세를 부려보았다.

"그 창녀가 시체라는 생각만 안 들었어도! 아무렴! 조금만 더 보챔을 당했던들 아마 입술에 키스했을걸!"

튤립은 발작적이고 단속적인 웃음을 터뜨렸다. 너털웃음의 메아리가 어둠 속에서 묘석들 사이를 떠다니다가 거대한 목구멍에서 울려 나오는 듯한 깊은 울림으로 되돌아왔다. 그가 지하 세계에 웃음을 퍼뜨린 셈이었다. 그는 미친 듯이 후들거리는 무릎을 진정시키고자 애쓰며 소프라노에 가까운 목소리로 빽빽거렸다.

"하마터면 착각할 뻔했어!"

튤립은 머리부터 발끝까지 거세게 끼쳐오는 소름에 진저리를 치면서 홀가분한 표정으로 말을 이었다.

"착각은 절대 안 될 말이지! 위험하기 짝이 없으니까! 그렇고말고! 마누라가 예전에 방을 세준 작자도 착각을 한 탓에 단단히 욕을 봤었지! 지금도 기억이 생생해! 그 작자 맞은편 방에 길거리에서 몸을 파는 어린애가 살았어! 좀 전의 그 애처럼! 히! 히! 히! 오줌 좀 싸볼까……."

튤립은 단추를 끄르고 소변을 보았다. 어둠 속에서 오줌 흐르는 소리와 이가 맞부딪치는 소리를 동시에 들으며.

"괜찮은 아이였는데! 방세도 꼬박꼬박 냈고! 돈은 악취를 풍기지 않잖아! 뭔 소린가 하니…… 돈 냄새는 언제나 향기롭다는 거지! 히, 히…… 마누라도 그 애 얘기는 일절 하지 않았어. 다만 '꼬마가 현관에서 신발을 잘 털고 들어온다'라고만 했지. 그래, 그러고 보니 신발도 잘 털었군…… 마누라가 아무 불만이 없었지! 꼬마 옆방이 우리 방, 그러니까 마누라하고 내 방이었어! 어느 날 밤, 그 작자가 기분 좀 풀 겸 꼬마랑 은밀하게 즐기려고 마음먹었지! 그런데 웬걸, 허, 그 딱한 인간이 방을 착각한 탓에 대뜸 우리 방으로 들어왔지 뭐야! 난 깨어 있었는데 그 작자가 늑대처럼 슬그머니 내 침대 옆을 지나 털썩! 우리 늙다리 마누라 침대로 뛰어드는 소리가 들리더라고! 아이고야! 온갖 낯간지러운 말들을 속살거리면서! 난 착오라는 걸 이내 눈치챘지만 아무 소리 안 했어…… 실컷 웃어나 보자, 그런 마음이었다고 할까! 따라서 침대에 잠자코 누워 오쟁이를 진 채로 사랑의 트림이며 정열의 방귀 소리를 경청했지. 이놈의 작자가 어찌나 요란하게 힝힝거리던지. '아으! 아으아! 자아아기이이야!' 마누라도 뒤지지 않았지. '아으! 아으아! 자기야!' 저게 바로 사랑이로구나, 저게 바로! 너도 잘 듣고 좀 배우렴, 이 늙다리 얼간아! 라는 생각이 들더군. 참, 우리 늙다리 마누라도 예순을 꽉 채운 나이에도 불구하고 실컷 재미 봤다는 걸 빠뜨리면 안 되겠군. 결단코 사실이니까! 어쨌거나 둘이 일단 엉겨 붙자 움직이기 시작했어. 움직이고 또 움직이고. 둘에서 내는 소리를 잠자코 듣고 있자니 저 딱한 인간이 방을 착각했다는 걸 알았을 때 과연 어떤 얼굴이 될지 우스워서 허리가 끊어질 것 같더군. 이윽고 두 사람이 움직임을 멈췄어. 둘 다 꼼짝도 하지 않았지. 잠시 뒤 그 작자가 신음을 흘리며 웅얼거리더군. '아, 나의 미미!' 마누라가 차분히 대꾸했어. '내 이름은 미미가 아니우! 난 페르낭드라오!' 그 작자가 비명을 쏟아내며 침대에서 펄쩍 튀어 올랐어. 그러더니 이를 딱딱 맞부딪치며 징징거렸지. '내가 누구랑 한 거지? 대체 누구랑?' '그렇게 궁금하면 직접 확인하시든가!' 내가 외치며 불을 켰지. 홀딱 벗은 그자가 성기를 축 늘어뜨린 채, 포복절도하는 나와 성기를 내놓은 채역시 배를 잡고 웃어대는 마누라를 홀금거리면서 얼굴이 똥색이 되었다가 초록색이 되었다가 하더라고. 그러더니 갑자기 머리칼을 쥐어뜯고 고래고래 악을 쓰며 발악하는 거야. 오죽하면 내가 진정시키기 위해 얼굴에 물까지 끼얹었었을까…… 마누라와 나는 질리도록 낄낄거리다가 이웃한테 이 얘기를 들려줬고 이웃 또한 질리도록 낄낄댔어. 결국 그 작자는 우리 집에서 나가야 했지. 동네에서 도저히 얼굴을 들고 다닐 수 없게 됐으니까…… 그러게…… 착각은 절대 안 될 말이야…… 위험하기 짝이 없다고! 부르르……."

가스 협박

튤립은 더는 턱이 덜덜거리지 않도록 어금니를 악물었다. 그러자 이번에는 얼굴 전체가 덜덜거렸다. 마침내 떨림이 진정되자 튤립은 다시 한 번 시원하게 오줌을 갈겼고 그것으로 완전히 안정을 되찾았다. 그는 칠흑 같은 어둠 속을 더듬더듬 전진하기 위해 두 팔을 이미 앞으로 뻗고 있었다. 그때였다. '쥐가 찍찍거리고 고양이가 야옹거리고 박쥐가 날아오르더니'로맹 가리의 다른 소설 『튤립』에 재사용된 표현—원주 지하 묘지에서 흉측한 해골 셋이 나타나 온통 이끼로 뒤덮인 묘석 주위에 모여 우두둑 소리를 내면서 웅크리고 앉았다. 가장 작은 해골은 네덜란드 치즈를 먹었고 가장 큰 해골은 촛농이 뚝뚝 떨어지는 양초를 흔들어댔다. 세 번째 해골이 거드름을 피우며 힘주어 말했다.

"그렇다니까요. 그래도 그땐 바깥세상을 한 바퀴 둘러볼 수나 있었어요. 그게 벌써…… 벌써 2년 전 일이네요! 어쩌면 그보다 덜 된 것 같기도 하고…… 무덤에선 시간이 정말 빠르다니까요! 아무튼 당시엔 내 뼈들에 아직 살점이 웬만큼 붙어 있던 시절이라 산 사람들 앞에 나설 수가 있었죠…… 물론 벌레들이 이미 날 가만 놔두지 않긴 했지만…… 특히 안쪽…… 창자에…… 간에…… 심장에…… 벌레들이 우글거리고…… 어기적거리고…… 기어오르고…… 골수를 빠는 것이 느껴졌어요…… 벌레들이 골수에 환장하는 걸 보면 어찌나 신기한지…… 그야말로 득등 부위죠! 어쨌든 겉으론 아직 그다지 티 나지 않았어요…… 지하철을 타도 향수 몇 방울만 뿌리면 만사형통이었죠! 지하철을 타고 내가 달려간 곳은, 두 분도 짐작하시겠지만 우리 애들 집이었어요. 카르멘과…… 노에미와…… 쥘로를 차례로 찾아갔죠…… 자기들이 그토록 사랑했던 늙은 어미를 다시 만난다면 애들이 얼마나 기뻐할까 생각했거든요! 우선 카르멘부터 찾아갔죠. 그 애 가족은 예전에 살던 집에 그대로 살고 있었어요. 아직 길바닥으로 쫓겨나지 않았더라고요. 하지만 오래 버티지 못하리라는 걸 알게 됐죠. 건물로 들어가면서 집주인을 만났거든요. 구레나룻을 기른 비실비실한 남자였어요. 경비 아줌마를 무섭게 몰아세우고 있더라고요. 석탄을 빼돌렸다면서. '라티젤 씨가 아직 여기 사나요?' 내가 카르멘 식구가 아직 거기 사는지 몰라 물었더니 경비가 대뜸 반문했어요. '라티젤 씨한텐 무슨 볼일이죠?' '댁이 뭔 상관인데?' 나도 질 수 없어 쏘아줬죠. 말투가 왜 그따윈지! 마치 내가 도둑년이라도 된다는 듯이 말이에요! '댁이 뭔 상관이냐고! 내가 그 집 안주인 엄마라면, 그럼 어쩔 건데요?' 내가 재차 쏘아줬더니 집주인이 나서더군요. '그 집 안주인 어머니라고요? 그럼 집세를 대신 내주러 오신 거군요. 그렇죠, 친애하는 부인? 집세가 밀린 지 1년 됐어요!' 내가 대꾸해줬죠. '친애하는 부인은 넣어두시고, 집세가 그렇게나 밀렸으면 당장 길바닥으로 내쫓지 않고

뭐하는 거죠, 한심하게!' '뭐라고요?' '세상에나!' 집주인과 경비가 각각 한마디씩 내뱉더니 날 멀거니 쳐다봤어요. '대체 뭘 바라기에 그렇게 사람을 흘금거려요? 왜, 내가 대신 나가라고 말해줘요?' 집주인이 대답했어요. '뭘 바라느냐고요? 아무것도. 난 그저 부인이 그 집 안주인 엄마라기에! 아무튼 그 집에 간다니, 애들 부모한테 만일 한 번만 더 그 집구석의 꼬질꼬질한 꼬마 중 하나가 계단에 오줌이나 똥을 싸놓으면 내가 목을 비틀어버린다고 전해주쇼!' 경비가 코를 치켜든 채 나를 흘겨보며 거들더군요. '들었죠? 꼭이에요!' 내가 말했어요. '왜 자꾸 사람을 흘금거려요? 푼수들! 원, 내가 계단에 똥오줌을 싸기라도 했나?' 경비가 응수했죠. '푼수는 그쪽이고요! 그쪽이 똥오줌을 싼 게 아닌 건 확실해요! 그쪽은 똥오줌을 싸기보다는 먹을 것같이 생겼으니까!' 내가 '화냥년!' 하니까 '댁은 숫처녀고?'라는 말이 날아왔죠. 내가 '잡년' 하니까 '갈보'라는 말이 날아왔고요. 내가……."

셋 중 가장 큰 해골이 양초를 흔들며 수줍게 얼굴을 가리더니 외쳤다.

"오, 사랑의 주 예수여! 어떻게 그런 끔찍한 말들을! 정말이지 낯 뜨겁군요. 안 그래요, 페동크 자매님?"

네덜란드 치즈 해골이 입을 헤벌린 채 잠시 할 말을 찾다가 아무 생각도 떠오르지 않자 다시 턱을 놀려 치즈를 우적거렸다. 세 번째 해골이 단호하게 말했다.

"내 입 갖고 내 맘대로 말도 못하나요, 폴리퍼 자매님! 그래서 내가 '잡년!' 하고 악을 쓰니까 '갈보!'라는 대답이 날아왔어요. 그런 식으로 몇 마디 더 주거니 받거니 하려는데 집주인이 끼어들었죠. '그만들 해요! 지금 그렇게 한가하게 조잘댈 때가 아니니까. 자, 따님한테 가서 내가 보름을 준다고 해요. 그 안에 집을 비우라고. 이젠 돈도 필요 없으니 꺼지라고! 난 애 녀석들은 딱 질색이니까!' 그러고는 바닥에 침을 뱉더니 가버렸어요……."

"나쁜 놈이네요, 그 집주인! 나쁜 놈! 그렇지 않아요, 페동크 자매님? 세상에 어린아이보다 으뜸가는 게 어디 있다고!"

셋 중 가장 큰 해골이 흥분해서 외쳤다. 무덤 전체를 깨우는 무시무시한 메아리와 함께 울려 퍼지는 그 음산한 목소리에 튤립은 등골이 오싹했다. 네덜란드 치즈 해골이 탐욕스럽게 맞장구쳤다.

"그럼요! 특히 너무 바짝 익히지 않고서 고추냉이랑 밤 퓌레를 곁들여 먹으면 더할 나위 없죠! 냠냠……."

네덜란드 치즈 해골이 입맛을 다시며 한숨을 쉰 뒤 다시 치즈에 정신을 팔았다. 세 번째 해골이 말을 이었다.

"네, 집주인이 바닥에 침을 뱉더니 가버리더라고요! 그래서 나도 침을 뱉고는 경비한테 한마디 했죠. '쓰레기!' 경비도 덩달아 침을 뱉으며 받아치더군요. '암 덩어리!' 내가 마지막을 장식하기 위해 침을 한 번 더 뱉어준 뒤 계단을 올라 카르멘 집 문을 두드렸어요. '누구세요?' 안에서 묻는 소리가 나더라고요. 우리 카르멘의 목소리를 즉시 알아들었죠. 이어서 사위 뤼시앵의 목소리가 들렸어요. '집주인이야, 여보! 가스를 틀어야겠어!' 카르멘이 말했어요. '잠깐, 마지막 유예기간은 줄 거야!' '아니, 그렇지 않아! 가스를 틀어야겠어!' 그때 카르멘이 문을 열었고 날 발견했어요! 애가 사색이 되어 외쳤죠. '엄마! 엄마가 왔어!' 내가 카르멘의 볼을 토닥여주는데 문틈으로 뤼시앵의 얼굴이 보이더라고요. 날 확인하더니 울부짖더군요. '맙소사! 가스, 여보, 가스를 틀어야겠어!' 그때 코흘리개 하나가 뤼시앵의 가랑이 사이로 빠져나와 카르멘에게로 달려가 치마를 잡아당겼어요. 카르멘이 물었죠. '왜 그러니, 아가?' 코흘리개가 키득거리며 대답했어요. '조조가 또 꿀꺽…….'"

"꿀꺽"이라는 말에 네덜란드 치즈 해골이 모든 뼈마디를 야단스럽게 우지끈거리며 득달같이 물었다.

"뭘 꿀꺽했는데요?"

셋 중 가장 큰 해골도 펄쩍 튀어 오르며 공중제비를 넘더니 외쳤다.

"그래요, 그래! 누굴 꿀꺽했어요? 어서 말해봐요, 어서, 아고니즈 자매님!"

세 번째 해골이 거드름을 피우며 나무랐다.

"자꾸 그렇게 말 좀 끊지 말아요! 코흘리개가 키득거리며 대답했어요. '조조가 또 바지 단추를 꿀꺽했어!'"

네덜란드 치즈 해골이 입맛을 다셨다.

"냠냠!"

"카르멘이 사색이 돼서 외쳤죠. '질식하면 어떡해! 그러다 애 죽겠어! 어서, 뤼시앵! 그러고만 있지 말고 어떻게 좀 해봐!' 행주처럼 하얗게 질린 뤼시앵이 카르멘을 바라보다 말했죠. '내가 할 수 있는 거라곤 오직 가스를 트는 것뿐이야, 여보!' 코흘리개가 키득거리며 말했어요. '그놈의 가스 타령, 징글징글하네!' '들었어, 여보? 이 애 녀석 하는 말 들었느냐고?' 내가 끼어들었어요. '맞는 소리구먼! 단추 하나 삼켰다고 안 뒈져! 혹시 뒈지면 입 하나 더는 거고!' '엄마!' 카르멘이 사색이 되어 외치니까 뤼시앵이 말했죠. '들었어, 여보? 당신 엄마 하는 소리 들었느냐고? 가스를 틀어야겠어!' 하지만 말과는 달리 꼼짝도 하지 않았죠. 코흘리개가 호주머니에 손을 넣은 채 날 빤히 보며 말했어요. '대체 아빠 엄마가 왜 이 야단인지 모르겠네. 난 이 여자 맘에 드는데. 우리 할머니야?' 코흘리개가 치마를 잡아당기면서 묻자 카르멘이 대답했죠. '응, 할머니야!' 코흘리개가 말했어요. '나도 이런 애인 하나 있으면 좋겠는걸! 한번 열심히 노력해봐야지!' 내가 감동해서 말했어요. '카르멘! 아이가 어쩜 그리 불쌍한 네 아비를 빼다 박았다니? 자, 옜다, 우리 왕자! 한잔 사 마시며 할미를 위해 건배하렴!' 내가 20상팀을 찔러줬더니 코흘리개가 그걸 받아 들고서 바라보다가 만져보고, 비벼보다가 무게를 재보고, 냄새를 맡다가 깨물어보더니 흡족해하며 뱉어내고는 제 아빠 가랑이 사이로 가버렸어요. 뤼시앵이 말했죠. '들었어, 여보? 저 애 녀석 하는 말 들었느냐고?' 내가 카르멘 대신 대답했어요. '들었네! 자네 참 지긋지긋한 인간이구먼. 그러지 말고 차라리 가서 가스를 틀게!' 뤼시앵이 길길이 날뛰었죠. '그럴게요! 아니면 맹세컨대 내 목을 내놓죠! 거봐요, 나한테도 아직 내놓을 게 남은 거! 히! 히! 히!' 뤼시앵이 눈알을 굴리고 이를 딱딱 맞부딪치면서 웃기 시작했어요. 내가 카르멘에게 물었죠. '이 인간 미친 거니?' '아니라는 거 잘 알잖아요, 엄마! 직장을 못 구한 지 5년이 다 돼간다는 것도 잘 알고요!' 그때 코흘리개가 아빠 가랑이 사이로 나타나 말했어요. '엄마! 엄마, 웃긴 일이야! 내가 조조한테 성냥개비들을 줬더니 조조가 그걸 꿀꺽했어!'"

네덜란드 치즈 해골이 탐욕스레 쩝쩝거렸다.

"쩝쩝!"

"뤼시앵이 꼼짝도 하지 않은 채 외쳤어요. '가스를 틀겠어!' 카르멘이 사색이 되어 말했어요. '맙소사! 대체 왜 조조한테 성냥 개비들을 줬니, 네네스? 성냥 한 갑에 40상팀이나 한다는 거 너도 잘 알잖아. 집안에 돈이 없다는 것도!' 코흘리개가 격언 조로 대꾸했어요. '돈이 행복을 가져오진 않아. 게다가 조조가 그걸 삼켜버릴 줄 내가 어떻게 알았겠어? 난 그냥 불이나 내겠거니 했다고!' 코흘리개가 아빠의 가랑이 사이로 가버렸어요. '들었어, 여보? 저 애 녀석 하는 말 들었느냐고?' 뤼시앵의 물음에 카르멘이 울면서 대답했어요. '당신이 만든 애잖아!' 내가 끼어들었죠. '말이 났으니 얘기지만 자네가 할 줄 아는 건 오직 그거뿐이잖나!' 뤼시앵이 이를 갈며 말했어요. '가스를 틀겠어! 그러니까 이 사람이 건드리는 족족 애를 배는 것도 내 잘못이군요?' '대체 왜 건드리는데? 결혼은 왜 했고?' 뤼시앵이 콧방귀를 뀌더군요. '하! 하! 하! 들었어, 여보? 친애하는 당신 어머니께서 또 꽃노래를 시작했어!' '꽃노래가 아니라 사실일세. 그러게 왜 우리 귀여운 카르멘을 도적질해 가나? 내가 그토록 데리고 있으려고 했건만!' 뤼시앵이 울부짖었죠. '그래요, 그래! 데리고 있으면서 창녀를 만들려고 말이죠! 가스를 틀겠어!' '차라리 목을 매게. 그편이 싸게 먹히니까!' '내 경고하는데 장례비는 장모님이 치르게 될 거예요. 알겠어요, 친애하는 장모님?' '과연 그럴까! 실업자들은 장례식 따위 안 해. 그냥 쓰레기통에 내다버리지!' 뤼시앵이 침을 삼키다

캑캑거리더니 빽빽거렸죠. '들었어, 여보? 당신 엄마 얘기 들었느냐고!' 그때 코흘리개가 아빠 가랑이 사이로 나타나 말했어요. '싸우지들 마! 조조가 또 양말을 꿀꺽했어!'"

네덜란드 치즈 해골이 살며시 입맛을 다셨다.

"냠…… 냠!"

"카르멘이 사색이 되어 말했죠. '양말? 조조는 양말이 없는데?' 코흘리개가 히죽거리며 대답했어요. '나도 알아. 그러니까 자기 거 말고 아빠 거! 내가 아빠 양말을 조조한테 줬거든!' 뤼시앵이 말했죠. '들었어, 여보? 이 애 녀석 하는 말 들었느냐고? 내 마지막 하나 남은 양말을 조조한테 먹였대! 이제 난 꼼짝없이 맨발로 나다니게 생겼다고! 이 애 녀석 하는 얘기 들었어?' 코흘리개가 말했어요. '나쁜 생각을 하는 자에게는 화가 따르는 법!' '대체 애는 어디서 저렇게 주옥같은 말들을 주워듣는 거니?' 내가 카르멘을 통해 코흘리개에게 20상팀을 전달하게 하며 묻자 카르멘이 대답했죠. '성가대원이잖아요! 신부님이 데리고 있으면서 좀 가르쳤어요!' 코흘리개가 아빠 가랑이 사이로 가버렸죠. '좀 전에 집주인을 만났는데 여간 구시렁대는 게 아니야. 너희 애들 중 하나가 계단에 똥오줌을 쌌다면서. 누구 짓이니?' 카르멘이 대답했어요. '페트뤼스일 거예요. 혹시 베베르가 아니라면요. 아니면 지난주에 태어난 애일지도 모르고요……' 뤼시앵이 의기양양해서 외쳤죠. '애들 짓 아니야! 내가 한 거야! 집주인을 골려주려고!' 내가 쏘아줬어요. '집세를 밀리는 것으로 이미 충분히 골려주고 있잖나!' 뤼시앵이 고래고래 고함을 지르더군요. '대체 뭘로 집세를 내죠? 내가 할 수 있는 일이라곤 오직 저 사람을 임신시키는 것뿐인데! 히! 히! 히!' 내가 조용히 말했죠. '재밌네, 재밌어. 그래, 일자리는 여전히 못 구했어?' '여전히요! 하지만 이 상태가 오래 가진 않을 겁니다!' '그래? 뭐 예정된 거라도 있어?' '그럼요. 가 스요, 가스를 틀 거예요!' '그렇군, 또 시작이군. 내가 실은 긴히 할 말이 있는데……' 카르멘이 사색이 되어 물었죠. '혹시 돈을 주시려고요, 엄마?' '천만에, 그럴 리가. 안심해라! 난 다만 충고 를 하려는 거니까!' 뤼시앵이 악을 썼어요. '충고 따위 개나 줘버 려요! 우린 필요 없으니까!' 그때 코홀리개가 아빠 가랑이 사이 로 나타났죠. '엄마, 조조가 또 머리핀을 꿀꺽했어!'"

네덜란드 치즈 해골이 조심스럽게 평가했다.

"아주 맛있죠!"

"카르멘이 사색이 되어 말했어요. '맙소사! 어떻게 된 거니, 네 네스?' 코홀리개가 나를 빤히 쳐다보며 대답하더군요. '내가 조조 한테 머리핀을 줬거든!' 뤼시앵이 코웃음을 쳤죠. '넌 그냥 장난 이었지, 그렇지?' 코홀리개가 대답했어요. '천만에, 이 양반아. 얼 빠진 할망구한테 또 돈 좀 뜯어낼까 해서지!' 내가 몹시 기특해 하며 100상팀을 전달시키면서 말했죠. '옜다! 귀여운 놈!' '감사! 쪼글탱이! 하이고야, 이번엔 가서 장화를 꿀꺽하게 해야겠군!' 코홀리개가 아빠 가랑이 사이로 가버렸어요! 애 아빠가 외쳤죠. '히! 히! 히! 가스를 틀어야겠어!' 난 감탄하며 카르멘에게 물었 어요. '대체 애한테 누가 저런 말버릇을 가르친 거니?' '아까 얘기 했잖아요, 엄마. 성가대원이라 신부님이 데리고 있으면서 좀 가르 쳤다고!' 그때 밖에서 비명 소리와 계단이 우지끈우지끈! 콰르릉 쾅! 하는 소리가 들렸어요! 내가 물었죠. '무슨 일이니? 불이라

도 난 거니?' 카르멘이 사색이 되어 말했죠. '애들이에요!' '애들?'
'네, 애들이요!' 카르멘이 문을 열자 엎치락뒤치락 뒤엉킨 아이들
한 무더기가 안으로 굴러들어왔어요. 내가 더러운 뤼시앵 놈을
노려보며 말했죠. '자네 말일세, 자네도 잘 아는 그곳에 마개라노
달아야 하는 거 아닌가?' 뤼시앵이 가스를 틀겠다고 말하려던
찰나 코흘리개가 아빠를 밀치며 가랑이 사이로 나타나 카르멘에
게 달려들더니 울부짖었어요. 카르멘이 사색이 되어 물었죠. '무
슨 일이니?' '흑! 흑! 얼빠진 할망구가 나한테 준 100상팀을 조
조가 꿀꺽했어…… 흑! 흑!'"

네덜란드 치즈 해골이 꿈을 꾸듯 중얼거렸다.

"사랑스러운 조조!"

"그때 문을 긁어대는 희미한 소리가 들렸어요. 카르멘이 문을
열었더니 온통 분홍빛인 아주 작은 갓난애가 기어 다니고 있었
죠. 내가 물었어요. '얘가 막둥이니?' 카르멘이 울면서 대답했어
요. '지금으로서는요!' 내가 아기를 바라보자 아기도 한쪽 눈을
감은 채 발가락을 빨면서 날 쳐다보더군요. 아기가 말했어요. '응,
맞아, 할멈. 보다시피 형과 누나들이 날 버렸어. 이게 불행이 아니
면……' 내가 아이의 말을 가로막았죠. '그게 뭐 어때서? 대체 언
제까지 널 떠받들어야 하는데? 이 꼬마 게으름뱅이야!' '돼먹지
못한 할망구, 내가 아직 걸을 수 없다는 게 안 보여?' 카르멘이 아
기를 들어 올려 다른 방으로 데려가려 하자 아기가 저항하며 울
부짖었어요. '싫어, 거긴 안 가! 거긴 조조가 있다고, 조조가 날
꿀꺽할 거야!'"

네덜란드 치즈 해골이 감미롭게 웅얼거렸다.

"사랑스러운 조조!"

셋 중 가장 큰 해골이 안와를 하늘로 쳐들며 외쳤다.

"그토록 어린 애가 벌써 그렇게 똑똑하다니!"

세 번째 해골이 말을 이었다.

"맞아요. 카르멘이 아기를 도로 땅바닥에 내려놓더니 내게 물었죠. '엄마, 어떤 충고를 하려고요?' 뤼시앵이 악을 썼어요. '분명히 경고하는데 여보, 난 절대 당신 엄마 충고 안 따르르르를 거야! 그러느니 차라리 가스를 틀겠어!' 난 뤼시앵의 말을 무시하고서 대답했어요. '간단해. 네 인생이 이렇게 꼬이기 전, 그러니까 이 더러운 인간과 결혼식을 올리기 전에는……' 뤼시앵이 울부짖었어요. '제3자는 빠져요!' '이 더러운 인간, 이 실업자와 결혼식을 올리기 전에는……' '닥쳐요!' 난 아랑곳하지 않고서 재차 말했어요. '그러니까 네 인생이 이렇게 꼬이기 전까지 넌 착하고 순종적인 아이였단다. 널 끔찍이 아끼던 네 언니 노에미와 함께 직업전선에 뛰어들……' 뤼시앵이 울부짖었어요. '닥쳐요! 아니면 다아아앙장 가스를 틀 거니까!' '자네나 닥치게. 난 우리 예쁜 딸과 마저 얘기를 해야겠으니. 카르멘, 네 이름도 엄마가 아무 뜻 없이 지은 게 아니란다. 예쁘고 손님들한테 인기 있는 이름이니까 널 그렇게 부른 거야. 그런데 네 인생이 그만 꼬여버렸어. 저 아무 짝에도 쓸모없는 인간과 결혼하는 바람에. 봐라, 지금 너나 네 새끼들이나 네 새끼들의 벼룩들이나 네 실업자 남편이나 죄다 쫄쫄 굶고 있는 거…… 난 엄마로서 늘 네가 잘되기를, 네가 그 뭐냐, 천국의 천사처럼 늘 행복하기를 바랐어. 그래서 널 구원해주려고 그런 말까지 했던 거야. 기억나? 내가 이렇게 말했잖아.

엄마랑 같이 가자. 크리프 자매님 집에 데려다줄게. 크리프 자매님이 널 딸처럼 사랑해주고, 자기의 눈동자나 젖가슴인 양 널 소중하게 보살펴줄 거야. 네 언니 노에미가 번영을 누리며 행복하게 살고 있는 그 집에서 너도 일하면서 안락하게 살아갈 수 있어. 아멘!'"

셋 중 가장 큰 해골이 메아리처럼 되받았다.

"아멘! 얼마나 선하고 얼마나 다정한 자매님인지! 우리의 사랑스러운 아고니즈 자매님! 안 그래요, 페동크 자매님?"

하지만 턱을 놀리는 데 온 정신이 팔린 네덜란드 치즈 해골은 아무 대답도 하지 않았다. 세 번째 해골이 말을 이었다.

"내가 말을 마치자 낯빛이 시금치처럼 초록색이 된 뤼시앵이 쇳소리를 내며 고함쳤어요. '닥쳐, 망할 할망구야!' 내가 맞받아 쳤죠. '너나 닥쳐! 난 내 사랑하는 딸과 할 얘기가 남았으니까! 카르멘, 아가, 이리 오련? 일단 거기 가기만 하면 일이 순조롭게 풀릴 거야. 엄마가 보장해. 여자는 자기 남자를 위해 일할 때 진짜 능력이 발휘되는 거란다!' 카르멘이 사색이 되어 말했어요. '엄마! 난 그 직업이 싫어요! 그 일을 하느니 차라리 아이들과 아이들의 벼룩들과 나의 뤼시앵과 함께 죽겠어요!' 내가 두 사람에게 악을 썼죠. '좋아, 대신 둘 다 내 돈은 단 한 푼도 구경 못할 거라는 걸 명심해! 너흰 굶어 죽을 거고, 너희 자식들의 벼룩들이 너희 자식들을 꿀꺽할 테니까!'"

네덜란드 치즈 해골이 침을 흘리며 고개를 끄덕였다.

"냠냠!"

"뤼시앵이 고래고래 고함을 질렀어요. '가스를 틀 거야! 가스를 틀 거야!' 그때 코흘리개가 아빠 가랑이 사이로 나타났어요. '싸우지들 마, 조조가 배고프대!' 내가 가방에서 주머니칼을 꺼내 펴주면서 말했죠. '옛다, 우리 왕자! 가서 조조한테 이걸 줘!' 카르멘이 사색이 되어 외쳤어요. '엄마!' 그때 바닥에 누워 있던 아기가 하품을 하며 말했죠. '보자 보자 하니 낭장판도 이렁 낭장판이 없네! 낭장판도 이렁 낭장판이 없어. 뭐 이렁 집구석이 다 있어! 혹시 신문 같은 거 없어? 지루해 죽겠어!' 내가 그 집을 떠나려고 문밖에 발을 디디는 걸 보면서 카르멘이 부르짖었죠. '엄마! 정말 그냥 가버릴 거예요? 우리한테 뭐라도 주고 가요. 뤼시앵이 일자리를 찾을 때까지 버틸 수 있게!' '내가 줄 수 있는 건 오직 이거뿐이다!' 내가 한쪽 다리를 들어 올려 방귀를 한 방 터뜨려줬어요. '엄마!' 카르멘이 사색이 되어 외치자 뤼시앵이 악을 썼죠. '가스! 가스! 가스를 틀 거야!' 그때 머리에 근사한 납작 챙 모자를 쓰고 겨드랑이엔 서류 가방을 낀 남자가 들어왔어요. '라티젤 씨댁이죠?' 내가 말해줬죠. '네, 그래요!' '가스 회사에서 나왔습니다. 가스를 끊으러 왔어요!' 뤼시앵이 얼떨떨한 목소리로 물었죠. '뭐라고요? 무슨 말인지 이해가 안 되는데요?' 납작 챙 모자가 대꾸했죠. '이해하고 말 것도 없어요. 난 가스만 끊고 갈 거니까. 그게 싫으면 가스 요금을 내든가!' 내가 물었어요. '얼마죠? 내가 내주죠. 그것도 더없이 기꺼이! 자, 여기 있어요!' 내가 돈을 지불하자 챙 모자가 휘파람을 불며 가버렸어요. 내가 말했죠. '다들 안녕히! 가엾은 나의 카르멘, 잘 있거라! 안녕, 네네스, 토토르, 조조, 페트뤼스, 아가, 그리고 현재와 미래의 너희 형제자매들과 굶주린 너희의 배와 벼룩들도! 더러운 실업자 자네도 잘 있게! 신이 자네를 용서하기를! 하기는 신 영감탱이는 가톨릭이 된 이후로 용서밖엔 할 줄 모르니까! 그래도 서둘러. 가스를 틀라고! 날 너무 오래 기다리게 하지는 마! 난 쓸데없는 돈 낭비는 질색이니까! 다들 안녕히! 아멘!'"

"아멘!"

셋 중 가장 큰 해골이 성호를 그으며 외치자 네덜란드 치즈도 경건하게 복창했다.

"아멘!"

무덤에 메아리가 울려 퍼졌다.

"아멘!"

튤립도 머뭇머뭇 외쳤다.

"아멘!"

잠시 침묵이 흘렀다. 별안간 셋 중 가장 큰 해골이 야단스럽게 코를 킁킁거리며 중얼댔다.

"세상에! 내가 착각한 게 아니야! 이건 수컷 냄새가 분명해!"

네덜란드 치즈 해골이 놀라 물었다.

"수컷이요? 여기서요?"

메아리도 놀랐다.

"여기서요?"

"수컷이라면······."

문제의 수컷이 자신이라는 것을 마침내 깨달은 튤립은 기겁했다. 그는 공포에 질려 괴성을 지르며 지하 세계를 전속력으로 달렸다.

하지만 멀리 가지 못했다! 그도 그럴 것이 바로 뒤편에서 험악하고 무시무시하고 악마적인 목소리들이 합창으로 튤립을 덮쳤기 때문이다. 그 목소리들이 튤립의 귀에 들러붙어, 한쪽으로 비켜서서 길을 내주는 것이 이로우리라고 자비롭게 경고했다. 따라서 그는 한쪽으로 물러나서 몸을 웅크린 채 기다렸다. 달달한 어린아이의 목소리가 들렸다.

"젠장! 왜 이리 컴컴해! 엄마, 여기 엄마 배 속이랑 완전히 똑같아! 엄마 배 속은 공기가 통하지 않았다는 것만 빼놓고…… 아빠가 꽉 틀어막고 있었거든! 부르르…… 성냥 좀 문질러봐, 이 늙다리 얼간아!"

한탄 섞인 사내 목소리가 바로 이어졌다.

"들었어, 여보? 당신 애가 나한테 하는 말 들었느냐고?"

지친 여자 목소리가 이어졌다.

"네네스, 그런 못돼먹은 말버릇 고치라고 대체 몇 번이나 애원해야 되겠니? 지금은 정말 그럴 때가 아니야. 그럴 장소도 아니고!"

거침없는 아이 목소리가 들렸다.

"빌어먹을! 우리가 여기 있는 게 내 잘못이야? 늙다리 얼간이가 가스만 내버려뒀어도 이 고생 안 하잖아!"

한탄 섞인 사내 목소리가 말했다.

"들었어, 여보? 맞는 말이야, 그렇지?"

비애가 짙게 밴 사내 목소리가 푸념을 늘어놓았다.

"알아, 나도 안다고, 사랑하는 부인! 난 살인자 애비야! 난들 우리의 고난이 이렇게 끝도 없이 계속될 줄 알았겠느냐고!"

"빌어먹을! 그놈의 고난 소리 지긋지긋하네! 끝도 없이 계속되는 건 바로 아빠의 멍청이 짓거리야!"

　불빛이 이리저리 흔들리며 앞서가기 시작했다. 가족은 그야말로 성경 속 선사시대, 대홍수의 아비규환 속으로 진입한 채 엎치락뒤치락 튤립 앞을 행진했다. 코흘리개는 입에는 담배꽁초를 물고 양손은 호주머니에 넣은 채 거꾸로 걸어갔고, 그 뒤를 연령과 성별이 다양한 스무 명 내지 서른 명의 아이들이 둥근 실꾸리처럼 엉겨든 채 굴러갔다. 어찌나 움쭉달싹 못하게 서로 뒤얽혔는지 한편으로는 만취한 듯 한편으로는 신이 난 듯 촉수를 세차게 흔들면서 데굴데굴 굴러가는 거대한 문어, 히드라를 연상시켰다. 그것은 펄쩍 뛰어오르는가 하면 기우뚱거리고, 부푸는가 하면 오므라들었다가, 침을 질질 흘리는가 하면 아우성을 쳤다. 방귀를 뀌고, 박치기를 하고, 토하고, 부딪치고, 오줌을 싸고, 느슨하게 풀리고, 다시 말리고, 공처럼 동그래지고, 쪼그라들고, 손가락이 눈이며 똥구멍이며 입을 드나들고, 똥과 오줌과 진흙과 엄마 젖 냄새를 풍겼다. 조그맣다가, 짧았다가, 가늘었다가, 길었다가, 커다랗게 팽창했다가, 자그마하게 오그라들었다가, 원형, 사각형, 타원형, 포물선, 사다리꼴, 원뿔형이었다가, 볼록한가 하면 오목했다가, 둥글게 휘는가 싶으면 일직선으로 뻗었다가, 발기하고 늘어지고, 다시 미세하게 발기했다가 흐늘거리는가 싶으면 더할 수 없이 딱딱해지고, 축 처지고 쭈그러들었다가, 통통 튀었다가, 초록색인가 싶으면 불그스름했다가 노르스름해지는가 싶으면 푸르스름해지고, 금발이었다가 갈색 머리, 대머리, 적갈색 머리가 되었다. 벼룩, 좀, 지렁이, 곰팡이, 흰색과 회색과 검정색과 고동색 이가 득시글거렸고, 종양과 좁쌀종과 물집과 두드러기로 뒤덮였다. 옴과

백일해와 촌충과 홍역과 천식과 통풍과 전립선염과 임질과 폐병과 매독과 아버지, 어머니, 조상에게서 대물림된 모든 질병, 거기에 자생적 질병의 진원지였다. 개인 고유의 병! 개체적 병! 선천적 병! 자생적인 자기 혼자만의 병! 그 모든 아름다운 젊음이 튤립의 눈앞에서 경쾌하게 통통 구르며 지나갔다. 이 땅의 열매, 세상의 근원, 죽지 않는 씨앗! 수 세기 동안 오염되고 더럽혀지고 혼탁해진 피와, 세균이며 병원균처럼 결코 최상일 수 없는 모든 것에 의해 탄생한 씨앗! 탁월한 선택! 최고의 간택! 독창적인 농사! 오직 액체 방울들만을 사용한 경작! 넘쳐나는 선택의 여지! 만발한 선택의 여지! 무료입장! 공짜 퇴장! 정확한 발포! 뼛속까지 뒤틀리고 썩어 문드러진 불량 염색체들의 대방출! 흉악한 불청객들 속에서 꿋꿋이 버틴 씨앗! 결코 포기하지 않는 씨앗! 일어서는 씨앗! 도처에서 일어서는 씨앗! 변소에서! 매음굴에서! 진창에서! 상실감 속에서! 전쟁터에서! 기근 속에서! 불길 속에서! 핏속에서! 증오 속에서! 죽음 속에서! 어디서든 어떻게든 누구에게든! 9개월 동안! 하나, 둘! 하나, 둘! 왼쪽! 왼쪽! 잘생긴 놈! 대단한 녀석! 이를 악물고! 엉덩이를 조이고! 빌어먹게 날렵한 불행한 어린 녀석, 수천 년에 걸쳐 끝없이 행군하는 굶주린 종양 집단의 건실한 관리인! 광분한 아이들 무리가 칭얼거림 소리로 고막을 찢으며 튤립 앞을 지나갔다. 다정함의 상징인 성녀 엄마가 그 뒤를 따랐다. 양팔에 갓난애를 한 명씩 안고 제법 불룩한 배에 세 번째 아이를 품은 채. 그녀가 힘껏 외쳤다.

"조심해! 주위를 잘 살펴! 내 소중한 아이들아! 다치지 않게 조심해!"

아이들 무리가 대꾸했다.

"집어치워!"

"어쨌든 조심해! 제발 부탁이다! 내 사랑! 내 소중한 아가들! 여긴 천지가 돌멩이야!"

아이들 무리가 한목소리로 외쳤다.

"알아! 조조가 막 하나 꿀꺽했어!"

그녀가 전속력으로 달렸고 그 뒤로 남편이 나타났다. 아, 남편! 수컷! 가정의 가장! 앞장서는 자! 번식하는 자! 인류의 골수! 뼈대! 정액, 정액 말이다! 반신半神! 핵심! 그는 재킷도 없는 조끼 차림에 코안경을 걸친 채, 자신의 다리 사이를 정신없이 오가는 한 무리의 아이들과 격한 실랑이를 벌이고 있었다. 아이들은 그의 가랑이 사이를 지나며 고환을 물어뜯는가 하면 바지나 호주머니 안 여기저기로 기어오르고, 털을 잡아당기는가 하면 그의 한 손에는 오줌을 다른 손에는 똥을 갈겼고, 그의 몸의 뾰루지들을 잡아떼어 덥석 삼켰다가 뱉어내고는 다시 삼켜 힘겹게 소화시켰다. 그는 아이들과 몸싸움을 벌이며 패대기쳤다가 다시 다가가 깨물었고, 아이들은 그의 몸에서 잡아뗀 뾰루지들을 그의 입안에 쑤셔 넣어 삼키게 했다. 그가 신음을 흘렸다.

"봤어, 여보? 당신 아이들이 나한테 무슨 짓을 하는지? 내가 이러라고 가스를 튼 줄 알아? 하지만 난 후회하아아지 아아않아! 절대로, 여보! 그래도 몇 가지 소득이 있으니까! 이제 더는 고귀한 당신 엄마가 우리를 귀찮게 하러 오지 못할 테니까!"

그가 이 경솔한 말을 내뱉자마자 묘지 반대편에서 목소리 하나가 들려왔다.

"봐요, 내가 잘못 들은 게 아니라니까요! 카르멘이에요! 나의 어여쁜 카르멘!"

아내가 절망적으로 울부짖었다.

"엄마!"

남편은 처음엔 도무지 영문을 몰라 했다. 그는 아이들이 조끼를 물어뜯는 것도 아랑곳없이 얼마간 꼼짝하지 않다가, 이윽고 비명이든 말이든 일절 아무 소리도 없이 공중제비를 한 바퀴 넘어 토끼처럼 쏜살같이 도망쳤다. 아이들 전원이 그를 추격하며 돌을 던지고 욕설을 퍼부었다. 아이들이 그를 따라 사라지자 양손에 각각 아이를 하나씩 안고 배 속에 세 번째 아이를 품은 여인도 여보! 울부짖으며 그 뒤를 따랐다. 세 해골이 흉측하게 낄낄거리며 폴짝폴짝 뛰다가…… 사라졌다. 소음이 잦아들었다. 튤립은 숨어 있던 곳에서 나왔다.

다들 꼼짝 마!

땅에서 습기가 훅 끼쳐왔다. 튤립은 가늘게 떨면서 발걸음을 다시 옮겼다. 어둠을 헤치기 위해 손을 뻗어 지하 묘지의 벽을 더 듬을 때마다 벽을 뒤덮은 차가운 물방울들이 느껴졌다. 무수한 물줄기가 돌벽을 타고 흘러내렸다. 그의 신발 속에서 바퀴벌레들이 역겨운 맥 빠진 소리를 내며 터졌다. 쥐들이 그의 곁을 지나 줄행랑을 쳤다. 공기는 퀴퀴했고 땅은 파헤쳐졌으며 돌은 축축했다. 그의 발자국 소리가 등 뒤로 음산한 메아리를 만들었다. 마치 시체 한 무리가 뒤쫓아 오기라도 하는 기분이었다. 그는 뛰다가 걷기를 반복한 끝에 번들거리는 양초들이 불을 밝히는 널찍한 구덩이에 이르렀다. 튤립이 여전히 기어들어가는 목소리로 말을 던졌다.

"다들 안녕하시오?"

하지만 응답이 없었다.

구덩이 한가운데 해골 하나가 보였는데 극도로 안절부절못하는 상태였다. 한 손에 양초를 들고서 안와까지 내려온 챙 모자를 눌러쓴 채 고루 녹이 슨 사진기 주위를 부산스럽게 맴돌고 있었다. 그가 깊은 동굴에서 나는 듯한 쉰 목소리로 온 뼈마디가 우지끈거리는 소리를 내며 외쳤다.

"다들 꼼짝 마! 작은 새가 곧 나올 것 같아…… 다들 꼼짝 마!"

거만하고 위풍당당하고 건장한 경찰 여섯이 사진기 앞에 서 있었다. 다들 허리가 잘록한 외투를 입었는데 깃이 너무 높아 고개를 꼿꼿이 쳐들 수밖에 없어서 자신감이 하늘을 찌르거나 아니면 옷에서 고약한 냄새라도 풍기는 것처럼 보였다. 외투 상단의 장식 단춧구멍은 아주 유명한 휘장, 즉 실크해트 위에 X 자로 놓인 두 개의 우산이 수놓인 휘장으로 장식되었다. 그들의 하반신, 요컨대 엉덩이 아래쪽은 두툼한 장화를 신은 발을 제외하고는 적나라한 알몸이었다. 그들은 두 손을 포개어 성기를 조신하게 가렸지만 뒤쪽으로는 포동포동한 분홍빛 엉덩이를 일렬로 노출하고 있었다. 아마 이 상태로 매장되었던 듯했다.

해골 하나가 턱에서 소름 끼치는 삐거덕 소리를 내면서 외쳤다.

"잠깐! 작은 새가 곧 나올 것 같아…… 곧 나올 거야, 작은 새가!"

그가 사진기로 달려들어 양초를 쳐들며 금방이라도 셔터를 누를 태세를 취했다. 그때 오른쪽에 있던 두 번째 경찰이 재채기를 했다. 재채기가 어찌나 세찼던지 경찰은 그대로 쓰러졌고, 산산조각으로 먼지를 풀썩이며 사라졌다. 먼지가 가라앉자 튤립의 눈앞에 어쩌면 당연하게도 경찰은 온데간데없고 경찰의 콧수염과 장화, 실크해트, 우산만이 남았다. 해골이 양팔을 비틀며 외쳤다.

"실패! 또 실패야! 노상 실패라고!"

경찰들이 말했다.

"진정해! 다시 하자!"

해골이 한숨을 내쉬었다.

"그래야겠지. 알았어! 이번엔 제발…… 조심들 하자고! 준비됐어? 자…… 하나…… 둘……."

그가 조심조심 카메라 셔터에 손가락을 갖다 대는 순간, 왼쪽에서 네 번째 경찰의 배꼽에서 커다란 쥐 한 마리가 주둥이를 내밀더니 호기심 어린 표정으로 콧수염을 실룩이며 물었다.

"뭐 하는 거야?"

해골이 노발대발했다.

"실패! 또 실패야! 노상 실패라고! 아마 저 망할 놈의 쥐새끼가 찍혔을 거야!"

네 번째 경찰이 기겁하며 기숙생의 주둥이를 토닥거렸다.

"그럴 리가 있나! 자, 어서 꺼져!"

쥐가 분개했다.

"이거 왜 이래? 아니, 이젠 창가에 나와 바람도 못 쐬나? 누군 노상 안에서 숨이 막혀야만 하느냐고?"

쥐가 증오심에 불타 침을 퉤 뱉더니 구시렁거리며 도로 들어갔다. 해골이 눈물을 훔치며 소곤거렸다.

"다들 꼼짝 마! 하나…… 둘……."

"히! 히! 히!"

쥐가 다시 주둥이를 밖으로 내밀며 웃어재끼더니 곧바로 사라졌다. 해골이 울부짖었다.

"실패! 2072번째 실패야! 전지전능한 신이시여! 어째서 제게 이런 고난을 내리셨나이까!"

그가 무릎을 꿇더니 황소처럼 울기 시작했다. 경찰들이 한목소리로 말했다.

"자, 자! 누구나 저마다의 고난을 짊어지고 있다고! 자네가 이렇게 울면 저자는 대체 어쩌라는 건가?"

그들이 팔을 뻗어 한쪽을 가리켰다. 튤립 앞에 기이한 광경이 펼쳐졌다. 시체 하나가 보였고, 손가락들이 퉁퉁 부은 손에 수갑이 채워져 있었다. 백지처럼 새하얗게 질린 얼굴의 한쪽 눈은 새빨갛고 다른 쪽 눈은 새파랬으며 코에서는 피가 콸콸 흘러 얼굴이 삼원색이었다. 그는 바위에 주저앉아 몸을 덜덜 떨며 흐느끼면서 수의 끝자락으로 눈물을 찍어냈다. 겉옷 없이 조끼만 걸친 거대한 경찰이 손에 곤봉을 든 채 그에게 몸을 숙이더니 나직하게 호령했다.

"자백해! 자백하라고!"

시체가 오열했다.

"아니, 아니! 싫소! 난 자백할 게 없어요!"

경찰이 곤봉으로 시체의 정수리를 시원하게 내려치며 호령했다. 정수리에서 음산한 울림소리가 났다.

"자, 이래도? 자, 다시 한 번! 이건 어때? 이건? ……나도 좋아서 이렇게 네놈을 두들겨 패는 게 아니야. 전능하신 신께서 이러라고 날 여기 보낸 걸 난들 어떡해? 그러니 고집 피우지 않는 게 좋을 거야. 당장이라도 고백만 하면 매질을 멈출 테니까. 그저 간단히 심문만 하고 마지막 심판 때까지 조용히 놔둘 거야…… 겁먹을 필요 없어. 경험자로서 얘기지만 지옥이 그렇게까지 나쁜 곳이 아니야! 자, 자백할래?"

시체가 울먹였다.

"아니, 아니, 싫어요! 난 결백하다고요!"

시체의 정수리에 즉시 곤봉이 호되게 날아들었다. 경찰이 호령했다.

"자, 이래도? 이건 어때? 이건? 내가 이래 봬도 네놈보다 더 결백한 자한테도 자백을 받아낸 사람이야, 알아?"

이 형벌 장면에 새로이 용기를 얻은 해골이 다시 목청껏 외쳤다.

"다들 꼼짝 마! 작은 새가 곧 날아오를 거야…… 잠깐…… 하나…… 둘……."

바로 그때, 왼쪽에서 첫 번째 경찰의 목이 이유도 없이 어깨에서 떨어져 공처럼 땅바닥에 데구루루 구르다가 사진기의 삼각대를 한 방에 쓰러뜨렸다. 해골이 머리를 쥐어뜯는 시늉을 하면서 빽빽거렸다.

"실패! 여전히 실패야! 이 형벌을 한 세기 동안 더 받아야 해. 난 호구라고!"

튤립은 손으로 공중에 커다랗게 원을 그리며 인사한 뒤 뒷걸음질로 물러나 눅눅한 지하 묘지로 돌아왔다. 그가 중얼거렸다.

"여기도 경찰이 있다니 끔찍하구나! 그런 줄 알았더라면 플릭톡스 살충제 브랜드 '플라이톡스fly-tox'를 '플릭톡스flic-tox'로 패러디했다. 플릭flic은 프랑스어로 '경찰'이라는 뜻를 가져왔을 텐데…… 한 병 가득…… 마누라가 부엌 찬장에 늘 한 병쯤은 상비해두었지. 그렇다고 우리 집에 빈대가 들끓었던 건 아니야…… 경찰도 없었고…… 다만 하숙생들이…… 특히 실업자들이…… 빈대와 구더기가 득시글한 이불에 하도 익숙하다 보니…… 밤에 방에서 플릭톡스 냄새가 나지 않으면…… 불안해서 잠들지 못했지…… 감히 눈을 감지도 못했으니까! 몸을 뒤치고…… 구시렁거리며…… 불만을 터뜨리고…… 우리 집은 늘 청결해서 하등 겁낼 필요 없다는 걸 알면서도…… 거지 같은 일생 동안 플릭톡스 냄새에 절어 잠들다 보니…… 그게 없으면 도무지 적응이 안 되는 거라! 겁을 와락 내며 갑갑증을 호소하고 심지어 더러 토악질도 했지! 습관은 제2의 천성인 것을…… 거기엔 어쩔 수가 없는 거야…… 그러니 마누라가 별수 없이 여기저기 플릭톡스를 뿌려댔지…… 베개에도…… 낯짝에도…… 이불에도…… 하숙생들은 그걸 들이켜고…… 괴로워하고…… 독한 냄새를 풍기면서도…… 행복하게 잠들었었지!"

튤립이 몇 걸음 더 옮겼을 때, 암흑 속 어디선가 돌연 외침이 들렸다.

아! 여긴 정말 지겹구나!
아! 여긴 정말 지겹구나!
아! 여긴 정말 지겹구나! 여긴 젠장, 젠장, 젠장, 랄라!

튤립은 기겁했다.
"이게 뭔 소리지?"
마침 그의 곁을 지나던 시체가 친절하게 귀띔했다. 한 손엔 양초를 들고 다른 쪽 팔엔 수건을 걸쳤다.

"천국에 올라간 자들의 노랫소리죠!"

튤립이 허리 숙여 인사하며 말했다.

"고맙소, 선생!"

시체가 정중하게 답례하며 말했다.

"천만에요, 선생!"

그러고 멀어졌다.

무명 병사

튤립은 좁다란 지하 묘지에서 무작정 몇 걸음 더 옮기다가 별 안간 무언가 딱딱한 것에 걸려 휘우뚱거렸다. 입에서 볼멘소리가 새나왔다.

"아니, 여긴 왜 이리 돌멩이가 많아?"

땅에서 솟아나는 듯한 비음 섞인 목소리가 물었다.

"과연 그게 돌멩일까? 이봐, 친구, 그쪽이 틀렸다는 걸 증명해 주지…… 자, 어때?"

누군가 튤립의 발을 세차게 밟았다. 그가 우는 소리를 냈다.

"어이쿠!"

이어 진심을 다해 덧붙였다.

"이런 염병을 하다 빌어먹고 젠장맞을!"

같은 목소리가 담담하게 평가했다.

"제법이군!"

튤립은 조심스럽게 한 발 물러나 성냥을 켜고는 발부리에 채 인 것이 돌멩이가 아니라 실은 사람 머리였음을 확인했다. 그렇 다, 온통 털로 뒤덮인 사람 머리였다. 콧수염이 무성하고 덥수룩한 적갈색 머리칼에 독일 군모를 쓴 사람 머리가 유리병 조각이며 빈 캔이며 더러운 천 조각 틈에서 뒹굴고 있었다. 머리가 명령했다.

"이리 가까이 와! 더 콱 깨물어줄 테니…… 좀 숙여봐…… 그렇게…… 자, 어서! 내 이마에 난 이 혹 좀 문질러주겠어? 아야! 그렇게 세게 말고! 혹이 커? 그쪽 작품이야!"

튤립이 더듬거렸다.

"미안하게 됐어! 일부러 그런 건 절대 아니야!"

머리가 한층 더 짜증을 내며 중얼거렸다.

"그게 그거야. 푸제르쉬르브리 출신 무명 병사의 얼굴을 이렇게 짓밟다니!"

튤립은 혹을 까맣게 잊은 채 깜짝 놀라 몸을 벌떡 일으켰고, 그 바람에 손에 든 성냥불이 꺼졌다. 어둠 속에서 머리가 명령했다.

"문지르라니까!"

튤립은 다시 몸을 숙여 어둠 속을 더듬어 혹을 찾아냈다. 그가 신이 나서 말했다.

"나도 푸제르쉬르브리 출신이야! 내 마누라도! 우리 식구 모두! 장담컨대 시에서 그쪽을 시청 광장에 세운 개선문 밑에 묻어줬을 거야!"

머리가 말했다.

"실수를 저질렀지, 국가가! 그만해도 돼. 이제 안 화끈거려…… 개선문 밑에 묻힌 건 독일군 졸병이라고!"

튤립이 소스라쳤다.

"그럴 리가!"

머리가 흡족해하며 으르렁댔다.

"놀라 자빠지겠지, 엉? 자초지종을 말해줄게…… 가서 마을 사람들한테도 그대로 전해…… 다들 찜찜해서 미치도록! 사연인즉슨 이거야. 시에서 무덤으로 날 찾으러 왔을 때 난 같은 구멍에 함께 파묻히게 된 독일군 친구와 블로트 카드놀이 중이었어. 그런데 알고 보니 바로 날 쏘아 죽인 친구더라고. 나도 마지막 숨을 거두기 전에 그 친구를 쏘아 죽였고…… 우린 틈만 나면 서로에게 사과했어…… 이런저런 잡담을 나누다가…… 참회의 눈길로 서로를 그야말로 창자까지 들여다봤지…… 서로에게 예의를 차렸어…… 말인즉슨 오해였다는 식으로…… 결국 그 모든 죽어간 일등병들 얘기로 우린 단단히 결속됐지…… 약간의 동질감을 느낀 거야! 당시만 해도 내 얼굴이 몸에 제대로 붙어 있었다는 걸 밝혀야겠군…… 다리며 팔이며 다 있었지…… 뭐, 여기저기 널브러졌던 창자만 빼면. 아무튼 우리는 시간을 죽이기 위해 카드놀이를 했어. '블로트!' 독일군 친구가 카드를 내려놓으며 외쳤고 나도 카드를 던지며 말했지. '그만하지! 자넨 운이 정말 좋군, 프리츠. 이젠 시끄러워서 더는 카드놀이도 못하겠어, 젠장맞을!' 시에서 날 찾느라 곡괭이로 쉴 새 없이 땅을 파댔거든. 독일군 친구가 부러워하면서 말했지. '그럼 자네 이체 개성문 아래 파묻히는 거야, 보볼? 개…… 개…… 개성문! 아, 만일 나 알았다면 자네 죽이지 않았어, 보볼. 맹세해!' 독일군 친구가 못내 부러워서 고개를 주억거리며 눈을 치떴어. '독일 궁인들 언제나 행군, 깃발, 훈장, 폼 나는 거 죠아하는 거 자네 알지?' '내 생각엔 거기

혼자 가서 묻히면 심심해서 주리가 틀릴 것 같아, 프리츠, 미치도록!' 독일군 친구가 어이없어 하더군. '개…… 성문 밑에서? 허!' 독일군 친구가 점점 부러워하며 입술을 혀로 축이고 침을 흘리다가 한숨을 내쉬었어. 위에선 뼈다귀를 찾는 개처럼 땅을 헤집는 곡괭이 소리가 끊임없이 들렸지. 내가 못 참고 소리쳤어. '이거 원, 시끄러워서! 안 되겠어, 내가 나가서 우릴 좀 조용히 내버려 달라고 말해야겠어!' 독일군 친구가 질겁하며 말렸지. '그러지 마, 보볼. 그 사람들 자네 보면 놀라 죽어. 아니면 도망가고. 그럼 자네 개성문 밑에 못 묻혀! 아, 그건 그렇고 보볼, 이제까지 우리 함께한 블로트 게임, 자네 나 얼마 줘야 돼?' '돈으로 줄 수 있는 그 이상으로 갚아주지, 프리츠! 부담 가지라고 하는 말은 아니지만, 자네 정말 운 좋은 줄 알아!' '흠…… 흠…….' 독일군 친구가 동조하는 표정으로 고개를 끄덕이다가 별안간 눈을 희번덕거리면서 엄마 젖을 찾는 송아지마냥 날 흘금거렸어. '됐어, 프리츠, 그런 얼굴 할 것 없어…… 내가 충분히 아니까! 거기 가면 얼간이밖에 더 되겠느냐만, 이 딱한 친구야, 어쨌든 자네가 좋다니…… 그럼 우리 계산 끝난 거지?' 독일군 친구가 천국이라도 선물 받은 것처럼 행복해하며 외쳤어. '끝났고말고! 자네 정말 머싯는 친구야, 보볼! 아! 내 불쌍한 사랑 부어스첸 이 사실 알았더라면! 아! 사랑하는 남편 정말 자랑스러워했을 텐데!' '그만해, 프리츠. 넋 놓고 있을 시간이 없어. 서둘러, 위에서 벌써 바짝 다가왔으니까…….' 곡괭이 소리가 머리 바로 위에서 들렸거든. 조금만 더 파고 내려오면 곡괭이로 우리를 칠 판이었지. 우린 서둘러 옷을 바꿔 입은 뒤 우정 어린 포옹을 나눴어. '안녕히, 프리츠! 동료들 곁을 떠나 공공장소에 가서 혼자 썩어가겠다니 정말 어리석기 짝이 없군. 게다가 거기 가면 상부에서 얼마나 이런저런 치장을 해댈 거며 행사도 많을지. 아마 아침저녁으로 와서 귀찮게 굴며 성질을 돋울 걸세!' 독일군 친구가 눈물을 찍어내며 대답했지. '안녕히, 보불! 우리 독일군들 개성문 밑에서 조용히 썩어가는 거 최고 영광 중 영광인 거 어쩌겠나! 최고 영광! 다만 내 불쌍한 사랑 부어스첸 이 사실 알았더라면! 아아!' 그때 바로 위에서 곡괭이가 모든 것을 깨부수며 우리를 내려쳤어. 작업모를 쓰고 삼색 스카프를 두른 사내 둘이 보였지. 스카프가 그자들의 더러운 얼굴로 흩날렸어. 그 더러운 얼굴로! 그자들이 구멍 속의 우리 둘을 번갈아 유심히 살펴더군. 그중 하나가 프리츠의 머리칼을 움켜쥐며 감격한 목소리로 외쳤어. '이거야!' 그랬더니 다른 하나도 맞장구치더군. '헷갈리려야 헷갈릴 수가 없지! 군복이 아니더라도 우리 편 얼굴은 1000명 가운데서도 알아볼 수 있으니까!' 순간 난 신이 나서 환호성을 지를 뻔했어. 내가 프리츠한테 한쪽 눈을 찡긋해 보였지만 그 불쌍한 독일군 친구는 누운 채로 뻣뻣하게 굳어 눈치를 봤어. 그뿐인가. 그래도 불안해서 그자들한테 무기까지 내보였지! 그렇게 해서 난 여기 있게 됐고, 푸제르쉬르브리 사람들의 개선문 밑엔 나 대신 작센 출신 독일군 졸병이 가서 썩게 된 거야!"

튤립이 허리를 잡으며 실소했다.

"히! 히! 히! 그쪽 말은 앞뒤가 맞지 않아!"

머리가 어리둥절해했다.

"어째서? 틀림없는 사실인데도?"

튤립은 자신의 단언이 머리에게 불러일으킬 효과를 조금이라도 놓치지 않기 위해 성냥을 문질러 켜면서 대답했다.

"왜냐하면 죽은 자는 말이 없는 법이니까! 죽은 자가 어떻게 말을 해, 안 그래?"

적갈색 머리가 이 적절한 지적에 진심으로 충격을 받은 듯했다. 그가 낯빛마저 살짝 붉히며 시선을 돌렸다. 한쪽 구석에서 빈정대는 목소리가 들려왔다.

"재밌네, 재밌어! 당신들 얘기를 듣고 있자니 내 마누라 생각이 나는군!"

튤립이 소리 나는 쪽을 바라보니 두 번째 머리가 보였다. 이번엔 대머리였다. 너무 오래 써서 닳은 모자처럼 쇠약하고 쭈글쭈글한 머리가 쓰레기 더미 속을 뒹굴고 있었다.

"괜찮은 할망구였지! 화냥기가 약간 있었지만 알뜰했어! 마누라가 죽었을 때 내가 마누라가 누워 있는 침대 둘레 네 개의 양초에 불을 붙이려 하자 별안간 이불을 들치며 벌떡 일어났지. 그러더니 화났을 때 하던 버릇대로 한쪽 눈을 감은 채 날 노려보면서 고래고래 악을 썼어. '이 등신 맹추야! 부엌에 있는 쓰다 만 몽당 양초로도 충분한 걸 뭣 때문에 쓸데없이 양초를 새로 네 개나 사서 불을 붙여?' 마누라가 완전히 죽은 게 아니었거나 아니면 부엌에 있는 쓰다 만 몽당 양초로 충분한데도 불구하고 내가 새 양초를 네 개나 낭비하는 꼴에 식겁해서 잠시 부활한 것이거나! 마누라가 계속해서 고함쳤어. '길바닥에 돈 좀 뿌리지 말란 말이야, 이 등신 맹추야! 그 양초 네 개는 고이 뒀다가 내 곁으로 오는 날 갖고 와. 내가 검사할 거야. 알았어? 이 등신 맹추야! 안 그랬다간…… 각오해!' 그러고는 다시 침대에 누워 뻣뻣하게 굳었어. 더는 아무 말이 없었지. 심지어 관에 못을 박을 때조차. 하기는 못 박는 소리가 어찌나 요란하던지 아내가 무슨 말을 했더라도 들리지 않았을 거야. 내가 여기 온 날, 마누라가 날 보더니 통통 튀어서 다가와 물었지. '양초는, 이 등신 맹추야. 양초 어쨌어? ……보나마나 뻔하지. 안 가져왔겠지!' 하지만 난 양초를 가져왔어! 내 마누라를 누구보다 잘 아니까! 혹시 담배 있나?"

"옛소!"

튤립은 몸을 숙여 대머리의 입에 담배를 물려줬다. 적갈색 머리가 쏩쏠해하며 분개했다.

"나는? 난 잊었어? 동향인을 이렇게 무시하기야? 게다가 내 얘기, 내 얘기가 방금 그거보다 훨씬 배꼽 빠지게 재밌지 않아?"

대머리가 차분하게 대꾸했다.

"그건 아직 두고 봐야지! 각자 취향이 있는 거니까, 라고 어떤 개가 불알을 핥으면서 한 말도 있잖아!"

튤립이 신이 나서 말했다.

"아, 이거 내기였소? 그럼 진즉에 얘기했어야지!"

튤립은 입을 오물거려 침을 모아 퉤 뱉었다. 가열하게…….

조제프 씨

그때 경찰 한 명이 무덤을 통과했다. 턱수염을 기른 슬픈 표정의 왜소한 경찰로 한 손에 손전등을 들었다. 그가 바지 앞을 열어 자유로운 다른 손으로 무심코 손장난을 쳤다. 요컨대 자신의 남성을 잡아당겨 최대한 길게 늘였다가 갑자기 놓아버렸는데, 그 순간 그의 남성이 채찍처럼 바람을 가르는 날카로운 소리를 내며 원래 크기, 그러니까 확연히 보잘것없는 크기로 바로 되돌아갔다. 대머리가 진심에서 우러나오는 목소리로 외쳤다.

"허! 적어도 2미터는 차이가 나는걸!"

튤립이 즉시 말을 받았다.뒤이어 『그로칼랭』의 단초가 된 줄거리의 시작. 조제프 씨와 조제핀의 이야기가 변형되었다―원주.

"내 마누라가 예전에 방을 세준 이에 비하면 저건 어린애 장난이오…… 비록 그이는 그것 때문에 목숨까지 잃었지만…… 딱하기도 하지! 예술처의 문서관리원으로 오동통하고 안존한 사람이었는데 밤낮으로 플루트를 불어대는 몹쓸 버릇이 있었소. 낮에는 감미로운 음악으로 들릴 때도 있었지만 밤에는 더러 성가시기 이를 데 없었지…… 어느 날 밤 마누라와 내가 막 잠자리에 들었

을 때 옆방에서 조제프 씨가 플루트를 사납게 불어댔소…… 그
러다 플루트 소리가 뚝 끊기더니 비명이 들렸지. '사람 살려! 나
죽네!' 이어서 마치 침대에 개라도 버티고 있다는 듯 '앉아! 앉
아! 조제핀! 어서 앉지 못해?'라는 소리가 들렸소. 마누라가 달
려갔고 나도 뒤따라가서 문을 두드렸지. 똑! 똑! '들어와요! 하지
만 조제핀을 조심해요…… 특히 절대 건드리지 말아요! 녀석이
여간 흥분한 상태가 아니니까 잘못하면 물리는 수가 있어요! 앉
아! 앉아! 앉으라니까 조제핀……. 특히 내가 절대 연주를 중단
하면 안 돼요!' 마누라가 안으로 들어갔고 나도 뒤따랐소…… 마
누라가 감동으로 목이 메서 말했지. '어쩜 저리 아름다울 수가!'
조제프 씨는 똑바로 누운 채 플루트를 불고 있었는데, 당시 조제
핀의 크기가 1미터 50센티미터는 됐을 거요! 뱀처럼 몸을 쳐든
채 흐느적거렸는데 신이라도 들린 듯 얼굴을 기이하게 흔들어댔
소…… 난 바로 그 방을 나왔고 마누라도 뒤따랐지. 복도로 나오
자 마누라가 그러더군. '입장료로 얼마를 받으면 될까? 엉?' 나
는 즉시 대답했소. '50프랑은 받아야지! 한 이틀 안이면 이 동
네 여자들로 계단이 득시글거릴걸! 이후엔 도시 곳곳에 포스터
를 붙이자고!' '지방에도 홍보를 좀 하면 어떨까? 미국에도! 미
국 여자들은 달러로 지불할 거 아냐? 미국 여자들도 그런 거 좋
아할 거야!' '계속해서 규모를 늘려나가다 보면…… 반년 정도면
돈이 어느 정도 모일 거야!' '글쎄, 그렇게 단기간에 너무 많은 걸
꿈꾸면 안 돼. 그래도 당신이 그토록 원하던 시골의 작은 집 정도
는 살 수 있지 않을까…… 아, 여보!' 이 말과 함께 마누라가 나
한테 뽀뽀를 했는데 내가 그만 기절할 뻔해서 마누라가 붙들어

쥐야 했소…… 내가 마누라 냄새를 좀 깜빡했었지. 아무튼 조제프 씨는 그날 밤 이후로 신세를 망쳤다고 보면 될 거요! 쉴 새 없이 플루트를 연주해야 했으니까. 조제핀은 마법에라도 걸린 듯 하루하루 커갔소. 매일 아침과 점심으로 단지의 음료를 마시고 참새 열두 마리를 삼켰어요. 기분이 좋을 땐 손으로 음식을 먹으러 오고, 날이 더우면 창가로 가서 굵은 담쟁이마냥 벽에 매달려 흐늘거리면서 소화를 시키기도 했소. 그럴 때면 코흘리개들이 신이 나서 모여들어 돌을 던져대는 통에 조제핀을 옮기기 위해 소방차를 동원해야 했지. 차가운 물대포 한 방이면 울음소리를 내며 벽에서 떨어졌으니까. 나중엔 더할 나위 없이 아름다워진 조제핀이 찻길도 쉽게 건너게 되고, 창가에서 사람들도 구경하고, 부엌에 가서 하녀들을 놀래 달아나게 한 뒤 음식도 훔쳤소…… 그게 화근이었지. 어느 날 밤 조제핀이 두툼한 스테이크 한 점을 입에 문 채 찻길을 건너고 있는데 전차 한 대가 전속력으로 달려왔소…… 난 현장을 보진 못했지만 조제프 씨가 어찌나 처절한 울음소리를 냈던지 내 마누라가 침대 밑에 처박혀 나올 생각을 하지 않을 정도였지요. 여북하면 내가 이웃까지 동원해서 끌어내야 했으니까…… 우린 그 둘을 관 하나에 함께 넣어 묻어줬소. 불쌍한 조제프 씨가 받았던 프러포즈로 마누라가 두 달 동안 집 안을 데웠고…… 그래서……." ^{『그로칼랭』에 단초가 된 줄거리}
의 끝—원주.

천둥 같은 코 고는 소리에 튤립은 말을 중단했다. 두 머리가 눈을 감은 채 평화롭게 잠들어 있었다. 깊은 상처를 받은 튤립은 역정을 냈다.

"젠장맞을! 젠장맞고 젠장맞고 또 억수로 젠장맞을! 이렇게 치욕스러울 데가!"

성배

튤립은 비척거리며 그곳을 떠났다. 그는 지하 묘지의 벽에 번번이 부딪쳤고, 그때마다 돌벽에 방울방울 맺혔다가 흐르는 차가운 물기를 손에 느꼈다. 마침내 양초 하나로 희미하게 불을 밝힌 협소한 무덤 입구가 보였다. 무덤에 이르니 한눈에 수도사의 방이라는 것이 느껴졌다. 방의 한쪽 면 전체를 차지한 철제 침대엔 누렇게 바랬으나—필시 억겁의 세월 탓이리라—깨끗한 수의가 씌어 있었고 침대 위에는 십자가가 걸려 있었다. 맞은편에는 녹슨 자물통이 달린 커다란 궤짝이 놓였는데 이것 하나만으로 방의 절반이 꽉 찼다. 침대와 궤짝 사이의 둥근 의자에 수도사가 앉아 있었다. 매우 노쇠해 보였다. 피부는 자글자글했고 복부까지 내려오는 턱수염은 침대를 덮은 수의처럼 누르스름했다. 아마 수의와 같은 나이이리라. 그는 종잡을 수 없는 색깔의 수도복을 걸치고 허리띠 대용으로 노끈을 둘렀다. 튤립을 발견한 수도승이 억눌린 비명 소리를 내며 의자에서 굴러떨어졌다. 그가 중얼거렸다.

"아, 드디어! 형제님을 기다렸소!"

튤립이 대꾸했다.

"이리 황송할 데가! 어느 날 아침 파리의 사형집행인한테 똑같은 말을 들은 나의 오랜 친구 토토르 라 프리튀르가 이렇게 대답했다죠. 이리 황송할 데가!"

수도사가 정신을 가다듬으려는 듯 둥그렇게 삭발한 정수리를 가볍게 두드리며 좌우를 휘둘러보더니 귀를 쫑긋대는 주제넘은 쥐를 쫓아버리고는 소곤거렸다.

"형제님께 축복을! 이제 드디어 나도 자격이 충분한 휴식을 누리게 된 것 같소! 지금껏 도둑이 두려워 밤에도 잠 한숨 자본 적이 없거든요…… 누구도 나쁘게 말하고 싶진 않지만 이곳엔 워낙에 별의별 인간들이 다 있어놔서 말이오!"

튤립이 혐오스럽다는 표정으로 동의했다.

"그건 그래요!"

"오늘 밤은 드디어 나도 발 뻗고 푹 잘 수 있게 됐소. 그럴 때도 되었지. 숱한 불면의 세월 탓에 보다시피 턱수염마저 이렇게 누리끼리해졌다오. 형제님한테서 싸구려 포도주 냄새가 지독하게 풍기긴 하지만 형제님을 이곳에 보낸 분의 한없는 지혜로움이란……"

수도사가 어조를 엄숙하게 바꾸어 선언했다.

"형제여! 그대에게 그리스도의 피가 든 성배 수호 임무를 인계하는 바이오!"

튤립이 대꾸했다.

"그러게, 확실히 싸구려 포도주보다야 그게 낫겠군요!"

수도사가 궤짝에 달려들었고, 자물통에서 삐걱거리는 소리가 났다. 그가 궤짝 안으로 몸을 숙이더니 일순 얼어붙었다.

"이게 무슨…… 이게 무슨……."

그가 궤짝에서 다시 몸을 벌떡 일으키더니 더듬거리며 수염을 한 움큼 잡아당겼다.

"도둑이야! 성배를 도둑맞았어! 오, 주여, 저를 긍휼히 여기소서! 말도 안 돼. 이건 꿈이야, 꿈일 거야……."

그가 손에 한가득인 수염으로 두 눈을 비비며 오열했다.

"어떻게 이런 일이? 최신형 미제 자물쇠였는데! 기적이 아니고서는……."

그가 입을 다물었다. 의심되는 것이 퍼뜩 떠오른 듯했다.

"혹시……."

그가 궤짝으로 다시 달려들어 안쪽 깊숙이 몸을 숙였다. 다시 모습을 드러냈을 때는 한 손에 종이쪽지가 들려 있었다. 그가 안경을 코에 걸친 뒤 양초를 종이에 바짝 가져다 대고 떨리는 목소리로 읽었다.

"이 글을 읽는 자는 칠푼이노라!"

그가 시선을 들더니 절망스러운 눈초리로 튤립을 바라보며 부르짖었다.

"내 뭐랬소, 기적이 아니고서는 불가능하다고 했지! 바로 그 기적이 일어났소! 그분 짓이오! 그것도 몸소! 그분 필체가 확실해! 게다가 이런 고어 투를 쓸 사람은 그분뿐이오! 아, 이런 빌……."

그가 제때 말을 멈추고 성호를 그은 뒤 또다시 수염을 잡아 뜯으며 계속했다.

"난 신실한 신자지만 이젠 인내심이 바닥났소! 벼락을 맞든 지옥에 떨어지든 될 대로 되라지! 그분은 한없이 노쇠하고 추레해진 뒤로 할 줄 아는 거라곤 오직 거나해져서 무덤가를 어슬렁거리며 모두에게 닥치는 대로 심술을 떠는 것뿐이라오…… 이런 젠장맞을!"

그가 수염을 뭉텅이로 잡아 뽑더니 한쪽 발로 궤짝 문을 탕 닫고는 그 위에 털썩 주저앉으며 단언했다.

"장담컨대 그분 짓이야!"

"그래, 나다! 내가 했어! 그게 뭐 어떻다는 것이냐?"

돌연 도처에서 동시에 울려 퍼지는 듯한 굵직한 목소리가 호령했다. 대기 중에 코를 찌르는 럼 냄새가 퍼졌다.

"또 한잔 걸치셨군!"

수도사가 오만상을 지으며 구시렁댔다.

목소리가 호통쳤다.

"그래, 마셨노라! 내가 마시고 싶으면 언제든 마실 것이다! 원하면 네놈 정수리에 토악질도 할 것이고! 하! 하! 하!"

웃음소리가 천둥처럼 커졌다.

"성배는 내가 가져왔노라. 좀 전에 로마교회와 그 모든 교리에 대한 내 생각을 보여주기 위해 필요했거든!"

목소리가 말을 멈추고 트림을 했다. 그러고 다시 말했는데 이번에는 명백하게 튤립을 향한 것이었다.

"어이 친구, 그대는 어떻게 생각하는지?"

튤립이 감동으로 목이 메어 더듬거렸다.

"존귀한 분이시여! 제 마누라가 예전에 방을 세준 작자가 있었습니다…… 존귀한 분이시여, 그 작자가…….'

목소리가 명령했다.

"나를 그냥 친구라고 불러라. 제길, 우리도 시대에 발맞추어야 할 것 아니냐!"

목소리가 땅이 흔들리도록 노래를 불러댔다.

이것은 마지막 투쟁
모두 모이자, 내일의 주인공은
국경을 넘어
인류일 것이니!

목소리가 한차례 휘몰아친 폭풍우처럼 쩌렁거리다가 사라졌다.

튤립이 평가했다.

"음정이 틀렸어요!"

수도사가 우물거렸다.

"노상 취해 있으니까! 노상 취해 있으니까!"

수도사가 수염 몇 가닥을 다시 잡아 뽑았으나 이번에는 동작에 매가리가 없었다. 그가 깊은 생각에 잠겨 촛불에 수염을 지지는 동안 튤립은 당당히 발길을 돌렸다. 그때 발작적인 트림 소리가 섞인 가쁜 숨소리들이 들려왔다. 아무래도 인간들이, 살아 있는 인간들이 가까이에 있는 듯했다. 왜냐하면 그들의 숨결에 맛있는 식사의 흔적이 아직 남아 있었기 때문이다. 어둠 속 어디선가 조급한 목소리가 들렸다.

"어서 성냥을 켜요, 야곱 형제님! 무서워 죽겠다고요!"

"알았으니 제발 이 소매 좀 놔줘요, 요한 형제님…… 안 그래도 나도 가뜩이나 손이 떨리는데 그렇게 붙잡고 흔들어대니…… 자, 됐어요!"

순간 한 줄기 불빛이 피어났다. 서로에게 몸을 바짝 붙인 채 경계의 눈초리로 어둠을 응시하는 두 명의 수도사가 튤립의 눈에 들어왔다. 둘 중 통통한 수도사가 양초를 한 손에 든 채 한 발 앞으로 나와 있었고, 홀쭉한 수도사가 그 뒤에 숨어 통통한 수도사의 옷자락을 신경질적으로 잡아당기며 심통 난 아이같이 뜨악한 얼굴을 어둠 속에서 내밀었다. 그가 중얼거렸다.

"여긴 것 같아요, 야곱 형제님!"

"내 생각도 같아요, 요한 형제님. 그러니 제발 이제 그만 이 팔 좀 놓으시죠. 흠, 흠, 자, 형제님이 이곳을 좀 둘러보고 오면 어때요?"

"천만에, 절대 안 될 말이에요, 야곱 형제님! 난 이 지옥 같은 어둠 속에서 더는 한 발짝도 내딛지 않겠습니다! 그랬다간 그길로 위대하신 주께 영혼을 헌납할 것 같으니까!"

통통한 수도사가 비아냥거렸다.

"위대하신 주께서 필요 없다고 하실걸요! 형제님은 형편없는 겁쟁이예요. 내 일찍이 짐작은 했건만! 다른 동반자를 선택했어야 하는 건데!"

상처받은 것이 역력한 홀쭉한 수도사가 징징거렸다.

"아무렴, 여부가 있겠어요, 야곱 형제님. 그랬더라면 좋았을걸! 내친김에 본심을 말하자면 난 그분 목소리에 대한 믿음이 별로 없어요!"

통통한 수도사의 낯빛이 시뻘게지더니 온 얼굴의 물렁한 살들이 덜덜거리기 시작했다. 그가 호통쳤다.

"이봐요, 요한 형제님, 어떻게 감히 그런 말을! 내가 지금 잘못 들은 건 아니죠? 감히 그분 목소리를 의심해요?"

"아니, 바로 들었어요, 야곱 형제님! 이 이상 더 본심을 숨긴다면 정말 양심 없는 거죠!"

"대체 당신이 뭐기에 그 부실한 어깨에 그런 무거운 짐을 지려해요? 네? 네? 네? 교황님을 위해서예요?"

"내가요? 야곱 형제님, 천만에요…… 하지만 교황을 필요 이상으로 믿는 자를 알긴 하죠!"

"필요 이상으로! 필요 이상으로! 요한 형제님, 당신은 그릇된 성도요! 교황님에 대한 당신 어투만 봐도 충분히 알 수 있는 일이지! 내 이 사실을 윗선에 알리……"

홀쭉한 수도사가 빽빽거렸다. 튤립은 그의 콧등이 분노로 가늘게 떨리는 것을 보았다.

"안 그러는 게 좋을걸요, 사랑하는 형제님? 안 그러면 형제님의 고자질에 대한 보답으로 나도 누군가를 내세울 수 있으니까…… 그나저나 파견 수녀님이 엉덩이를 꼬집히는 데 진력나지 않았나 모르겠군요!"

통통한 수도사가 기절할 듯 놀랐다. 그가 낯빛이 선홍색이 되어 심하게 딸꾹질을 해댔다.

"뭐, 뭐라고요? 뭐, 뭐라고요?"

홀쭉한 수도사가 혀를 길게 빼물었다.

"메롱이라고요!"

"그만두지 못할까! 싸움질하러 이곳에 온 것이냐?"

돌연 어둠 속에서 굵고 으스스한 목소리가 호령했다. 말에 어찌나 힘이 들어갔는지 튤립의 눈까지 문자 그대로 침 세례가 쏟아졌다.

두 수도사가 뒷걸음치며 고개를 어깨에 박았다. 그들은 땅으로 꺼지기라도 하려는 듯 계속해서 움츠러들었다. 퉁퉁한 수도사가 소곤거렸다.

"목소리! 들었어요? 그분 목소리!"

"들었어요. 혹시 어디 가면 그걸 찾을 수 있는지 물어볼 수 있어요?"

퉁퉁한 수도사가 열에 들뜬 듯 되풀이했다.

"그분 목소리! 그분 목소리! 오, 이렇게 기쁠 데가! 오, 황홀하여라! 오, 기적이여! 복자들처럼, 성 쥘리앵처럼, 성 안나처럼 나도 그분 목소리를 듣다니! 벌써 며칠 밤 내내 내 베갯머리를 울리던 그 목소리예요! 이렇게 말했지요. '일어나거라, 멍청아! 창피스럽게 파견 수녀 엉덩이 꿈만 꿀 게 아니라 일어나! 그걸 못 본 건 네놈뿐이다. 카라스 묘지로 가거라! 철책을 기어올라 두 걸음 앞에 있는 묘석을 치우면 성배를 발견할 것이다. 묘석이 꽤 무겁고 네놈은 탈장 증세가 있으니 동료와 함께 가거라…….' 그분은 모든 걸 내다보셨어요!"

튤립의 눈에 퉁퉁한 수도사가 감동하여 눈물을 찍어내는 것이 보였다.

"놀라운 예지력이었어요! 이렇게 말씀하셨죠. '예컨대 저기 저 조그맣고 비실한 놈, 베개에다 한창 용두질 중인 요한 형제는 어떠하냐?'"

홀쭉한 수도사가 빽빽거렸다.

"말도 안 돼! 그리 말했을 리 없어! 거짓말 말아요, 야곱 형제님!"

통통한 수도사가 호언했다.

"분명히 그렇게 말했어요! 맹세해요! 그러니 그만 입 닥치고 차라리 이 임무 수행에 선발된 걸 자랑스러워하기나 해요!"

홀쭉한 수도사가 주먹으로 자기 눈을 치며 버텼다.

"아니, 그럴 리 없어! 그렇게 말했을 리 없어, 흥, 치, 피!" 돌연 노한 목소리가 호통을 쳤다.

"아니, 맞다! 내가 그렇게 말했노라!"

두 수도사가 소스라쳤다.

"내가 그렇게 말했다고! 그게 뭐 어쨌다는 것이냐! 젠장맞을! 사실이 아니더냐?"

홀쭉한 수도사가 공포로 침을 질질 흘리며 이를 덜덜 떨었다.

"부르르…… 부르르…… 부르르……."

"사실이 아니냐? 대답하거라!"

불운한 사나이가 처참한 목소리로 자백했다.

"마…… 맞습니다……."

목소리가 온화해졌다.

"그것 보거라! 난 절대 거짓말은 안 해! 거짓말은 내 스타일이 아니거든!"

홀쭉한 수도사가 슬픈 한숨을 내쉬자 통통한 수도사가 소곤거렸다.

"거봐요, 요한 형제님…… 목소리가 거짓말한 게 아니죠? 목소리는 절대 거짓말하지 않아요! 자, 이제 이곳에 도착했고 묘석도 치웠으니 여기 있을 성배를 찾는 일만 남았어요! 흠, 흠…… 그런데 말이죠, 요한 형제님, 난 형제님이 베개 따위에다 그런 짓을 하리라고는 정말이지 상상도 못했어요!"

홀쭉한 수도사가 눈물을 삼켰다.

"부끄럽지도 않아요? 독실한 신자가 어떻게 그런 더러운 짓거리를…… 왜 날 본받지 않는 거죠, 요한 형제님?"

돌연 목소리가 으르렁거렸다.

"이놈! 네놈이 제 무덤을 파기 시작하는구나! 그러는 네놈은 지난 목요일 오후에 사제관에서 복사한테 무슨 짓을 했느냐? 엉? 대답해!"

통통한 수도사가 더듬거렸다.

"교…… 교…… 교리문답을 가르쳤습니다!"

목소리가 꾸짖었다.

"내 보기엔 교리문답이 영 원활하지 않던걸! 네놈이 일방적으로 주입하는 식이었노라! 네놈은 쑤셔 넣고, 아이는 지옥에라도 떨어진 양 울부짖고!"

홀쭉한 수도사가 어깨를 펴며 헛기침을 했다.

"흐흠! 흐흠!"

통통한 수도사가 부끄러운 표정으로 얼버무렸다.

"자, 자, 쓸데없이 시간 낭비 그만하고 임무나 수행합시다, 요한 형제님! 여기 이 포석부터 시작하죠…… 잠깐…… 됐어요? 하나…… 둘……."

두 수도사가 몸을 반으로 굽힌 채 안간힘을 썼다. 땅바닥에 내려놓은 양초 불빛이 만든 그림자가 마치 더 잘 들여다보려는 듯 그들에게 몸을 바짝 기울였다.

"셋! 어이쿠…… 다시 시작합시다!"

포석은 꿈쩍도 하지 않았나.

"하나, 둘……."

어둠 속에서 별안간 굵직한 목소리가 외쳤다.

"비켜라. 어째서 네놈들은 번번이 도움을 필요로 하는 것이냐, 이 망할 게으름뱅이들!"

"휴!"

두 수도사가 한숨을 내쉬었다. 포석이 바닥에서 솟구치며 그들의 손을 벗어나더니 공중에 붕 떴다가 한옆으로 쿵 떨어져 내렸다. 뒤로 나동그라진 두 수도사가 즉시 벌떡 일어나 마침내 입을 벌린 구멍으로 달려들었다.

"아!"

그들은 양초를 쳐들며 조심조심 구멍 안으로 몸을 기울였다. 튤립이 지켜보니 두 사람이 떨리는 손을 각각 한쪽씩 보태 반짝이는 단지를 구멍에서 들어 올리고 있었다. 치켜든 양초 빛이 마치 안을 들여다보려는 듯 단지 속으로 침투하더니 1000배는 더 빛나는 빛을 도처에 뿜어댔다. 야곱 형제가 외쳤다.

"성배! 거봐요, 요한 형제님, 목소리가 거짓말하지 않았어요! 오, 이렇게 기쁠 데가! 오, 황홀하여라! 이단자들이 이걸 본다면 과연 어떤 표정을 지을지! 유태인들 말이에요! 프리메이슨단^{중세}의 석공들과 성당 건축업자들이 시작한 반反가톨릭 비밀결사 조직은 또 어떻고요! 내가 아무 사리사욕 없는 사람이라는 건 요한 형제님도 잘 알겠지만, 그래도 교황청에서 이런 공을 세운 보잘것없는 종을 잊지는 않을 것 같군요. 많고 많은 수도사 중에 신께서 친히 간택하신 이 가련한 수도사를 말입니다…… 내가 요한 형제님도 잊히지 않도록 신경 쓸 테니 나만 믿으세요. 흠, 흠. 또 누가 알아요, 이제부터 그 거친 삼베 베개 대신 비단 베개를 얻게 될지!"

뜻밖에도 요한 형제는 동료의 암시에 발끈하지 않았다. 대신 몹시 불편한 기색이었다. 튤립은 그가 혀로 입술을 연신 축이며 그다지 종교적이랄 수 없는 표정으로 성배 단지를 응시하는 모습을 지켜보았다. 경악스러웠다. 그가 숨이 막히는 듯 목으로 손을 가져가 옷깃을 풀어헤치며 고개를 멍청스레 까딱였다.

"으으…… 으으……."

"왜 그래요, 요한 형제님?"

홀쭉한 수도사가 성배 단지에서 시선을 떼지 않은 채 쿨럭댔다.

"으으…… 캑캑…… 야곱 형제님은…… 조갈이 나지 않아요?"

야곱 형제가 잠시 생각에 잠기더니 천천히 입을 뗐다.

"거 희한하군요. 아무렇지도 않다가 형제님의 지적을 듣고 보니…… 갑자기 그런 기분이…… 음, 목이…… 목이 말라요, 요한 형제님!"

그가 발작적으로 옷깃을 잡아당겼다. 홀쭉한 수도사가 입을 헤벌린 채 숨을 헐떡거리다가 버럭 소리를 질렀다.

"사람 살려! 숨이…… 숨이 막혀 죽겠어! 함정…… 함정이에요, 야곱 형제님! 음모라고요! 목이……."

통통한 수도사가 공포에 질린 눈을 희번덕거리며 울부짖었다.

"물! 물!"

"물!"

그들은 문득 비명을 멈추고 서로를 바라보았다. 시선 속에 암묵적 합의가 이루어졌다. 그들은 누가 먼저랄 것도 없이 단지로 달려들었다. 야곱 형제가 먼저 단지를 움켜잡더니 뚜껑을 포석 쪽으로 휙 던졌다. 단지 뚜껑이 산산조각 났다. 그러든 말든 야곱 형제는 허겁지겁 단지를 입으로 가져갔다.

"꿀꺽, 꿀꺽, 꿀꺽……."

튤립이 기겁하며 신음을 흘렸다.

"하느님 맙소사!"

"어서요, 어서…… 그만 이리 넘겨요, 야곱 형제님, 어서, 어서……."

홀쭉한 수도사가 뒷간 주변을 맴도는 용변 급한 사람처럼 안절부절못하며 동료의 주변을 깡충깡충 뛰어다녔다.

"어서……."

그가 야곱 형제의 손에서 용기를 낚아채 내용물을 얼굴에 뿌린 뒤 이어 입속에 콸콸 쉼 없이 쏟아부었다…… 마침내 그가 입가를 훔치고는 빈 단지를 한옆에 던졌다. 두 수도사는 서로를 멍하니 바라보다가 한숨을 내쉬었다. 이윽고 그들은 땅바닥에 풀썩 주저앉으며 다리를 벌린 채 서로를 마주했다. 통통한 수도사가 한쪽 눈을 찡긋하며 웃음을 터뜨렸다.

"하! 하! 하!"

홀쭉한 수도사도 웃음을 터뜨렸다.

"히! 히! 히!"

튤립이 탄식했다.

"하느님 맙소사!"

"제법 괜찮군요, 요한 형제님!"

"재밌네요, 야곱 형제님!"

"확실히 원기가 회복된 기분이에요! 요한 형제님!"

"나도요! 야곱 형제님!"

"하! 하! 하! 요한 형제님!"

"히! 히! 히! 야곱 형제님!"

튤립이 탄식했다.

"하느님 맙소사!"

"파견 수녀와 복사가 여기 없는 게 아쉬울 따름입니다!"

"내 베개가 없는 것도요!"

"요한 형제님은 정말 유쾌한 분이군요!"

"야곱 형제님은 뚱보 돼지고요!"

"하! 하! 하!"

"히! 히! 히!"

튤립이 탄식했다.

"하느님 맙소사!"

"뭐죠, 이 만취한 기분은? 이 소리 좀 들어보세요, 요한 형제
님! 픽! 픽! 배에 가스가 그득해요."

"좋은 와인을 마시면 배에 가스가 차는 법! 지극히 자연스러운
현상이죠, 야곱 형제님! 나도 마찬가지예요…… 픽! 이런, 내 방
귀가 지독하군요, 야곱 형제님! 끅! 끅! 트림도 못지않은걸요!"

"하! 하! 하!"

"히! 히! 히!"

튤립이 탄식했다.

"하느님 맙소사!"

"우리가 취해서 맛이 간 게 확실하다는 생각이 드는군요! 요한 형제님!"

"저도 같은 생각입니다, 야곱 형제님!"

"그렇다면 우리가 곧 토하지 않을까요?"

"왝…… 왝…… 왝…… 벌써 그렇게 됐어요, 야곱 형제님!"

"형제님 십자가에 튀겠어요!"

"늦었어요!"

"하! 하! 하!"

"히! 히! 히!"

튤립이 탄식했다.

"하느님 맙소사!"

"우리 함께 노래하면 어떨까요, 야곱 형제님? 내가 이래 봬도 예전에 목소리가 꽤 좋았거든요. 아마추어 가수죠…… 〈뒤팡루 신부〉신부가 주인공인 외설 가요, 어때요?"

"좋고말고요!"

퉁퉁한 수도사가 입을 벌리려는데 한 가지 생각이 뇌리를 스쳤고 아무래도 마음에 걸렸다. 그가 돌연 심각해지면서 물었다.

"잠깐만요, 요한 형제님. 한 가지 짚고 넘어갈 게 있어요. 혹시 내가 착각한 거라면 오해를 풀어주세요. 생각해보니 좀 전에 날 뚱보 돼지라고 부른 것 같은데 그 표현을 정정할 의향은 없는지요?"

"전혀요! 야곱 형제님!"

"정확히 무슨 뜻으로 그런 말을 한 것인지?"

홀쭉한 수도사가 의도를 부풀렸다.

"그러니까 형제님을 성서에서 그 품행의 난잡함이며 본능의 천박함 그리고 살코기의 우수성에 대해 매우 정확하게 묘사하는 네 발 포유류에 비유하고 싶었던 거죠! 이 짐승의 살코기는 그 우수성에도 불구하고 이교도들, 특히 이슬람교도와 유태인들에게는 금지되었죠!"

"따라서 의도는 확고부동하군요, 요한 형제님…… 그렇다면 이번엔 다른 걸 묻죠. 그 표현이 혹시 이 무고한 아마추어 가수가 뭔가 불결하다는 암시인지요?"

홀쭉한 수도사가 인정했다.

"정확합니다! 내가 이래 봬도 소신은 용기 있게 밝히는 사람이거든요! 아마추어 가수는 오직 한쪽 면으로만 무고할 뿐이고 실은 꿀꿀이나 다름없죠! 아니, 그보다는 애초의 표현대로 돼지가 낫겠네요!"

얼음장 같은 침묵이 흘렀다.

통통한 수도사가 딸꾹질을 했다.

"형제님도 본인 발언의 심각성을 충분히 가늠하리라 짐작됩니다만?"

홀쭉한 수도사가 호언했다.

"두말하면 잔소리죠!"

"그럼 내가 취소하라고 엄중히 명령해도 그 표현을 거두지 않겠군요?"

"푸하! 하나도 겁나지 않아요, 야곱 형제님! 게다가 난 뭔지 모를 선동적인 구석이 느껴지는 형제님의 그 수도사 말투가 늘 치떨리게 거슬렸다고요!"

또다시 침묵이 흘렀다.

퉁퉁한 수도사가 헐떡거렸다.

"이번에도 형제님은 본인이 선택한 길의 막중함을 정확히 가늠하리라 짐작됩니다만?"

"여부가 있겠어요!"

퉁퉁한 수도사가 멋진 턱짓과 함께 인정했다. 야곱 형제가 가라앉은 목소리로 말했다.

"좋소! 그럼 바로 복수로 넘어갑니다!"

그가 철썩 소리가 나도록 동료의 뺨을 갈겼다. 이후 튤립으로서는 믿기 힘든 광경이 벌어졌다. 두 수도사가 벌떡 일어나…… 서로에게 달려들더니…… 머리끄덩이를 잡으며…… 바닥에 데굴데굴 굴렀다…… 이윽고 그들은 서로의 얼굴에 토악질을 하고…… 고래고래 소리를 지르는가 하면…… 흐느껴 울다가…… 방귀를 뀌고…… 벽이며 포석이며 묘석에…… 마구 부딪쳤다. 그때 어마어마한 웃음소리가 지하 세계를 뒤흔들었고, 그와 동시에 난데없이 곤봉을 손에 든 한 무리의 경찰이 원을 그리며 나타나 두 수도사에게 달려들었다. 경찰들이 두 수도사를 일으켜 세워 떼어놓고는 닥치는 대로 두들겨 팼다. 곤봉으로 얼굴을 힘껏 가격하는가 하면 엉덩이를 발로 걷어차면서, 울부짖는 두 수도사의 목을 질질 끌고 어디론가 데려갔다.

"자, 어서! 위치로! 똑똑히 가르쳐주지!"

경찰 무리가 어둠 속에 빨려들듯 이미 사라지고 난 뒤에도 목소리는 웃음을 그치지 않았다…… 이윽고 목소리가 웃음을 멈추더니 역력하게 흡족해하며 말했다.

"저런! 내가 그림을 그릴 줄 알았더라면 저 장면을 고야풍으로 그렸을 텐데. 제목은 '성배의 피를 마신 뒤 경찰들에게 끌려가는 술 취한 두 수도사'쯤? 일종의 상징이라고 할까! 이해가 가느냐? 로마교회와 그 모든 교리에 대한 나의 견해를 표현하고 싶었다는 것을."

튤립이 희미한 비난 투로 대답했다.

"이해합니다. 제가 그렇게 꽉 막힌 사람도 아닐뿐더러…… 사실 새삼스러울 것도 없는 일이니까요…… 제 마누라가 예전에 방을 세주었던 작자도 정확히 똑같은 짓을……."

목소리가 호기심을 드러내며 말했다.

"그래? 선구자가 있었다고? 저런저런…… 나는 금시초문이구나. 말해보거라!"

튤립이 점점 더 뚜렷해지는 비난 투로 말했다.

"그렇게 제 말을 가로막지만 않으셨어도 벌써 얘기를 마쳤을 겁니다. 하기는 예의 없는 사람들은 도처에 차고 넘치니까요. 그 작자도 당신과 비슷했어요. 요컨대 무지막지하게 나이 들고, 추레하고, 목청이 크고, 또 결례를 무릅쓰자면, 싸구려 포도주 냄새를 풀풀 풍겼지요…… 당신과 아주 흡사했어요."

"됐다, 그만! 시건방은 거기까지!"

튤립이 순응했다.

"알겠습니다, 계속하겠습니다. 그 작자는 공립학교인지 뭔지의 교사였어요. 정확히는 몰라도 아무튼 어린 소년소녀들을 자기 방으로 불러들여 자칭 '지식과 지혜'를 주입했죠. 하지만 당신께서도 저와 제 마누라처럼 거기 계셨더라면, 그리고 저와 제 마누라처럼 자물쇠 구멍으로 방 안을 훔쳐봤더라면 그 작자가 전혀 다른 것도 집어넣는 걸 보셨을 것이고 저와 제 마누라처럼 낄낄거리셨을 게 분명합니다! 그치가 여자아이들에게는 수녀복을, 남자아이들에게는 사제복을 입힌 뒤에 한 짓, 그건 말씀드리지 않는 게 나을 것 같아요. 당신의 나이를 감안해서, 또 당신이 틀림없이 기르셨을 그 흰 수염을……."

흥분한 목소리가 튤립의 얼굴에 침을 튀기며 뜻밖의 혈기로 가득한 천둥 같은 고함을 질렀다.

"말하라! 내 초록 양초를 걸고 맹세컨대알프레드 자리Alfred Jarry의 희곡『위뷔 왕Ubu Roi』에서 위뷔 왕이 입버릇처럼 즐겨 쓰는 말 그렇지 않으니까! 난 수염이 없어! 그러니 말하라!"

튤립이 자제하며 버텼다.

"말하지 않겠어요. 정히 궁금하시면 1년 전 신문들을 대령시키면 그만일 거고요. 거기 죄다 적혔으니까 원하는 만큼 흥분하실 수 있죠. 저는 거기까지 숟가락을 얹지는 않겠습니다. 왜냐하면, 기왕 말이 났으니 말이지만, 재미나는 일은 소문이 나게 마련이어서—물론 저희 부부의 잘못도 있지만요—동네의 노인네란 노인네는 죄다 저희 집으로 몰려드는 바람에 그들에게 자물쇠 구멍으로 안을 들여다보게 해줬거든요…… 구경 한 번에 100프랑씩 수입을 올렸죠!"

튤립이 말을 멈추고 침을 퉤 뱉더니 계속했다.

"당신이 그토록 흥미로워하시는 줄 알았더라면 초대권이라도 보내드릴……."

살짝 짜증이 치민 목소리가 소리쳤다.

"에잇! 결말이 궁금하지만 않았어도 벌써 네놈의 면상을 갈겼을 것이다!"

튤립이 냉랭하게 말을 이었다.

"아이들의 부모들이 그치를 흠씬 두들겨 팬 것은 말할 것도 없거니와 막대한 손해배상을 청구했어요. 그런데 떡하니 무죄판결이 났지요. 민주국가이자 엄격한 반反교권국가인 프랑스 전체가 한목소리로 피고를 옹호했거든요. 변호사가 배심원들에게 그치를 계몽적이고 반교권적인 공화주의를 위해 모든 걸 희생할 각오가 된 불굴의 투사, 용기 있는 저항자, 사립 교육의 순교자로 포장한 것이죠. 보통 유능한 게 아니었어요, 그 변호사가. 그자가 자리에서 일어나 엄숙하게 배심원들을 훑더니 별안간 읍소했죠. '피고는 대체 왜 학생들에게 사제복과 수녀복을 입혔을까요? 대체 왜 우리의 소중한 공화주의에 강고하게 위배되는 그 고전적인 의복을 학생들에게 입혔던 것일까요?' 젠장, 저도 그만 감동해서 울컥하더라니까요. 변호사가 즉시 자답했죠. '바로 로마교회와 그 모든 교리에 대한 반교권주의 공화국인 프랑스의 가치를 명약관화한 방식으로 표현하기 위해서였던 겁니다, 배심원 여러분!' 그치는 바로 무죄판결을 받았고, 배심원들이 그치에게 다가가 울면서 악수를 건넸죠. 어찌나 감동적이던지!"

표 나게 온화해진 목소리가 외쳤다.

"네놈이 무신론자인 게지!"

튤립이 코를 후비적거리며 대꾸했다.

"집안 내력인 걸 어쩝니까!"

"아무래도 네놈이 한 대 걷어차여봐야⋯⋯."

목소리가 뚝 그쳤다. 튤립은 고요한 어둠 속에서 발자국 소리를 감지했다. 목소리가 두려운 듯 최대한 소리를 낮추어 중얼거렸다.

"어이쿠! 얼른 피해야지. 세 수녀가 오고 있어. 난 절대 감당 못⋯⋯."

경찰들의 밤

목소리가 도망치듯 삽시간에 멀어졌다. 튤립은 이미 양팔을 앞으로 뻗은 채 더듬더듬 앞으로 나아가려했으나 바로 그때, 쥐가 찍찍거리고 고양이가 야옹거리고 박쥐가 날아오르더니 지하 묘지에서 흉측한 해골 셋이 나타나 황폐해진 관 주위에 모여 우두둑 소리를 내며 웅크리고 앉았다. 가장 작은 해골은 파르마산産 햄을 먹었고 가장 큰 해골은 포도주병을 비웠다. 세 번째 해골이 양초를 흔들며 느릿느릿 힘주어 말했다.

"그렇다니까요. 내가 이 두 눈으로 똑똑히 봤어요. 카르멘 집에서 나오는 길로 즉시 거기로 갔거든요. 벌써 집 안 가득 사람들이 득시글댔죠. 온 동네 경찰들이 죄다 모였더라고요. 내가 세보니까 작은 거실에만도 200명이었어요. 그 착한 크리프 자매님이 어디로 눈을 돌려야 할지 몰라 허둥거렸죠. 어찌나 딱하던지. 아무튼 어찌어찌 나랑 잠시 이야기할 틈을 냈는데……."

가장 큰 해골이 입에서 병 주둥이를 빼며 부르짖었다.

"세상에 상냥하기도, 상냥하기도, 상냥하기도! 우리 어진 크리프 자매님! 안 그래요, 페동크 자매님?"

파르마산 햄 해골은 묵묵부답인 채 억척스럽게 턱을 놀리느라 여념이 없었다. 세 번째 해골이 계속했다.

"그렇다니까요, 우리 크리프 자매님은 마음씨가 비단결 같다니까요! 크리프 자매님이 말했죠. '자, 내 방으로 가요. 거기라면 조용히 얘기할 수 있을 거예요, 아고니즈 자매님!' 그래서 방으로 올라갔는데 웬걸, 거기도 경찰들로 득시글거렸어요. 침대며 카펫, 심지어 선반에도 몸집이 아주 작은 경찰이 올라앉아 치약을 우적거리고 있어서 다시 나오지 않을 수 없었죠. 우리 어진 크리프 자매님이 말했어요. '똑똑히 봤죠, 아고니즈 자매님? 오늘 밤 우리 집엔 경찰들뿐이에요. 그야말로 경찰들의 밤이죠. 알겠어요?' '네, 알겠어요, 알고말고요!' 내가 대답했어요! 아닌 게 아니라 사실이었죠. 집 안 곳곳에 경찰뿐이었어요. 계단에, 각 방에, 심지어 엘리베이터까지. 작은 다갈색 머리 아가씨를 끼고서 말이에요. 크리프 자매님이 말했어요. '부엌으로 내려가요. 부엌은 조용할 거예요, 아고니즈 자매님!' '좋아요, 크리프 자매님!' 우리는 부엌으로 내려갔어요. 부엌에 들어선 크리프 자매님이 소리쳤어요. '마르셀! 마르셀!' 마르셀은 가정부 이름이죠. 하지만 크리프 자매님은 마르셀 또한 경찰들을 상대하고 있다는 걸 이내 상기했어요. '아! 이놈의 경찰들! 자매님 생각은 어때요?' '그야말로 악마들이죠!' 난 대답하면서 이런 북새통 속이라면 내 딸 노에미를 만나지 못할 수도 있겠다는 생각을 했어요. 우리가 식탁에 앉아 이야기를 시작하려는데 구석에 있던 칸막이가 한옆으로 넘어가더니 침대소파에 누운 알몸의 마르셀과 뚱뚱이, 뚱뚱이 경찰이 보였죠…… 경찰이 슬그머니 단추를 채우며 사과했어요. '죄송합니다, 죄송해요! 부인들이 여기 계신 줄 몰랐어요!' 그가 우리에게 매우 정중히 인사하고 가버린 뒤 우리 어진 크리프 자매님이 가정부에게 말했죠. '마르셀! 작은 거실로 가보렴. 거기 아직 경찰이 200명이나 있어. 난 여기서 아고니즈 자매님과 잠시 이야기하고 있을 테니까!' '혹시 내가 일에 방해가 되면 난처해 말고 말씀하세요. 무엇보다 일이 우선이니까!' 내가 한마디 했더니 이런 대답이 돌아왔죠. '아니, 아니에요. 무엇보다 친구가 우선인걸요! 더구나 자매님 딸 노에미에 대한 이야기고요!' 정말이지 어진 우리 크리프 자매님이라니까요!"

셋 중 가장 큰 해골이 포도주병을 치켜들어 자기 정수리를 보기 좋게 한 대 쾅 치더니 외쳤다.

"마음도 넓어라! 어쩜 그리 넓을 수가! 그렇지 않아요, 페동크 자매님?"

하지만 파르마산 햄은 묵묵부답이었다. 튤립에게는 다만 음식물로 한가득인 입을 맹렬히 우적거리는 소리만이 들려왔다. 세 번째 해골이 계속했다.

"네, 정말 마음씨가 비단결이에요! 내가 물었죠. '우리 노에미를 만날 수 있을까요?' '좀 이따가요! 나랑 같이 올라가요!' 그때 마르셀이 아주 잘생기고 작달막한 금발 경찰과 함께 들어왔어요, 둘이서 칸막이 뒤로 가더니 곧바로 삐거덕! 부르르! 소곤닥소곤닥! 난리가 났고, 우리는 이야기를 계속했죠. '아고니즈 자매님, 단도직입적으로 말할게요. 실은 우리의 노에미가 문제가 좀 있답니다!' '무슨 문제요?' '손님들 불평이 이만저만이 아니에요!' '손님들이 불평을요? 아니, 그게 말이 돼요, 크리프 자매님?' '사실이 그런걸요, 아고니즈 자매님!' '내가 그 애를 얼마나 잘 길렀는데! 내가 죄다 가르쳤다고요!' '그럴지도요, 아고니즈 자매님. 자매님은 죄다 가르쳤을지 몰라도 그 앤 정말 아는 게 아무것도 없답니다!' '아무것도요?' '아무것도요!' '혹시 빨지를 않나요?' '서툴러요!' '잘 안 들어가나요?' '너무 쑥 들어가요!' '좋은 척을 못하나요?' '막대기 같답니다.' '즐기질 않나요, 크리프 자매님?' '노상 징징거려요, 아고니즈 자매님!' '자기야, 멋쟁이, 우리 씩씩이, 이런 말을 안 해요?' '그 애가 하는 말이라고는 아, 어떡해! 아, 맙소사! 아, 아파라! 뿐인걸요.' '손님들을 살살 긁어주지도 않고요?' '그보단 할퀴죠!' '키스도 안 하고요?' '그보단 물어뜯고요!' '그게 가능해요?' '안타깝지만 사실인걸요! 사랑이 뭔지 도통 모르는 아이랍니다, 아고니즈 자매님!' 우리는 말을 마치고 함께 한숨만 푹푹 내쉬었어요. 정말이지 속상했죠!"

"세상에, 하느님 맙소사! 이렇게 안타까울 데가!"

셋 중 가장 큰 해골이 입에서 병 주둥이를 빼더니 폭포수 같은 눈물을 쏟으며 울부짖었다. 눈물이 튤립에게까지 튀었고, 땅에 떨어질 때는 말 오줌 소리를 냈다.

"가엾어라, 가엾은 우리 아고니즈 자매님! 정말 안타까워요. 안 그래요, 페동크 자매님?"

하지만 파르마산 햄 해골은 묵묵부답인 채 의문스럽다는 듯 귀를 씰룩거리기만 할 뿐이었다. 세 번째 해골이 말을 이었다.

"그때, 바로 그때, 칸막이 뒤에 있던 경찰이 나오더니 두 손을 비비며 말했어요. '아주 흡족해요. 실컷 즐겼어요!' 그러고는 가버렸죠. 마르셀도 뒤따라 나갔고요. 작은 거실에 아직 199명의 경찰이 있었으니까요. 그들이 마르셀을 다정하게 부르며 아름다운 사랑의 성가를 불러댔죠. '이게 뭐야?' 크리프 자매님이 난데없이 소리쳤어요. '뭐가 뭐예요?' 내가 물었죠. '뭔가 날 간지럽혀요!' 내가 보니 크리프 자매님 표정이 혼란스러운 듯 오묘했어요. 크리프 자매님이 신음을 흘렸죠. '어머머, 간지러워라. 식탁 밑에 변태 경찰이 있어요. 날 간지럽혀요, 자매님! 콧수염을 내 속에 쑤셔 넣고 있어요!' '속에요?' 내가 기겁하며 묻자 크리프 자매님이 신음을 흘렸죠. '네, 속에요! 어머나! 어머머! 어머머!' 크리프 자매님이 킥킥 웃음을 흘리더니 한숨을 내쉬고는 몸을 숙여 식탁보를 들어 올렸어요. 아니나 다를까 갈색 콧수염을 무성하게 기른 매우 익살맞고 작달막한 경찰이 식탁 밑에 있었죠. 크리프 자매님이 경찰의 멱살을 잡아 식탁 위로 끌어올렸어요. 경찰이 크리프 자매님을 바라보더니 문자 그대로 몸이 줄어들면서 초록색으로 변하지 뭐예요! 그가 딸꾹질을 하며 울부짖었어요. '어이쿠, 수녀님! 전 안인 줄로만 알고서!' 초록색이었던 그가 샛노래졌죠. 크리프 자매님이 경찰의 멱살을 놓지 않은 채 물었죠. '부끄럽지도 않아, 이 땅꼬마? 부끄럽지도 않느냐고?' 샛노랬던 경찰이 선홍색으로 변했죠. '부끄러워요, 부끄럽습니다, 수녀님! 그러니 제발 이 손 좀 놓으세요. 안 그러면 소리를 지르겠습니다!' 크리프 자매님이 여전히 경찰의 멱살을 잡은 채 다시 들어 올려 땅에 내려놓았죠. 경찰이 질질 짜랴 침을 퉤퉤퉤 뱉으랴 콧수염을 닦으랴 허둥대며 황급히 도망쳤어요. 우리 크리프 자매님은 어찌 그리 어진지! 아마 파리 한 마리 해치지 못할걸요!"

"마음씨가 비단결이라니까요! 비단결! 비단결! 비단결이라고요! 안 그래요, 페동크 자매님?"

셋 중 가장 큰 해골이 찢어지는 목소리로 부르짖었고, 그 바람에 퍼져 나온 싸구려 포도주의 역겨운 냄새가 관 주위를 세 번 돌아 튤립의 코와 목구멍 속으로 경쾌하게 안착했다. 파르마산 햄 해골은 묵묵부답이었다. 세 번째 해골이 말을 이었다.

"그렇다니까요. 마음씨가 비단결이에요! 크리프 자매님이 말했어요. '다시 노에미 얘기를 하자면, 이 아이가 게다가 병까지 있어요!' 내가 대답했죠. '별거 아니에요. 그저 폐에 이상이 있을 뿐. 일을 폐로 하는 건 아니잖아요!' '네, 하지만 기침을 해요. 손님들이 두려워하죠. 임질이라고 생각하니까요!' '임질이라니? 아니, 대체 그 애가 어디로 기침을 하는데요? 입 아닌가요, 네?' '둘 다로요, 자매님, 둘 다로요!' 정말이지 슬프더군요, 내가 오죽하면 눈물까지 쏟았을까. 정말로 우리 노에미를 사랑했거든요. 그런데 그 애한테 그런 일이 생기다니!"

셋 중 가장 큰 해골이 폭포수 같은 눈물을 쏟아내며 울부짖었다.

"세상에! 세상에! 세상에! 가엾은 우리 노에미! 가엾은 우리 아고니즈 자매님! 가엾은……."

"그만하면 됐어요! 그만 좀 울어요, 폴리피 자매님! 자매님 눈물 때문에 발이 온통 젖었잖아요!"

파르마산 햄이 호되게 나무라자 셋 중 가장 큰 해골이 눈물을 훔치더니 손가락 사이로 코를 푸는 시늉을 하고는 포도주병을 입으로 가져가 벌컥벌컥 들이켰다. 포도주가 셋 중 가장 큰 해골을 단번에 흥건히 적셨다. 마치 피바다에서 빠져나온 듯 온통 빨

갖게. 세 번째 해골이 계속했다.

"어쩌겠어요, 깊은 한숨을 쉬고 난 뒤 얘기가 이어졌죠. '그뿐만이 아니에요!' 그 착한 크리프 자매님의 지적에 내가 물었어요. '맙소사, 이번엔 또 뭔가요?' '열도 있어요!' 내가 대꾸했죠. '그건 차라리 다행이군요. 열이 그 애를 뜨겁게 만들 테니까!' 그때 마르셀이 뚱보랑, 그러니까 뚱보 경찰이랑 들어왔고, 둘이서 칸막이 뒤로 가더니 곧바로 삐거덕! 바스락! 쿵덕쿵덕! 소곤닥소곤닥! 난리가 났죠. '저기 실습을 좋아하는 경찰이 또 하나 있군요!' 내가 말했더니 크리프 자매님이 받아치더군요. '경찰들은 하나같이 똑같아요! 그들의 삶에서 중요한 거라고는 오직 사랑뿐이죠. 좀 들어봐요, 자매님. 계단에서 들려오는 저 소리, 한없이 아름답고 순수한 목소리로 다정하게 고함치고 한탄하고 노래하는 저 소리를요!' 아닌 게 아니라 구슬프고 아름다운 성가며 시편이며 기도송을 노래하는 소리와 애처롭게 사랑을 갈구하는 소리가 들려왔어요. 우리가 이야기를 이어나가려는데 별안간 삐거덕거리는 소리가 났죠. '이게 무슨 소리죠?' 어진 크리프 자매님이 나를 쳐다보며 물었어요. '난 아니에요! 혹시 칸막이 뒤에서 실습 중인 경찰 소리 아닐까요?' '아니, 그거랑 다른 소리예요.' 우리 둘 다 다시 귀를 기울였고, 이어서 삐거덕거리는 소리가 다시 들렸죠. 어진 크리프 자매님이 펄쩍 튀어 오르며 소리쳤어요. '옷장이에요! 옷장에 경찰이 있어요!' 크리프 자매님이 달려가 옷장을 열자 우당탕퉁탕! 우당탕! 퉁탕! 세 명의 작달막한 경찰이 푸드덕거리며 바닥으로 굴러떨어졌어요. 한 무더기의 블라우스며 원피스며 브래지어가 그들의 얼굴과 무릎 사이에 걸쳐 있었죠. 크리프 자매님이 탄식했어요. '세상에! 세상에! 이 망할 변태 땅꼬마들이 내 잠옷을 뜯어 먹었어요! 좀벌레처럼! 자, 자, 훠이! 어서 썩 나가지 못해!' 크리프 자매님이 옷들을 낚아채자 오금이 저린 세 경찰이 줄행랑쳤어요. 크리프 자매님이 말했죠. '기막혀라! 아무래도 오늘은 이 집 구석구석 경찰들이 쑤셔 박혀 있는 것 같군요!' 크리프 자매님이 번득이는 눈빛으로 부엌 이쪽저쪽을 휘 둘러보기 시작했고 찬장에서 잼을 쩝쩝거리던 경찰 두 명을 발견했죠. 세 번째 경찰은 침대 밑 요강 안에 잠들어 있었고 네 번째 경찰은 침대 위 베개로 빈대처럼 기어오르고 있었고요. 크리프 자매님이 그들을 바깥에 내던지고 돌아왔고 우리는 다시 이야기를 시작했어요. '네, 자매님, 노에미 때문에 걱정이 이만저만이 아니에요! 차차 나아지기를 바라는 마음이지만…….' 크리프 자매님의 걱정에 내가 말했죠. '나아질 거예요, 자매님, 걱정 마세요. 아무튼 이제 겨우 열일곱 살이잖아요!' '그 나이에 난 벌써 내 남자를 먹여 살렸는걸요, 아고니즈 자매님!' '그건 나도 마찬가지예요, 크리프 자매님, 나도 마찬가지라고요! 하지만 이제 시대가 바뀌었어요! 여자들이 더 이상 예전 같지 않아요! 아마 전쟁이 그렇게 만들었을 거예요, 크리프 자매님!' '그럴지도요, 아고니즈 자매님, 그럴지도요. 하지만 불평하는 손님들한테 내가 노에미를 어떻게 변호해야 하죠?' '그거야 불만 사항에 따라 다르겠죠.' '손님들 코에 대고 기침하는 건 뭐라고 할까요?' '오르가슴을 느낄 때 나오는 버릇이라고 하세요, 자매님!' '열이 나는 건요?' '사랑 때문이라고 하세요!' '사랑할 때 아파하는 건요?' '쾌감 때문이라고 하세요!' '더 요구할 때 우는 건요?' '더 많이 요구하지 않아서라고 하세요!' '쉽지 않을 거예요, 자매님! 하지만 자매님과 노에미를 위해서 노력해볼게요!' '네, 그래주세요, 나의 자매님, 나의 소중한 친구, 사랑스러운 요정!' '자, 이제 노에미를 만나러 갈까요? 자매님이 부디 그 애가 정신을 차리도록 한마디 해주세요.' 우리가 일어나 부엌을 나서려는데 칸막이 뒤에 있던 경찰이 팔에 가정부 마르셀을 수건처럼 두른 채 나왔어요. 그가 크리프 자매님에게 다가와 무릎을 꿇더니 치맛자락을 들어 가장자리에 감동 어린 키스를 퍼붓고는 가늘게 흐느끼면서 말했죠. '감사합니다, 감사합니다. 빌어먹을 세상에 버려진 불쌍한 경찰들과 욕구로 들끓는 사람들, 이 모든 우리들의 여신이시여! 정말 좋았습니다, 여신이시여! 정말 편안해졌습니다! 신께서 당신에게 천국의 모든 문을 활짝 열고 이 축복을 돌려줄 겁니다! 다시 한 번 말씀드리지만, 정말 좋았습니다!' 크리프 자매님이 말했어요. '그럴지도. 하지만 대신에 가정부는 녹초가 됐어!' 아닌 게 아니라 마르셀은 여전히 경찰의 팔에 수건처럼 축 늘어진 채였죠. 경찰이 대답했어요. '상관없어요. 아무렴 어떻습니까! 제가 데려갈 겁니다. 아직은 동료 몇 명쯤 더 감당할 수 있어요!' 그가 수건처럼 팔에 축 늘어진 소중한 가정부를 데리고 나가버렸죠. 크리프 자매님이 말했어요. '나쁜 놈들은 아니에요. 다만 너무 많아서 탈이죠! 여기…… 여기도 또 하나가 있군요!' 크리프 자매님이 자기 무릎을 기어오르고 있는 경찰 한 명을 찾아내 죽이지는 않고 그저 바깥 계단으로 던졌어요……."

셋 중 가장 큰 해골이 만취 상태가 역력한 모습으로 관 주위에서 미친 듯이 휘우뚱거리며 꽥꽥거렸다.

"마음씨가 비단결이에요! 비단결! 비단결! 우리 크리프 자매님은 정말 마음씨가 비단결이에요! 안 그래요, 페동크 자매님?"

파르마산 햄이 간결한 트림 비슷한 소리를 냈는데 어떻게 들으면 네, 라는 것 같기도 하고 아니요, 라는 것 같기도 했으며 또 어떻게 들으면 전혀 다른 소리 같기도 했다. 튤립은 축축한 땅에 웅크린 채 넋 나간 눈길로 세 친구를 훔쳐보았다.

세 번째 해골이 동의했다.

"그렇고말고요. 정말 마음씨가 비단결이에요! 크리프 자매님이 경찰을 바깥에 내던지고는 내게 말했어요. '자, 이제 노에미 방으로 올라가죠. 부디 아고니즈 자매님이 잘 달래보세요! 아무래도 아이들한테 이런저런 설명을 해줄 사람은 엄마뿐이거든요! 내가 그걸 좀 알죠! 나도 딸이 셋이나 되니까! 심지어 그중 하나는 이제 겨우 열여섯 살인데 벌써 병원에 있는걸요!' 내가 한숨을 내쉬며 말했어요. '자매님은 정말 행복한 엄마로군요. 우리 노에미도 그럴 수만 있다면! 병원에…… 딱딱한 거 때문에요, 아니면 말랑거리는 거 때문에요?' '둘 다요, 자매님! 둘 다…… 워낙에 조숙한 아이였거든요!' 크리프 자매님이 얼굴을 붉히며 대답했죠. 왜냐하면 자식 자랑이 흐뭇했으니까요. 당연하죠, 안 그래요? 내 입에서 똑같은 말이 흘러나왔어요. '아, 그렇군요! 크리프 자매님은 정말 행복한 엄마로군요. 복이 많으세요!' '이제 그만, 그만하세요, 아고니즈 자매님! 미신을 믿는 건 아니지만 이러다 괜히 복이 달아날까 겁나네요. 자, 올라가죠!' 우리는 올라갔어요.ᵈ 이어 『가면의 생』에 차용된 대목의 시작. 『에밀 아자르의 삶과 죽음』에서 가리가 언급한 '매음굴에서 사부작거리는 경찰벌레' 대목이다—원주. 계단이 경찰들로 빼곡했죠. 다들 곳곳에 퍼져 사랑할 차례를 기다리며 가없는 선의로 세상에 남자와 여자를, 그리고 경찰과 창녀를 창조한 위대하신 주를 찬양하고 성가를 부르느라 웅성댔죠. 우리는 2층에 있는 노에미의 방으로 들어갔어요. 아담하고 정갈한 예쁜 방이었죠. 수녀방처럼 예쁜 철제 침대가 놓인. 침대에 거대한 경찰이, 마천루 같은 거인 경찰이 있었어요. 알몸인 채 온통 털이 무성한 그가 거대한 젤리 산이 출렁거리듯 딸꾹질을 하고, 땀을 뻘뻘 흘리고, 헐떡거리며 구시렁거렸죠. 그 밑의 침대, 불쌍한 침대가 비명을 질렀어요. '악, 맙소사! 악, 세상에! 악, 살려줘! 악, 악!' 내가 물었죠. '노에미는? 우리 아가 노에미는 어딨니?' '밑에요!' 어진 크리프 수녀가 침착하게 알려줬어요. 아닌 게 아니라 노에미, 내 소중한 아가가 거인 밑에 깔려 비명을 지르고 있었죠. 내 목소리를 들은 노에미가 경찰 위로 한 팔을, 성냥개비처럼 앙상한 한 팔을 내밀고는 손끝에 들린 손수건을 흔들었어요. 그제야 경찰이 몸을 일으키더군요. 내 평생 그런 거구는 결코 본 적이 없어요, 영화에서조차. 그제야 가녀린 노에미의 모습이 보이더군요. 몸을 거의 가누지도 못했죠. 경찰이 애를 아주 묵사발을 만들어버렸으니까요…… 나를 발견한 노에미가 신음했어요. '엄마! 아, 엄마!' 그러더니 울면서 나를 향해 두 팔을 벌렸죠. 나도 당장 달려가 중얼거렸어요. '내 아기! 내 사랑하는 아기!' 우린 한참 동안 키스하고 부둥켜안았죠. 아주 한참 동안……."

셋 중 가장 큰 해골이 양 안와에 주먹을 각각 쑤셔 넣으며 첫 소리로 외쳤다.

"사랑의 주 예수여! 사랑의 주 예수여! 이렇게 뭉클할 데가!

그런데도 아직도 이제 가족은 더 이상 존재하지 않는다는 막말을 떠드는 자들이 있다니! 이걸 어떻게 생각해요, 페동크 자매님?"

특별히 이렇다 할 생각이 없는 파르마산 햄이 이상한 소리, 그러니까 마치 개가 개집에서 그르렁거리는 듯한 소리를 냈다. 세 번째 해골이 계속했다.

"그렇다니까요. 크리프 자매님도 깊은 감동을 받았죠. '가슴이 뭉클해지는 감동이에요, 아고니즈 자매님. 두 모녀가 그렇게 서로 사랑하는 모습을 보자니 가슴이 뭉클해요. 정말이지 감동적이군요!' 그때 장화를 꿰신던 거인 경찰이 욕설을 내뱉으며 두 손으로 자기 왼발을 움켜잡았죠. '아야! 신발 속에 뭔가 있어. 발을 물렸어.' 크리프 자매님이 대꾸했죠. '벼룩일 거예요! 이 동네엔 이빨 달린 벼룩들이 돌아다니거든요. 어디 좀 봐요!' 경찰이 장화를 벗어 세차게 흔들었죠. 한 번, 두 번, 그러자 작디작은 경찰이 장화에서 떨어지며 바닥에 데구루루 굴렀어요. 거인 경찰이 장화를 도로 신으며 말했죠. '미안하네, 친구! 자넬 못 봤어!' 소인 경찰이 몸을 일으켰는데 화가 머리끝까지 오른 전혀, 전혀 즐겁지 않은 얼굴이었어요. 그가 실낱같이 가느다란 목소리로 거인 경찰에게 퍼붓기 시작했어요.『가면의 생』에 차용된 '경찰벌레' 대목의 끝—원주. 얼굴이 개양귀비처럼 시뻘게져서 고함을 질러댔죠. '이 더러운 난봉꾼! 돼먹지 못한 얼간아!' '내가 부주의했네, 친구! 그러니까 화 풀어!' '잘 보고 행동해야지, 안 그래? 더러운 야만인 같으니! 자네의 야만에 침을 뱉어주겠네, 퉤!' 소인 경찰이 침을 뱉었지만 파리가 오줌을 싼 것과 같다고 할까요. '이제 그만 화 풀게, 친구!'

거인 경찰이 재차 말했어요. 그러고는 둘 다 나가버렸죠, 이번에
는 거인 경찰이 소인 경찰을 밟지 않도록 조심하면서요. 그들이
사라지자 착한 내 딸 노에미가 말했어요. '여기서 날 데려가줘요!
더는 못 견디겠어요, 엄마!' 내가 대답했죠. '딸아, 엄마가 너한테
얼마나 설명하고 애원했니. 삶은 장난이 아니라고! 외려 그 반대
라고!' 그때 어진 크리프 자매님이 속삭였어요. '내 뭐래요, 자매
님, 문제가 있다고 했죠?' 나도 속삭였죠. '괜찮아질 거예요! 기
다리세요!' 나는 노에미를 돌아보며 물었어요. '어미를 사랑하지?
늙고 가련한 네 어미를 사랑하지?' 노에미가 울면서 대답했죠.
'그걸 말이라고. 엄마가 더 잘 알면서!' '그렇다면 그 늙고 가련한
어미의 마음을 갈기갈기 찢고 싶지는 않겠지, 그렇지?' 노에미가
흐느끼면서 대답했어요. '당연하죠! 그러느니 차라리 죽는 게 나
아요!' '그렇다면 견디거라, 얼음장같이 차가운 나의 밤들의 태양,
내 눈의 눈동자, 내 가슴의 젖통. 남아서 일하거라, 노력을 해. 저
성스러운 크리프 자매님의 마음에 들도록 일에 온 정성을 기울
이라고!' '견딜게요, 엄마!' 노에미가 눈물 사이로 중얼거렸죠. 나
는 눈물을 닦아주며 말했어요. '장하구나, 내 딸 노에미! 네가 말
귀를 알아들을 줄 알았어!' 그러자 어진 크리프 자매님이 외쳤어
요. '거봐요, 엄마뿐이죠. 이 세상에 아이들을 설득할 사람은 엄
마뿐이라니까요!' 나는 다짐을 받기 위해 재차 물었어요. '자, 그
럼 견딜 거지?' '견딜게요!' 노에미가 대답했고 내가 물었죠. '이
제 더는 기침도 안 할 거지?' '혹시 기침을 막지 못하면 오르가슴
때문이라고 할게요!' '이제 더는 손님들을 할퀴지도 않을 거지?'
내가 묻자 노에미가 흐느끼면서 대답했죠. '그럼요! 대신 교태를

부릴게요.' '그리고 계속 요구해도 더는 악쓰지 않을 거지?' 내가 묻자 노에미가 딸꾹거리며 대답했어요. '안 그럴게요! 대신 더 많이 요구하지 않아서라고 손님들에게 해명할게요!' 내가 딸에게 키스하며 말했죠. '장한 내 딸 노에미!' 이어 크리프 자매님한테도 키스하며 외쳤죠. '크리프 자매님!' 크리프 자매님도 내게 키스하며 외쳤어요. '아고니즈 자매님!'"

"크리프 자매님! 아고니즈 자매님!"

셋 중 가장 큰 해골이 만취하여 울부짖으며 포도주병으로 자기의 머리통을 치는 바람에 병이 산산조각이 되어 사방으로 날았다. 그녀가 동료에게 달려들어 부드러운 키스를 한답시고 치아를 동료의 이마에 철썩 갖다 댔다.

"야호! 키스해요, 우리! 다들 사랑합시다! 야호! 페동크 자매님……"

셋 중 가장 큰 해골이 이번에는 파르마산 햄에게 달려들어 두 손을 덥석 잡더니 후두부에 역시 광적으로 입을 맞췄다. 파르마산 햄은 아연실색한 듯 보였지만 아무 말도 하지 않았다. 세 번째 해골이 이마를 매우 공들여 닦으며 말을 이었다.

"네, 우리 셋은 서로에게 키스했어요. 정말이지 감동적이었거든요. 크리프 자매님과 내가 떠나려고 몸을 돌려 발걸음을 뗐을 때 노에미가 비명을 밀어냈어요. 내가 물었죠. '무슨 일이니? 벼룩이 있니?' '경찰이에요!' 노에미가 털 한 올을 잡아 뽑으며 대답했어요. 아닌 게 아니라 경찰 하나가 털끝에 매달려 우스꽝스럽게 버둥거리고 있었죠. 그때 난데없이 우지끈 소리가 들리더니 계단에 있던 경찰들이 전부 한데 뒤엉켜 문을 쾅 부수고 안으로 굴러 들어왔어요. 그야말로 흰개미집이 따로 없었죠! 경찰들이 사방으로 퍼져 우글거리며 내 가랑이 사이며 젖통이며 엉덩이로 기어올랐어요. 정말 역겨웠죠! '더는 도저히 참을 수 없었어요, 수녀님!' 경찰들이 크리프 자매님을 붙들며 울부짖었어요. 노에미 또한 경찰들한테 붙들렸는데 '엄마!'라는 외마디만 간신히 내지를 수 있었죠. 이후로는 삐거덕! 바스락! 쿵덕쿵덕! 소곤닥소곤닥! 내지 혀 마찰음 또는 '좋아!' '부드러워!' '여신이여!' '놀라운, 놀라운 여신이여!' 따위의 소리들만 들렸어요. 나는 치마를 내리면서 할 수 있는 한 서둘러 그 자리를 빠져나왔고요……."

이야기를 끝낸 세 번째 해골이 한숨을 내쉬더니 안와 가장자리의 보이지 않는 눈물을 훔쳐냈다.

"쯧……."

별안간 어둠 속에서 조심스러운 목소리가 들렸다. 세 해골이 귀를 쫑긋했다. 튤립은 어둠 속으로 조심스럽게 코를 내밀고 상황을 살폈다. 목소리의 주인은 경찰이었다. 그가 튤립 바로 맞은편에 있는 무덤 발치에 미동도 없이 서 있었다. 옷 삼아 걸친 것이라고는 절단 상태가 몹시 불량한 허접한 관이 전부였고, 관 양면에 뚫린 구멍으로 두 팔을 내놓고 있었다. 양촛불이 놀라우리만치 하얗고 거대한 그의 맨발을 가차 없이 환하게 드러냈다. 그의 오른손에는 장화가, 왼손에는 해지고 볼품없는 경찰모가 들렸다. 그가 다시 소리를 냈다.

"쯧……."

세 해골이 경찰을 향해 안와를 돌리자 그 즉시 경찰이 입가에 미소를 띠었는데, 상당한 크기의 쥐 한 마리가 기회를 틈타 야비하게 경찰의 입에서 빠져나오지 않았던들 제법 매력적이었을 미소였다. 쥐가 땅으로 뛰어내려 어둠 속으로 사라졌다. 경찰은 불의의 사고에 적잖이 당황한 듯 멋쩍어하며 어깨에 걸친 관의 위치를 바꾸고는 한껏 점잔을 빼며 헛기침을 했다.

"힘! 힘!"

이어 그가 무슨 말인가를 하려 했지만 입을 채 벌리기도 전에 반쯤 벌어진 입 사이로 쥐 한 마리가 주둥이를 내밀더니 축축한 묘지의 밤을 환멸 어린 시선으로 훑고는 콧수염을 휘저으며 역겹다는 표정으로 서둘러 도로 들어가버렸다. 경찰은 돌발 사고에 거북한 듯 살짝 얼굴마저 붉혔다. 그가 잠시 머뭇대다가 이번에는 입을 너무 벌리지 않도록 각별히 유의하며 중얼거렸다.

"부인네들 중에 누가 응하겠소?"

세 해골의 대답이 기다릴 사이도 없이 돌아왔다.

"나요!"

가장 작은 해골이 햄을 멀리 내던지며 경찰에게 달려들더니 부드러운 푸른 입술로 키스를 퍼부었는데 어찌나 열정적이었던지 경찰의 턱이 함몰되며 이가 부러졌고 그 바람에 아비, 어미와 나 어린 여섯 마리의 새끼들로 구성된 쥐 일가족이 합창으로 무시무시한 찍찍 소리를 내며 경찰의 입에서 빠져나왔다.

"나요!"

가장 큰 해골이 머리통을 어깨에 공들여 맞추고는 차분하게 일어나더니 경찰에게 키스했는데 어찌나 거친 숨을 몰아쉬었는지 관이 열리며 밑으로 떨어졌고 그 바람에 경찰의 나신이 드러났다. 부끄러워하는 경찰의 성기에서 구름 같은 나방 떼가 일제히 날아올랐다.

"나요!"

세 번째 해골이 악을 쓰더니 물구나무로 걸어가, 알몸인 채 덜덜 떠는 경찰을 두 동료한테서 빼앗아 장작처럼 팔에 끼고는 포로와 함께 어둠 속을 힘차게 성큼성큼 걸었다. 복수심에 불타 이성을 잃은 두 해골이 그들을 뒤쫓았다. 두 해골의 격분한 쉿소리가 죽은 자들의 평화를 뒤흔들었다.

묘지 속에서 뒤엉켜 울부짖는 네 명의 소리가 튤립에게까지 들려왔다. 이윽고 울부짖음이 뜸해지며 잦아들더니 마침내 적막이 지배했다. 기세등등하게…….

피에로와 콜롱빈[*]

하지만 일시적 지배였다. 적막은 잠시뿐, 얼마 지나지 않아 튤립은 지하 어둠 한가운데에서 서서히 울려오는 슬픈 합창 소리를 감지했다. 귀를 기울이니 어렵지 않게 곡목을 알아맞힐 수 있었다. 그는 합창 소리에 이끌려가며 중얼거렸다.

"**볼가강의 뱃노래**러시아 민요. 옛 러시아인들이 농지를 개척하려고 나무에 밧줄을 묶어 끌어당겨서 뿌리째 뽑을 때 이 위험하고 고된 노동을 달래기 위해 부른 노래야. 틀림없어! 확실히 기억해! 아…… 아아…… 아…… 그리 어려운 노래가 아니지, 암. 예전에 마누라가 어느 러시아인한테 방을 세 준 적이 있어. 러시아 기병대 합창단이었지. 변비가 심했고. 하여튼 뒷간만 갔다 하면 한 시간 내로 나오는 법이 없었으니까. 마누라가 기다리다 못해 빗자루로 문을 탕탕 두드리며 소리쳤어. '끝났어요, 니콜라이 씨? 나도 일 좀 봅시다!' '조용히 좀 해요, 인정머리 없는 아줌마 같으니! 나도 괴롭다는 걸 모르겠어요?' 러

---

* 16~18세기에 유행했던 이탈리아 연극 〈코메디아델라르테〉의 단골 등장인물들. 피에로는 순진한 성격의 시종으로 늘 흰옷을 입으며, 콜롱빈은 피에로가 사랑하는 세탁소 여자다.

시아인이 고함을 지르더니 앓는 소리를 늘어놓기 시작했어. 내가 한마디 했지. '그 정도로 용쓰다간 입이나 귓구멍으로 나오겠소!' '어딘들 어떻겠어요? 나오기만 한다면야!' 러시아인이 구시렁거리고는 계속해서 힘을 썼어. 종국에는 마누라가 이웃집에 가서 오줌을 누고 말았지. 어느 날 그 러시아인이 방법을 찾았어. 나올 기미가 보이지 않을 때마다—매일이라고 봐야지—먹이 따이는 암퇘지마냥 앓는 소리를 하는 대신에 볼가강의 뱃노래를 부른 거야. '아…… 아아…… 아…… 아…….' 노랫가락을 뽑으며 대번에 어느 정도 안정을 되찾더군. 정말이지 괜찮은 생각이었어. 목소리가 아름다운 데다 그 소리가 심장에서, 영혼에서, 내장에서 비롯된 거라는 게 아무 기교 없는 고통과 아픔의 발로라는 게 느껴졌으니까…… 여북하면 마누라와 내가 그자한테 변비가 시작되면 미리 알려달라고 사정했을까. 그자가 뒷간에 가면 우린 외출도 하지 않고 집 안에 틀어박혀 노래를 감상했어. 심지어 몇 번인가는 친구들을 점심 식사에 초대해서, 그자가 뒷간에서 '아…… 아아…… 아……' 노랫가락을 뽑는 소리가 잘 들리도록 부엌문을 열어놓기도 했지. 이웃까지 복도에 나와 작정하고 귀를 기울일 정도였으니까. 그중에 금발의 타이피스트 아가씨가 러시아인한테 부드러운 눈길을 보냈지. '혹시 내일 아침에 변비를 앓을 예정이신가요, 니콜라이 씨? 당신의 목소리는 정말이지 아름다워요!' 아가씨가 얼굴을 붉히며 물으면 러시아인이 즉시 대답했어. '여부가 있겠어요, 아네트 씨, 여부가 있겠어요?' '그럼…… 오후에는요?' '오후에도요, 아네트 씨! 당신을 위해서라면 평생토록 기꺼이 변비를 앓겠습니다!' 러시아인이 뒷간에 틀어박혀 더는 나오지 않게 되면서 마누라와 나는 일을 볼 때마다 이웃의 신세를 지게 됐어. 어쩌겠느냐고. 사랑엔 법도 없는걸······ 결국 아가씨가 애를 갖는 바람에 두 사람이 결혼하면서 러시아인이 우리 집을 떠났고, 난 그렇게 볼가강의 뱃노래를 배우게 됐지······ 아름다운 곡이야!"

튤립은 널찍한 구덩이에 이르러 걸음을 멈췄다. 검은 수도복의 두건을 눈까지 눌러 쓴 50명 남짓의 수도사들이 구덩이를 점령하고 있었다. 그들은 한쪽 끝이 보이지 않는 밧줄을 당기느라 사력을 다했다. 밧줄의 한쪽 끝은 짙은 어둠 속 어디엔가 있는 듯했다. 수도사들이 사력을 다하며 단조롭고 기운 빠진 소리로 합창했다.

아······ 아······ 아······ 아아아.
아······ 아······ 아······ 아아아······

유난히 습하고 냉한 공간이었다. 수도사들의 입김이 입술 위로 피어오르며 담배라도 태우는 듯 푸른 연기 구름을 그렸다. 두건으로 얼굴이 완전히 가려진 수도사들이 등을 굽힌 채 팽팽한 밧줄을 계속해서 당겼다.

아······ 아아······ 아······

튤립이 정중하게 모자를 벗으며 물었다.
"게서 뭐 하는 거요? 엥? 무지하게 힘들어 보이는데!"

수도사 하나가 고개를 들며 대답했다.

"빤히 보고도 모르나? 신을 딸딸이 쳐주고 있잖소."

튤립이 기함했다.

"쯧쯧…… 쯔…… 별일이 다 있군! 신은 끝내는 데 시간이 그리 오래 걸리나?"

"때마다 다르다오. 지난번엔 비교적 빨리 끝났지만…… 오늘은 말도 마쇼! 특히 술이 거나하게 취했을 땐…….."

튤립이 지적했다.

"게다가 늙어빠졌으니…… 이런 날이 익숙하겠구먼! 밧줄을 당긴 이후로는……"

수도사가 더는 아무 대꾸 없이 등을 굽힌 채 처량하게 노래하며 밧줄을 당기기 시작했다.

"아…… 아아…… 아…….."

돌연 튤립도 대번에 알아들은 굵직한 목소리가 호통쳤다.

"더 세게! 더 세게! 내 초록 양초를 걸고서! 더 세에에게! 더 더 세에에게!"

수도사들이 두 배로 힘을 쏟았다. 밧줄이 팽팽해졌다가 느슨해졌다…….

튤립은 조심스럽게 그곳을 빠져나오며 노래했다.

"아…… 아아아…… 아…… 수음은 해롭기 짝이 없는 건데. 예전에 마누라가 그 짓을 종종 즐기던 작자한테 방을 세준 적이 있어. 외양만 봐서는 전혀 그럴 것 같지 않았지. 얌전하고 예의 바르고 절대 흥분하는 법이 없었으니까. 그런데 어느 날 밤 그 작자 방에서 오싹한 비명과 함께 탄식이 들려왔고, 그 바람에 잠을 깬

마누라와 내가 황급히 달려갔지. 우리가 무슨 꼴을 보았게? 글
쎄, 그 작자가 셔츠 바람으로 궁둥이를 꽉 조인 채 움쭉달싹 못
하고 있지 뭐야. 난방기에 생식기가 끼었던 거지! 암, 난방기의 두
관 사이에 제대로 끼었더라고. 홀쭉할 때 들어갔다가 굵직해지니
까 더는 빼낼 수가 없었던 거야! 그야말로 재앙이었지! 그 작자
가 울부짖는데 듣는 사람이 다 괴로울 지경이었어. 특히 한겨울
이었으니 처음엔 미지근했던 난방기가 허옇게 달궈진 상황이었다
고…… 오죽하면 마누라가 나중에 혹시 생식기를 처치하려면 그
방법을 쓰면 되겠다고 했을까. 아무튼 그치가 죽어라고 고함을
질러댔어! 여전히 생식기는 빠지지 않고 난방기는 더욱 뜨거워졌
지! 이제는 본격적인 화상이 느껴질 정도였다고! 나는 마누라를
밖으로 내보낸 뒤—마누라한테는 정말이지 눈뜨고 못 봐줄 광경
이었거든. 심각한 거부반응을 보일 만큼—그치를 잡아당겼어. 소
용없었지. 이번엔 옆방 사내를 불러와서…… 셋이서 힘을 합쳐
결국 난방기에서 빼냈고, 그렇게 그치가 수음한다는 걸 알게 됐
어. 물론 그치는 절대 인정하려 들지 않았지만. 난방기 옆을 지나
다 우연히 낀 거라고 우겨댔지. 암, 그렇고말고…… 수음은 해롭
기 짝이 없어!"

튤립은 말을 멈추고는 어둠 속에다, 정성껏, 침을 뱉었다.

"너를 사랑하노라!"

목소리가 아주 가까이서 불쑥 선언했다.

"그렇군요!"

튤립이 겸손하게 대답하자 같은 목소리가 열정적으로 선언했
다.

"내 심장이 너의 신발털이개로 쓰이기를!"

튤립이 너그럽게 대답했다.

"제가 또 거절을 잘 못해요!"

튤립은 한 발자국 더 나아갔고 어느 무덤 앞에서 멈추었다. 무덤 중앙의 기름칠한 해골 머리통이 노란색과 초록색 불빛을 번갈아 번득였고, 하얀 콜롱빈이 그 밑에서 한쪽 발끝으로 우아하게 서 있었다. 다른 쪽 발은 금방이라도 날아오를 듯 깃털처럼 사뿐히 허공으로 들어 올렸고 양손은 장난스러운 동작으로 살짝 뒤집었다. 가느다랗고 핏기 없는 손가락은 안개와 이슬로만 직조된 듯 보이는 투명하고 아련한 망사 치마의 끝자락에 수놓인 부드러운 빛깔의 꽃들을 어루만졌다. 마치 꽃들을 따 모아 부케라도 만들려는 듯. 머리엔 연보랏빛 화관을 썼는데 장미 한 송이가 얼굴로 힘없이 떨어지며 꽃잎의 비를 피눈물처럼 한 장 한 장 흩뿌렸다. 콜롱빈은 진정 신비로운 매력을 발산했다. 마치 베토벤의 〈월광소나타〉나 셰익스피어의 『한여름 밤의 꿈』에 소재로 이미 사용된 적이 있는 저 신성한 물질로 만들어진 것 같았다고 할까. 하지만 불행히도 그 매혹적인 이미지는 그녀의 콧구멍으로부터 흐르는 기다랗고 덥수룩한 다갈색 콧수염과 넓적하고 괴기스러운 얼굴에 의해 무참하게 무너져버렸다! 비장한 괴기스러운 얼굴! 교만한 괴기스러운 얼굴! 악몽 같은 괴기스러운 얼굴! 얼굴 둘레로 나방들이 날아다녔다. 콜롱빈 앞에는 피에로가 무릎을 꿇고 있었는데, 피에로의 숨결에 콜롱빈의 망사 치마와 엷게 수놓인 꽃들이 가늘게 흔들려서 마치 피에로가 꽃향기를 맡는 것처럼 보였다.

콜롱빈이 몸을 떨며 구구거렸다. '콜롱빈'은 프랑스어로 '비둘기'라는 뜻이 있다.

"저도 네, 라고 대답하고 싶지만 그럴 수가 없어요!"

"네, 라고 대답해주세요!"

피에로가 곰팡내와 쓰레기 악취를 무덤 너머로 퍼뜨리며 쩌렁쩌렁 울리도록 고함을 쳤다. 그러자 어둠 깊은 곳에서, 경찰들의 포로가 된 어떤 시체가 음산한 울부짖음으로 네, 그럴게요! 라고 대답했지만 아무도 관심을 갖지 않았다.

콜롱빈이 입을 벌리자 그 기회를 틈타 쥐 한 마리가 바깥세상을 둘러보기 위해 머리를 내밀었다. 콜롱빈이 즉시 쥐의 주둥이를 때리고는 미친 듯이 울다가 자기도 모르게 트림을 한 뒤 살짝 몸을 들어 가볍게 방귀를 뀌고는 지저귀었다.

"네, 그럴게요. 전 이제 죽은 목숨이에요!"

피에로가 벌떡 일어나 미친 듯한 괴성을 길게 내지르며 앞으로 달려가자 경찰들이 손보기 시작한 시체가 피에로 못지않은 미친 듯한 괴성을 길게 내지르며 화답했다. 피에로와 콜롱빈은 시체의 괴성 속에서 서로의 입술에 키스했다. 이어 땅바닥에 침을 뱉고는 팔뚝으로 입술을 훔친 뒤 손가락 사이로 코를 풀고서 합창했다.

"어때요, 청장님. 이만하면 됐나요?"

"꿱꿱! 웬만해! ……꿱꿱!"

튤립이 소리가 난 방향으로 고개를 돌리니 잘 차려입은 작달막한 인물이 호화롭게 조각된 참나무 관 위에 앉아 있는 것이 보였다. 그의 몸을 에워싼 셀 수 없는 나방 떼가 일종의 황금빛

구름 막을 형성하며 그를 주위와 격리시켰다. 그가 지치도록 팔다리를 휘저어 나방 떼를 쫓았지만 소용없었다. 그는 걸핏하면, 요컨대 입을 벌린다든지 갑작스럽게 몸을 움직인다든지 할 때면 꿱꿱! 꿱꿱! 꿱꿱! 마치 배 속에 혈기 왕성한 두꺼비 몇 마리가 들어앉아서 성가시다고 짜증을 내는 듯한 요란한 소리를 냈다. 이 "꿱꿱" 소리가 들릴 때마다 그는 깜짝 놀라 자기가 의자로 삼은 관을 탕탕 치며 성가시다는 표정으로 "자, 자, 조용"이라고 말했다. 정말이지 관 속에 두꺼비들이 들어 있고 자신은 이 모든 소리와 전혀 별개라는 듯한 감쪽같은 태도였다.

그가 거만하게 미간을 찌푸리며 단언했다.

"웬만해, 꿱꿱! 혹시 좀 더 감수성이 풍부했더라면…… 가령 몇몇 상황에서 눈물 몇 방울을 떨어뜨린다든가…… 아무튼 뭐, 그만하면 됐어, 꿱꿱! 모쪼록 죄지은 가련한 영혼들을 위한 오늘 밤 행사에서 멋진 공연이 될 수 있기를, 암, 꿱꿱! 멋진 공연이…… 꿱꿱! 꿱꿱! 꿱꿱! 자, 자! 조용!"

그가 신경질적으로 관을 탕탕 쳤다.

"실례 좀 합시다, 친구……."

튤립은 손 하나가 불쑥 들어와 어깨를 무겁게 짓누르자 펄쩍 뛰어 옆으로 비켜났다. 한 손에 곤봉을 든 경찰이 복도에서 나타나 무덤에 보란 듯이 입장했다. 무덤 앞에 이르자 그가 부동자세를 취했다. 거친 헐떡임으로 가슴이 들썩였다. 한쪽 뺨에서 피가 흘렀지만 그는 눈치채지 못한 듯했다.

나방 떼에 에워싸인 인물이 의문 어린 표정을 지었다.

"꿱꿱?"

경찰이 곤혹스러워하며 우물거렸다.

"청장님, 지난주부터 자백을 받아내고 있는 자 말입니다……."

"계속 부인해?"

"자백했습니다, 청장님. 다만……."

나방 떼 인물이 놀라 물었다.

"꿱꿱! 다만 뭐야?"

경찰이 더듬거렸다.

"다만 그자의 저주받은 기억력 때문에 말입니다! 우리가 뭘 자백시켜야 할지요?"

"꿱꿱! 꿱꿱! 꿱꿱!"

나방 떼 인물이 소리치고는 관을 탕탕 치며 곧바로 덧붙였다.

"지금 나하고 장난하나? 방금 전에는 그치가 자백했다며?"

경찰이 울상을 지었다.

"네, 자백은 했죠! 다만 문제는 그런데도 전혀 진전이 없다는 겁니다! 여드레 전부터 우리가 두들겨 패고 족치고 어르는데도. '자백해, 엉? 자백하라고!' 그러면 그자가 피똥을 질질 흘리면서 악을 쓰죠. '아니, 아니, 싫소! 자백 안 해! 절대 자백 안 해! 싫어, 싫소!' 우리가 또다시 두들겨 패고 족치고 얼러요. '자백해, 엉? 자백하라고!' '아니, 싫소, 자백 안 할 거요!' 우리는 다시 계속해서 두들겨 패고 족치고. 그랬더니 이번에는 그자가 고문에 진저리가 났는지 차라리 맥주를 달라더니…… 아니나 다를까 입을 떼기 시작하더라고요. '네, 네! 자백하죠! 원하는 모든 걸 자백하겠소! 다만 내가, 하느님 맙소사! 당신들이 뭘 원하는지 알아야지! 대체 내가 뭘 자백하길 원하쇼, 엥?'"

나방 떼 인물이 반응했다.

"꿱꿱! 꿱꿱! 꿱꿱!"

이어 관을 탕탕 치며 곧바로 덧붙였다.

"그런 식으로 신의 이름을 들먹이지 마. 우리의 두꺼비 친구들이 기겁하잖아! 그래서 지난 여드레 동안 족치고도 아직도 그치가 무슨 죄를 지었는지 모른다는 거야?"

경찰이 해명했다.

"실은 저는 그치가 끌려왔을 때 없었습니다. 저는 아무것도 몰라요. 그때 동료들이랑 블로트 게임 중이었는데 간수가 저를 부르더니 말했죠. '자, 친구, 임무가 생겼어!' '뭡니까?' '오늘 아침에 매장된 작자가 있는데 아무 말도 안 해. 심지어 자기가 뭣 때문에 죽었는지도 몰라! 두들겨 패! 족치라고!' 그러니 제가 달려가지 않을 수 있나요? 달려가니 이미 망가질 대로 망가져 한쪽 구석에서 초주검이 돼 있어요. 하느님 맙소사! 그러니 제가 그치를 끌고 오지 않을 수 없죠. 끌고 와서 돌진해요. 두들겨 패고 들이받고 간을 휘젓고 족치고 계속 어르고. '자백해, 엉, 토토? 자백하라고!' 그치가 피를 토하며 대답하죠. '아니! 아니! 자백 안 해!' 그럼 제가 어쩝니까. 또 두들겨 패고, 하느님 맙소사! 들이받고, 하느님 맙소사! 족치고……."

나방 떼 인물이 반응했다.

"꿱꿱! 꿱꿱! 꿱꿱!"

이어 관을 탕탕 치며 곧바로 덧붙였다.

"그런 식으로 신을 들먹일 필요 없다니까! 우리 소중한 두꺼비 친구들이 기겁하잖아! 꿱꿱! 그 작자가 자백하는 대로…… 보고

136

서를 작성해. '과부 살해 및 고아 강간' 이렇게 쓰고 서명하게 해. 날짜는 빈칸으로 남겨두고. 명심해!"

경찰이 신이 나서 대답했다.

"명심하겠습니다, 청장님! 가서 그치를 끌어다 엎어뜨리고 쿵 쿵 냄새 맡고 깨물고 족치겠습니다! 흠씬 두들겨 패야죠! 하느님 맙소사, 이제……."

나방 떼 인물이 반응했다.

"꿱꿱! 꿱꿱! 꿱꿱!"

이어 관을 탕탕 치며 곧바로 엄하게 덧붙였다.

"그만 됐다니까, 이 친구야. 우리의 소중한 두꺼비 친구들을 쓸 데없이 화나게 하지 말라고. 자, 가서 자네 임무나 완수해…… 그런데 자네 한쪽 볼에 피가 흐르는군!"

"제 피가 아닙니다!"

경찰이 간명하게 대답하더니 가버렸다. 나방 떼 인물이 피에로와 콜롱빈을 돌아보며 말했다.

"자, 이제, 꿱꿱! 좀 더 중요한 일로 다시 돌아와서, 아까 그 장면을 다시 한 번 해보겠어? ……이번엔 좀 더 마음과 감정을 담아서! 감수성을 발휘해보란 말이야, 젠장! 다시 말해 좀 더 인간적이 돼보라고!"

그때 무덤 속에서 또 다른 경찰이 나타났다.

"죄송합니다, 청장님! 공동 구덩이의 하층민들이 또다시 탈출하려고 수작을 벌이고 있습니다. 무덤 주변을 행렬할 기세예요…… 들어보십시오!"

밤의 어둠 속에서 목소리들이 아득하게 들려왔다.

"모두 밖으로! 우리는 무덤 공유를 요구한다!"

경찰이 걱정스럽게 물었다.

"어떡하죠, 청장님?"

나방 떼 인물이 한 손가락을 쳐들며 말했다.

"퀙퀙! 간단해! 경찰 하나한테 하층민 옷을 입힌 다음 행렬에 잠입하게 해서 경찰을 향해 돌을 던지게 해…… 이후엔 우리가 곤봉으로 하층민을 공격하면 그만이지. 박살 내고 조각내고 가루를 만들어서 사방 곳곳에 뿌려버리라고! 만일 신이 한 소리 하거들랑 이렇게 대답해. '저희가 먼저 공격당했습니다.' 그럼 신도 암말 안 할 테니. 퀙퀙! 퀙퀙! 퀙퀙!"

그가 관을 탕탕 치며 곧바로 덧붙였다.

"명심해!"

"명심하겠습니다!"

경찰이 신이 나서 대답하고는 사라졌다. 나방 떼 인물이 일어나서 다시 피에로와 콜롱빈을 돌아보며 말했다.

"자, 그럼 연습을 다시 시작해볼까…… 밤이 깊어지고 행렬 시간이 다가오고 있어. 자네들이 바깥세상으로 소풍 갈 준비를 제대로 하는 걸 방해하고 싶지 않아. 나 역시도……."

그가 호주머니를 뒤져 작은 상자를 꺼내더니 뚜껑을 열고 자기의 머리며 몸에 하얀 가루를 쏟았다. 독한 나프탈렌 냄새가 무덤에 퍼지며 튤립의 코를 찔렀다. 나방 떼가 윙윙 잠시 맴을 돌더니 톡 쏘는 아린 냄새에 쫓겨 날아가버렸다.

나방 떼 인물이 흡족해하며 반응했다.

"퀙퀙! 퀙퀙!"

이어서 그는 흠결 없이 새하얀 장갑을 양손에 끼더니 지팡이를 주워 들고 출구 쪽을 향했고, 피에로와 콜롱빈이 손을 잡은 채 그의 뒤를 따랐다. 세 사람이 복도 속으로 빨려 들어갔다…….

튤립에게 여전히 말소리가 들려왔다.

"마지막으로, 꿱꿱! 충고 하나 하지. 바깥세상에 나가면 신분을 들키고 몰매를 맞아 가루가 되고 싶지 않을 거 아냐, 안 그래? 그렇거들랑 잘 들어! 자연스럽게 행동해! 진심으로! 여전히 무덤 속인 것처럼 행동하란 말이야. 그럼 산 자들 중 누구도 속임수를 눈치채지 못할 테니까!"

제막식

목소리가 멀어지더니 끊겼다. 이제 무덤이 텅 비었다. 기름칠한 해골 머리통이 내쏘던 불빛이 별안간 위태로워지더니 지지직거리는 소리와 함께 꺼졌다. 어둠이 스러지는 마지막 불빛을 덮으려다가 다시 물러나며 약해졌다. 경찰 하나가 지나갔다. 손에 전등을 들고서······.

튤립이 그를 불러 세웠다.

"실례하오, 경찰 양반! 출구가 어디요?"

"출구요? 출구?"

"그렇소, 출구."

"무슨 출구요? 무슨 출구인지?"

튤립이 설명했다.

"무덤 출구! 무덤 출구 말이오!"

경찰이 꿈을 꾸듯 복창했다.

"무덤 출구, 무덤 출구라······."

튤립이 버럭 소리쳤다.

"출구가 어디냐고?"

경찰이 대답했다.

"출구는 없어요, 출구는 없어……."

튤립이 식은땀 범벅이 되어 더듬거렸다.

"출구가 없다고? 출구가 없다니, 대체 뭔 말인지?"

경찰이 말했다.

"무덤을 옮기기는 해도 출구는 없어요……."

경찰이 가버렸고 어둠이 다시 깃들었다. 튤립은 경찰을 뒤쫓으려고 소리치며 달려가다 무언가에 부딪쳤다.

"에…… 에취! 하느님 맙소사! 제발 날 건드리지 마시오, 선생!"

튤립은 펄쩍 뛰어 오르며 한 바퀴 공중제비를 넘었다. 갑작스럽게 쏟아진 푸르스름한 원형 불빛 속에서 피어오르는 먼지구름이 보였다.

"움직이지 말아요, 선생! 제발 부탁이오. 지나치게 과격한 동작은 삼가시오!"

당황한 튤립이 우물거렸다.

"진정해요, 선생!"

"에…… 에취! 에…… 에취! 날 사령관님이라고 부르시오!"

튤립이 부동자세를 취한 채 말했다.

"진정해요, 사령관님!"

연기가 떨어져 내리며 잦아들자 그 속에서 한 기이한 사내가 모습을 드러냈다. 그는 벽에 기대세운 우산처럼 경직된 채 비스듬히 서 있었다. 그의 몸에서 알아볼 수 있는 것이라고는 전체적인 윤곽과 남색 단추와 작은 검뿐이었다. 튤립이 아무리 눈을 껌

뻑거려봤자 흐릿하고 두루뭉술한 얼굴의 특색이 구별되지 않았다. 마치 재료를 구체적으로 규정할 수 없는 다갈색 분말 물질을 전신에 빈틈없이 한 겹 두껍게 발라놓은 것 같다고 할까. 재료는 모래나 마른 흙일 수도 있겠지만 엷은 갈색이 돌고 역겨운 냄새가 풍기는 것으로 보아 전혀 다른 것일 수도 있었다. 기이한 사내는 어떻게든 움직이지 않으려고 기를 쓰는 것이 역력했고 비교적 부동성을 유지하는 데 성공했다. 그가 보인 유일한 동작이라고는 극도로 조심하며 느릿느릿 한 손을 얼굴로 들어 올려 일반적으로 코가 있어야 할 자리를 마지못해 살살 긁는 정도였다. 그가 떨리는 가느다란 목소리로 말했다.

"선생, 댁이 뉘신지, 어떤 연유로 나를 찾아오는—크나큰—영광을 베푸시는 건지 모르겠소만, 선생은 지금 눈앞에 불행의 화신 그 자체를 마주하고 있다는 사실을 아셨으면 하오…… 에취!"

그가 격렬하게 재채기했다. 그 즉시 먼지가 피어올라 뿌연 구름 속에서 그의 전신을 감싸며 튤립의 눈에서 그를 완전히 가려버렸다.

"하느님 맙소사! 이렇게 비참할 데가! 보셨소, 선생, 내게 어떤 재앙이 닥치는지? 나의 가련한 육신은 늙고 쇠약한 나머지 극히 미세한 흔들림에도 바스러져 가루를 날린다오. 그러니 살아남으려면 그저 꼼짝달싹하지 말아야 한다고 할까! 오직 움직임을 삼가는 것만이 나를 보존하는 길이라오! 그런데 이런 나한테 어떤 일이 생겼는지 아시오, 선생?"

튤립은 왠지 그래야만 할 것 같은 생각에 고개를 젓고 어깨를 추어올리며 그가 자신 있는 세상에서 가장 완벽한 아무것도 모르는 표정을 지어 보였다.

"감기에 걸렸어요, 선생! 감기에! 선생은 일찍이 이런 경우를 본 적이 있소? 세상에 이런…… 에…… 에…….'

그가 잠시 얼어붙더니 전신을 오그렸다.

"에취!"

그가 절망 속에서 재채기하며 머리부터 발끝까지 먼지구름을 뒤집어썼다.

"나도 어쩔 수가 없다오, 선생! 불가항력이에요! 그런데 이게 단 줄 아시오? 이게 단 줄 아느냐고?"

튤립이 심각하게 고민하는 표정으로 고개를 몇 번 저었다.

"아니라오, 선생! ……그게 다가 아니오! 난 이제 거의 코가 없다오, 선생! 내 코는 그리스 조각상처럼 오뚝하고 위풍당당하고 균형 잡힌 잘생긴 코였어요. 그런데 이놈의 감기 때문에 코를 긁지 않을 수가 없었거든! 내가 죄 없애버리고 말았다오, 선생! 긁어서! 나한테 남은 건 이제 코가 아니라오, 선생! 땅콩이지!"

그가 천천히 손을 얼굴로 가져가 마지못해 코를 비볐다.

"보셨소, 선생? 나도 어쩔 수가 없어요! 간질간질하니까! 가렵단 말이오, 선생! 그러니까 긁적이는 거지! 에…… 에…… 에취!"

"에취!"

튤립도 재채기하자 먼지 더미가 짜증을 냈다.

"재채기하지 마시오, 선생! 제발, 제발 부탁이니까 참으시오, 선생! 선생이 바람을 일으키면 내가 졸아든다오! 이건 선생이 내 존재를 갖고 노는 거요. 선생이 날 잡아먹는 격이랄까! 아, 코가 긴질긴질해…… 이, 이, 코가 간질간질해…… 좋은 생각이 떠올랐소, 선생. 이리 가까이 오시오. 몸을 숙여봐요. 내 코 대신 선생 코를 긁겠소. 그래서 선생이 시원해하면 내가 대리만족을 느끼도록!"

튤립은 고분고분 코를 내밀었다. 가느다랗고 흐늘거리는 손가락이 튤립의 코끝을 기분 좋게 살살 간질였다.

"에취!"

튤립이 가련한 사내의 면전에 정통으로 세차게 재채기했다. 즉시 먼지가 피어오르며 사방으로 퍼졌다. 먼지구름 속에서 날카로운 목소리가 고함쳤다.

"선생, 당신은 파렴치한이오! 자기 코로 날 자극한 것도 모자라 내가 가루가 되어 사라지도록 면전에 대고 심술궂게 재채기하다니! 당신은 파렴치한 그 이상도 이하도 아니오, 선생!"

당황한 사내가 어쩔 수 없는 먼지구름 속에서 모습을 드러냈다.

"감기도 감기지만 그게 다가 아니라오, 선생…… 감기만으로도 벅찬데 그게 다가 아니라고! 묘지 저쪽 끝에 한심한 민간인이 둘 있어요. 저속하고 천박하기 짝이 없는, 신앙심도 양심도 없는 술주정뱅이 영국 놈들이지…… 이놈들이 매일 아침 안부 인사를 구실 삼아 날 찾아온다면 어떨 것 같소, 선생? 실상은 심심풀이로 내 처지를 비웃기 위해서라면? 짐이란 작자가 '헬로, 사령관님! 오늘은 어때쇼?'라고 물으며 내 어깨를 친근하게 툭 치거든요…… 난 그 즉시 가루를 날리며 줄어든단 말이오, 선생! 그럼 조란 작자가 나서죠. '먼지가 이만저만이 아니오, 사령관님! 먼지가 이만저만이 아니야! 재채기가 날 것 같소, 사령관님!' '그러지 마!' 내가 기겁해서 외치고는 몸을 떨거든요, 선생. 그러고는 줄어들죠! 조가 동시에 '노력해보죠, 사령관님. 노력해보죠!'라고 외치며 재채기를 해요! 난 가루가 되어 흩어지며 줄어들고요, 선생…… 그러면 그놈들이 뒤에서 손바닥으로 등을 쳐서 누군지 알아맞히기 게임을 하자고 해요. 내가 거부하면 뭐라는지 아십니까, 선생?"

튤립이 몸짓과 표정으로 모른다는 시늉을 했다.

"바로 유태인 얘기를 해요! 선생 경우는 어떠실지 모르겠지만 난 말입니다, 난 재밌는 유태인 얘기에는 거의 배겨낼 재간이 없거든요…… 내가 웃어요, 선생, 내가 웃는다고요! 웃으면 몸을 들썩거리게 되죠, 선생. 그럼 가루를 날리며 줄어들고요, 선생! 그제야 놈들이 마지막으로 친근하게 내 어깨를 한 대 툭 치고는 가버리죠. 즐거운 오전 시간을 보낸 것에 흐뭇해서 또 오겠다고 약속하면서요, 선생! 에…… 에……."

튤립도 코가 간질간질했다.

"에…… 에……."

"에에취!"

두 사람이 동시에 세차게 기침했다. 먼지 소용돌이 속에서 가느다란 목소리가 떨려나왔다.

"안타깝군요, 선생! 오늘 밤 난 특별히 더 불행하다오…… 여기서 두 발짝 떨어진 곳에서 나의 훌륭한 부청장 친구가 성대한 기념비 제막식을 하거든요…… 죽은 자들의 평화 수호자들의 이름으로, 산 자들의 평화 수호자들에게 경의를 표하기 위해! 그야말로 감동적인 기념식이고 성스러운 축제란 말이오! 나도 참석하고 싶은 마음이 정말이지 간절하다오, 선생! 가서 감동을 나누고 연설도 하고 싶다고! ……두 해 전만 해도 그러려고 했는데! 하지만 이젠 엄두도 낼 수 없게 됐소…… 한 발자국만 움직여도 생존에 치명적인 신세니! 치명적? 아니, 그보다는 바로 죽음이라오, 선생! 죽음! 에…… 에…….”

튤립도 코가 간질간질했다.

“에…… 에…….”

“에취!”

두 사람은 동시에 재채기했다. 소용돌이치는 연기에 위장이 완전히 뒤집힌 튤립은 뒷걸음치며 진흙 웅덩이 속에서 허우적거렸다. 그는 딸꾹질을 하는가 하면 침을 뱉거나 두 눈을 세차게 비벼대면서, 돌연 밤의 묘지 곳곳에서 동시다발적으로 퍼져오는 헤아릴 수 없는 악취를 맡지 않기 위해 입으로 숨 쉬려고 애썼다. 마치 그를 맞아주는 듯 훅 끼쳐오는 불가항력적인 악취였다…… 뭐랄까, 부패한 땅이 스스로를 갈아엎으면서 모든 땀구멍으로 자신의 죽음을 외치는 것 같은 냄새랄까…….

튤립은 딸꾹질을 했다.

“제막식이라! 제막식이라면 나도 할 말이 있어요! 예전에 내 마누라가 제막식 대상이 된 한 사내에게 방을 세준 적이 있거든요. 걸출한 사내는 아니었는데…… 다만 그자는 평범한 여자를 좋아하지 않았소. 살과 피가 도는…… 젖가슴도 빵빵하고…… 따뜻하고…… 뜨거운 여자…… 하느님 맙소사! 세상에 그런 날벼락이! 그자는 그런 여자들을 바라보는 것만으로도 구역질을 하며 비명을 질렀소! ‘물컹해요! 덜렁거려요! 축축해요! 말을 해

146

요! 침을 흘려요! 오므라들어요! 뭔가를 요구해요! 웩!' 그치를 행복하게 해주려면 거창한 것들, 이를테면 혁혁한 승리라든가…… 공화국이라든가…… 아니면 범죄를 추단하는 정의라든가…… 하여간 범상치 않은 무언가를 침대 속에 넣어줘야 했어요! 상징적인 것들을! 심지어 한번은 베레지나 광장에 있는 암말 동상 뒤에서 수작을 부리는 바람에…… 엿새 동안 감방에 갇혔다 나왔지 뭐요! 또 한번은 자기 사무실에 갔는데…… 글쎄, 그자의 눈앞에 떡하니 뭐가 버티고 있었는지 아시오? 거대한 석상이 아름다운 장막으로 덮여 있었소. 초야의 이불처럼 새하얀 장막! 그자는 그게…… 자신의 고장에서 적을 물리치는 오를레앙의 처녀잔 다르크의 별칭라는 것을, 사람들의 정신과…… 마음과…… 의식을 고양하기 위해…… 마을에 새로 세운 기념물이라는 것을 알아보았소! 장막 속에 신선하고…… 누구의 손도 타지 않은 처녀가 있다는 생각에 완전히 넋이 나간 그자는…… 낯을 붉히고…… 침을 흘리며…… 다리도 제대로 가누지 못했어요…… 첫눈에 반해버린 거요! 그자는 장막 속으로 미끄러져 들어갔소…… 아무도 못 보고 아무도 모르게! 그사이 공화국의 대통령이 실크해트를 쓰고 장관들을 이끌고서 우리 마을을 방문했소. 나도 그 자리에 있었지…… 나도 이따금 그런 식으로 우리의 지도자를 구경하고 싶으니까! 다들 일제히 일어나 외쳤소. '공화국 만세!' 이어서 국가인 〈라 마르세예즈〉가 울려 퍼지며 석상의 장막이 걷혔어요. '저런! 저런!' 한 목소리가 외치자 다른 목소리가 말했소. '저러니 적의 뒤꽁무니를 쫓을밖에…… 뒤에서 저렇게 밀어대니 말이야!' 공화국의 대통령이 방종과 모독을 외쳤소. 음악이 계속해서 연주되고, 여자들은 실신했지요. 한 여자가 남편에게 말했어요. '당신은 석상한테 저 짓은 안 할 거지?' 남편이 대꾸했지요. '난 지난 20년 동안 석상하고만 한 사람이야!' 그러자 여자가 남편한테 왈칵 덤벼드는 바람에 사람들이 부부를 떼어놓아야 했소. 그러거나 말거나 코흘리개 하나가 제 아비한테 물었어요. '그러니까 저게 처녀인 거야, 아빠?' 아버지가 아이의 따귀를 갈겼고, 누군가 소방관을 불렀소. 우리의 문제의 사나이가 하늘을 배경으로 저 높은 곳의 잘 보이는 곳에 있었지요. 처녀를 뒤에서 끌어안은 채 단호하고 짤막한 동작으로 맹렬하게 처녀를 밀어붙이고 있었소. 동작이 점점 빨라졌어요. 사람들이 간신히 장막을 던져 둘을 가려놓고 떼어놓았을 때는 이미 몹쓸 짓이 끝난 뒤였소. 해서 석상을 부수고 광장에 다른 처녀상을 세워야 했지요…… 진짜 처녀로! 저기, 시작하나 보군!"

튤립은 말을 멈추고 양손을 호주머니에 찔러 넣었다.

"저기, 제막식이 시작되는 것 같소!"

충분히 널찍하고 충분히 환한 구덩이 속에서, 콧수염을 기른 퉁퉁한 경찰들이 장막으로 완전히 덮어씌운 원뿔 모양의 기념비를 에워싼 채 공간을 꽉 채우며 우글거렸다. 한쪽 구석에는 번쩍이는 금관악기를 손에 든 다섯 명의 경찰 오케스트라가 연주할 채비를 마쳤다. 구덩이 벽면은 꼬깃꼬깃한 국기들로 장식됐는데, 벌레 똥 같은 경찰들의 똥으로 온통 뒤덮였어도 삼색의 형태는 알아볼 수 있었다. 두 개의 국기 사이에 걸린 공화국 대통령의 멋진 전신사진 또한 불행히도 경찰들이 온전히 내버려두지 않았다. 튤립은 심지어 위대한 인물의 이마로 기어오르고 있는 경찰 하나를 발견하고서 깜짝 놀랐다. 경찰은 고민하는 표정으로 적당한 자리를 물색 중이었고 이미 바지를 내린 상태였다. 튤립은 호의 어린 눈길로 잠시 경찰의 행보를 지켜보았다. 경찰은 한참을 망설인 끝에 결국 대통령의 미간에 자리 잡은 뒤 기를 모았다. 여전히 장막으로 뒤덮인 기념비와 오케스트라 사이에는 연단이 있었고, 이 연단 상석에서 작달막한 대머리 사내가 떨리는 목소리로 연신 침을 튀기며 손에 쥔 연설문을 읽어 내려갔다.

"모입시다, 동지들이여! 숭고한 순간입니다! 컥, 캑, 워워!"

그가 기침을 하더니 목구멍을 막고 있다가 날아오르는 나방을 쫓아버렸다.

"지금 이 순간은 인류 문명사에서 최초로 우리 죽은 자들의 평화 수호자들이 우리의 동지인 산 자들의 평화 수호자들에게 우리의 감사와 경의를 바치는 시간이기 때문입니다! 컥, 캑, 휘이휘이!"

좌중이 만장일치의 박수와 기나긴 함성으로 그의 말을 중단시켰다. 그가 흐뭇해하며 박수를 만끽하더니 말을 이었다.

"하지만 내게는 여기 있는 멋진 기념비를 제막하기 전에…… 수행해야 할 거룩한 임무가 한 가지 남았습니다. 우리의 소중한 라호즈 아킬 동지가 공동 구덩이의 광분한 하층민들에게 야비한 습격을 받아 토막이 났습니다. 이 죽음은 우리가 반드시 되갚아줄 것입니다. 그동안 나는 우리의 소중한 라호즈 아킬 동지의 자랑스러운 잔재에 내 손으로 훈장을 달아주고자 합니다…… 컥, 캑, 휘이, 팽!"

그가 요란스럽게 코를 풀었다. 그때 연미복 차림의 경찰 둘이 나타나 연단까지 길을 트며 입장했다. 좌중이 그들을 발견했다. 두 경찰은 라호즈 아킬 동지의 자랑스러운 잔재가 담긴 쟁반을 들고 있었다. 쟁반엔 허옇고 털이 무성한 투실한 엉덩이가 놓였다. 왼쪽 궁둥이에는 저의가 담겼지만 뛰어난 기술에는 의심의 여지가 없는 손으로 파란색의 선명한 글자 문신이 새겨져 있었다. '군부 타도!' 증오를 드러내는 이 글자가 새겨진 엉덩이에는 여전히 닭살이 돋아 있었다. 작달막한 대머리 사내가 연단에서 내려와 감동한 좌중이 지켜보는 가운데 두 개의 볼록한 살덩이 사이에 쪽 소리를 내며 키스한 뒤 그 부위에 우수경찰 훈장을 달았다. 하늘색을 바탕으로 실크해트와 그 위에 X 자로 놓인 우산이 새겨진 훈장이었다. 쟁반의 엉덩이가 들려 나갔고, 모두들 침묵 속에서 잠시 그 모습을 지켜보았다. 이어서 신호음이 울리고 기념비에서 장막이 걷혔다. 좌중의 눈앞에 작고 매력적인 초록색 공중화장실이 모습을 드러냈다. 공중화장실이 어찌나 새뜻하고 날렵한지 마치 금방이라도 날아갈 듯 여전히 양 날개를 펼친 채 완전히 착지하지 않고 있는 한 마리 새와 같았다. 떠나갈 듯한 박수 소리가 터져 나왔다. 모두들 함성을 질렀다. "부청장님 만세!" 묘지의 최고참 경찰이 작달막한 대머리에게 다가가 모든 경찰 백성의 이름으로 치하했다. 아름답게 다듬어진 감사 연설이었다. 최고참 경찰이 연설을 마치고는 의미가 가득 담긴 동작으로 공중화장실을 가리키며 말했다.

"부청장님께 시착의 영광을 돌리겠습니다!"

"천부당만부당한 말씀! 친애하는 나의 동지, 그대에게 시착의 영광을 돌리겠소!"

최고참 경찰이 말했다.

"제발 부탁입니다, 부청장님! 어서요! 제발!"

부청장이 말했다.

"크나큰 광영이오!"

부청장이 공중화장실로 다가가자 "무기를 들라, 시민들이여!" 프랑스 국가 〈라 마르세예즈〉의 후렴구 음악이 울려 퍼졌다. 특별히 성공적인 연주였다. 그가 바지 단추를 끌렀다. 모두들 잠자코 기다렸다. 이윽고 다시 한 번 "무기를 들라, 시민들이여!" 음악이 울려 퍼졌다. 모두들 다시 한 번 기다렸다…… 하지만 아무 소식이 없었다. 부청장이 당황한 기색으로 몸을 숙이더니 바지 속을 뒤지며 찾았다…….

부청장이 몸을 벌떡 일으키며 울부짖었다.

"하느님 맙소사! 그걸 플란넬 바지에 두고 왔네!"

좌중이 경악했다. 하지만 몇몇 경찰이 곧바로 작달막한 대머리를 에워싸며 도움을 제안했다.

"제 거요, 부청장님! 제 걸 써보세요! 부청장님께 맞춘 듯 들어맞을 테니! 이게 딱 적당할 거예요!"

튤립도 즉시 제안했다.

"그러느니 내 걸 쓰시오! 그 방면으로는 나무랄 데 없는 최고의 상품이니까…… 상태도 멀쩡해요! 내 마누라도 세상에 이놈만 한 건 못 봤다는 말을 입에 달고 살 정도요!"

작달막한 대머리 사내가 모든 것을 차례로 사용해본 뒤 울상이 되어 외쳤다.

"전부 아니야! 다들 친절하게 애써줬소만…… 혹시 크기가 더

작은 사람 없소? 난 한 번도 그렇게 씩씩해본 적이 없어서……."

그가 우뚝 말을 멈췄다. 한 드센 여자가 나타나 좌중을 양 떼처럼 몰며 길을 트더니 공중화장실 앞까지 달려가 죽은 팔태충처럼 쪼그라든 무언가 기묘한 물체를 흔들며 외쳤다.

"페르낭, 페르낭! 이걸 두고 갔어. 당신 이걸 또 두고 갔다고, 페르낭! 내가 몸을 씻다 발견했지 뭐야!"

튤립이 외쳤다.

"공화국 만세!"

좌중이 외쳤다.

"부청장님 사모님 만세!"

부청장이 휙 날아오는 물체를 받아 황급히 끼워 맞췄다. 경건한 침묵이 깃들었다. 이윽고 〈라 마르세예즈〉가 다시 연주되었다. 이어서…… 부청장이 하늘로 양손을 치켜들며 부르짖었다.

"하느님 맙소사! 세상에 이런 날벼락이! 마누라가 바람이 났어! 내 게 아니야!"

"지긋지긋하구나, 시민들이여!"

돌연 튤립이 즉시 알아들은 굵직한 목소리가 호령하며 구덩이 전체를 벌벌 떨게 만들었다. 기겁한 경찰들이 바퀴벌레처럼 사방으로 흩어지며 도망쳤고 드센 여자도 치마를 걷은 채 전속력으로 줄행랑쳤으며 그 뒤를 오쟁이 진 남편이 쫓아갔다.

"지긋지긋해! 네놈은 하다 하다 이제 오줌도 못 누는 것이냐? 저 불행한 공중변소를 개시도 못해? 네놈 대신 내가 개시하지 않으면 내가 저주를 받을 것인즉…… 시원찮은 전립선이지만 내가 또! 옜다!"

튤립이 비명을 내질렀다.

"피해!"

무시무시한 오줌의 격류가 사방에서 포효하며 분출했고 지나치는 모든 것을 닥치는 대로 휩쓸어버렸다. 구덩이에 대번 무시무시한 악취가 진동했다. 번개가 하늘을 갈랐고, 천둥이 넋 나간 수십만의 암소 떼가 발광하는 송아지들을 낳기라도 하듯 으르렁거리는가 하면 가냘픈 울음소리를 냈다가 찢어지는 비명을 토해냈다. 경찰들은 이것이 운명임을 마침내 깨달은 듯 오줌 속에서 아무 저항도 하지 않고 순순히 익사했다. 한쪽 구석에서 잠들었던 해골 하나가 깨어나서 기겁한 채 엉덩이를 쳐들고 출구를 향해 크롤로 격하게 헤엄쳐 갔다. 공중화장실이 수면으로 떠올라 이리저리 둥둥 떠다녔고 공화국 대통령의 초상이 그 뒤를 바짝 따랐으며 오줌으로 인해 대통령의 초상에서 분리된 액자틀을 몇몇 운수 사나운 경찰들이 붙들었다…….

목소리가 호령했다.

"자, 옜다! 옜어! 이걸 원한 거지? 원하는 걸 얻었으니 만족하느냐? 결국 방종과 모독이…… 자연스러운 본능이라니! 역겹기 한량없구나! 역겹기 한량없어! 정말이지 조금만 더 했다간 먹은 게 다 넘어올 것 같구나!"

튤립이 어푸어푸 오줌을 들이켜며 울부짖었다.

"이 늙어빠진 호랑말코야!"

번개가 계속해서 번쩍거리고 천둥은 으르렁거렸으며 오줌은 콸콸 흐르고 경찰들은 익사하고 공중화장실은 이리저리 떠다니고 해골은 헤엄을 쳤다. 돌덩이 몇 개가 맥 빠진 소리를 내며 누란 액체의 격류 속으로 떨어졌다.

"돌에 맞았어! 난 늙은 몸이라고! 아이고, 아야! 이런 젠장맞을!"

튤립은 매섭게 톡 쏘는 끔찍한 악취가 콧구멍을 가득 채우자 신음을 흘리며 기침했다. 그는 성난 물결 속에서 목까지 잠겨 허우적거리며 출구에 이르렀다. 시체 하나가 관 속에 편히 자리 잡은 채 그의 앞을 전속력으로 스쳐 갔다. 시체는 노를 젓고 있었다…… 더할 나위 없이 멋진 동작으로…… 그때 번개가 잦아들고 천둥이 잠잠해졌으며 쏟아지던 물줄기도 멎었다. 튤립은 우뚝 멈춘 채 뒤를 돌아보았다. 대지가 신성한 액체를 빠르게 마셨다…… 요란하게…… 꿀꺽꿀꺽…… 즐기는 것이 역력했다, 대지가…… 도처에서 꿀꺽, 꿀꺽, 꿀꺽 소리가 들렸다…… 마치 무언가를 삼키기 전에…… 맛깔나게…… 목구멍을 헹구는 듯하다고 할까…… 오래지 않아 오직…… 뜨문뜨문 보이는 물웅덩이와…… 지독한 악취와…… 한구석에 좌초된 공중화장실과…… 젖은 파리처럼, 벌레처럼 구덩이 벽을 기어오르는 몇몇 운수 사나운 경찰들만이…… 홍수가 났었다는 것을 증명했다. 튤립은 하늘을 도발적으로 흘겨보며 으르렁거렸다.

"마누라가 예전에 종종 이런 짓을 하던 작자한테 방을 세준 적이 있어! 특히 밤에…… 그래도 그치는 적어도 병원에서 치료했다고! 게다가 남의 얼굴에 대고 그런 짓을 하지도 않았고!"

굵직한 목소리가 멀리서 친근하게 호통쳤다.

"닥쳐라! 안 그랬다간 한 번 더 맛을 보여줄 테니!"

튤립이 칠흑 같은 어둠 속으로 조심스럽게 몸을 숨기며 구시렁거렸다.

"알았어요, 알았어. 전 아무 말도 안했다고요! 그나마 마누라가 그때 거기 없었던 게 그치한텐 행운이었지요…… 마누라는 거리낌 없이 진실을 말해줬을 테니까요!"

튤립은 양팔을 엇갈려 앞으로 내민 채 구시렁거리며 비틀비틀 전진했다. 악취가 그를 뒤따랐고, 앞에서도 반기듯 맞아주었다. 정말이지 썩어 문드러진 밤의 대지 그 자체가 스스로를 천천히 갈아엎는 듯했고, 그렇게 모든 땀구멍으로…… 자신의 죽음을 울부짖는 듯했다.

"피에로!"

난데없이 목소리 하나가 울먹였다. 그 소리가 어찌나 가까이에서 들렸던지 튤립은 어둠에 살을 덴 듯 펄쩍 뛰며 소스라쳤다.

"쉿!"

두 번째 목소리가 소곤거렸다.

"쉿!"

세 번째 목소리가 거들었다.

튤립은 더듬더듬 출구를 찾아 전진했지만…… 길을 잃었다. 물방울이 고여 흘러내리는 축축하고…… 차가운 벽이 만져지지 않았다…… 당황한 그는 두 팔을 앞으로 뻗어 출구를 더듬었지만…… 찾지 못한 채…… 휘우뚱거리며…… 그 자리를 맴돌았다.

또다시 목소리가 울먹였다.

"피에로!"

누 번째 목소리가 얼에 들떠 소곤거렸다.

"저이의 강박관념이 되었죠…… 피에로가…… 누군가 죽어야 하긴 했지만…… 온몸이 갈기갈기 찢겼어요…… 전쟁터에서…… 내 새끼와 함께…… 정말 착한 아이였는데, 내 새끼도 그렇고…… 그래요, 맞아…… 우린 전쟁에서 자식을 잃었답니다…… 아이들이 있는 최전방에…… 다달이…… 뭐라도 보내주기 위해…… 우리가 얼마나 죽어라고 일했는데…… 그런데 어느 날 편지 한 통이 날아왔어요. 저는 두 사람의 친구입니다. 두 사람이 어제 새벽에 사망했습니다. 순식간의 일이었어요. 둘이 동시에 그렇게 느닷없이 가버린 것은. 그날 여명이 찬란했습니다. 마치 제 고장 피에라슈에서처럼. 노란빛, 붉은빛, 보랏빛이 어우러진 장관이었죠. 기습을 받은 우리는 참호에서 나왔고, 두 친구가 죽었습니다. 둘 다, 단번에. 공격이 뭔지 아십니까? 바로 죽음을 당하기 위해 함성을 지르며 참호에서 달려나가는 겁니다. 저는 두 사람의 친구였기에 지금 이 글을 씁니다. '난 우리 집 노친네를 사랑한다고.' 두 친구가 입버릇처럼 하던 말이었죠. 그래서 두 분께 이 편지를 쓰는 거지만, 정작 저는 엄마가 없어요. 어쨌든 수류탄이 터졌고, 두 친구가 더는 제 눈앞에 보이지 않았어요. 구멍이 있었지만 그 안에도 없었죠. 그때 수류탄을 던진 놈이 보였어요. 작달막한 금발 머리였죠. 제가 놈을 잡아서 총검으로 해치워버렸습니다. 놈의 내장 깊숙이 총검을 쑤셔 넣었죠. 놈이 놀란 얼굴로 저를 쳐다보다가 벌벌 떨면서 말했어요. '엄…… 엄…….' 그러곤 말을 맺지 못한 채 죽어버렸죠. 이로써 두 분 마음이 후련하실 거란 생각에 저도 조금은 후련한 마음이 드는군요. 제가 내장 깊숙이 총검을 찔러 넣자 놈이 놀라 저를 쳐다보며 더듬거렸어요. '엄…… 엄…….' 그러곤 잠시 몸을 떨다가 죽어버렸죠. 작달막한 금발 머리였어요. 왜 모두들 죽는 순간에 엄마를 부르는지 희한하다는 생각이 들었죠. 전 엄마가 있어본 적이 없거든요. 암소들은 늘 돌봤지만요. 하지만 저도 죽음이 닥치면 엄마를 외칠 것 같군요. 혹시 그래야

안심이 되는 걸까요? 알 수 없죠. 전 피에라슈 출신이에요. 남쪽 지방이고 브리

에트라는 이름의 아름다운 강이 흐르죠. 두 분이 아들들한테 보내신 돈은 제가

가졌습니다. 제가 마침 그 친구들한테 받을 돈이 있었거든요. 그날 여명이 어찌

나 찬란했는지……."

앙주 부인

튤립은 이 암흑과…… 이 목소리를 피해…… 꾸준히 출구를
찾았다…… 하지만 허사였다. 그가 허공에 손을 내저었다.

"대단히 외람되지만……."

매우 정중한 남자 목소리가 들렸다. 튤립은 바로 가까이에서
불쑥 터져 나온 소리에 소스라치며 뒷걸음쳤다. 그 바람에 무언
가 딱딱한 갈고리 모양의 물체가 손에 잡혔다.

"음……? 대단히 외람되지만…… 음! 혹시 이 악취가 댁에게
서 풍기는 건 아닌지요?"

튤립은 대관절 이 물체가 무엇일 수 있는지 몹시 궁금해하며
갈고리 모양의 물체를 더듬거렸다. 단언컨대 그로서는 난생처음
만져보는 물건이었다. 완전히 딱딱하지도…… 그렇다고 완전히
말랑하지도 않은 것이…… 꽤 따뜻했다…… 흠! 흠!

지하의 어둠이 으르렁거렸다.

"여긴 아니에요! 여긴 썩어가는 가련한 여자만 하나 있을
뿐……."

남자 목소리가 난처해하며 말했다.

"허! 대단히 외람되지만…… 전 이만 가봐야겠는데요!"

지하의 어둠이 분노했다.

"얼마든지! 여기 있는 우리 중 아무도 붙잡지 않으니까! 어서 썩 꺼지지 않고 뭐 하죠?"

남자가 울부짖었다.

"대단히 외람되지만, 그렇다면 제발 내 앞부분 좀 놓아주시죠, 네?"

튤립은 황급히 갈고리 모양의 물체를 놓은 뒤 구시렁거리며 뒷걸음치기 시작했고, 돌에 부딪치자 걸음을 멈추고 손으로 엉덩이를 문질렀다.

남자가 다시 매우 품위 있게 말했다.

"음! 음! 숙녀분들이 계신 줄 알았더라면 나체로 오지는 않았을 겁니다! 아무렴요, 음! 바지를 걸쳤을 겁니다!"

지하의 어둠이 으르렁거렸다.

"이렇게 통탄스러울 데가! 썩어가는 가련한 여자의 머리맡에서 어찌 저런 농담을!"

다른 여자의 새된 목소리가 메아리처럼 개탄했다.

"그렇고말고요! 정말 통탄스러워요, 앙주 부인!"

첫 번째 목소리가 여전히 울먹였다.

"피에로…… 피에로……."

돌연 쉰 목소리가 끼어들었다.

"실례합니다, 앙주 부인! 전 노에미…… 노에미라고 해요. 그왜, 이 옆에 새로 입주한……."

지하의 어둠이 엄격하게 물었다.

"창녀 노에미 말인가요?"

쉰 목소리가 겸손히 인정했다.뒤이어 『자기 앞의 생』에서 로자 부인이 마련 해놓은 '유태인 구멍' 아이디어의 원조, 즉 악취가 진동하는 장소 에피소드의 시작—원주.

"네, 창녀 노에미요! 방해가 됐다면 죄송해요…… 저도 가련한 마리아 부인이 썩고 있고…… 저까지 찾아와 성가시게 해드릴 때가 아니라는 걸 잘 알거든요…… 그런데 손님이 불평을 해서요. '이런 악취 속에서는 섹스할 수 없어! 못해! 혼란스럽다고! 마누라와 애들이 떠오르는 냄새란 말이야!'"

"그래서요?"

"그래서 이런 썩은 내가 진동하는 게 혹시 저 가련한 마리아 부인 때문인지 보려고……"

"그렇지 않으니까…… 가세요……."

쉰 목소리가 단념하지 않았다.

"확실한가요? 고집부려서 죄송하지만, 손님이 하도 불평을 해서요. '이런 악취 속에서는 섹스할 수 없어! 혼란스럽다고! 마누라와 애들이 떠오르는 냄새란 말이야!'"

"이런 썩은 내가 진동하려면 아직 사흘 밤은 더 있어야 돼요……."

"가엾어라! 손님이 그랬죠. '마누라와 애들이 떠오르는 냄새란 말이야!'라고. 가볼게요, 앙주 부인!"

"잘 가요, 노에미 양!"

첫 번째 목소리가 여전히 울먹였다.

"피에로…… 피에로……."

튤립은 양팔을 앞으로 뻗은 채 마치 앞이 보이기라도 하는 것처럼 눈을 크게 뜨고서 앞으로 나아갔다.

"피에로…… 피에로……."

"성모마리아여, 당신은 어머니이기도 했으니 나의 불행한 영혼을 보호하고 구해주소서…… 아야! 왜 내 가랑이 사이에 손을 쑤셔 넣는 거죠, 쥘리에트?"

"제가요, 앙주 부인? 그럴 리가요! 전 여기서 한 발자국도 움직이지 않았다고요…… 아야!"

"맙소사! 왜 그렇게 비명을 질러요, 쥘리에트?"

"이 촉감은…… 이 촉감은 뭐죠, 앙주 부인? 대체 내 손에 뭘 쥐여 준 거죠?"

"내가요, 쥘리에트? 그럴 리가! 내가 당신 몸에 털끝만큼이라도 손을 댔으면 이 자리에서 벼락을 맞을걸요! 대체 뭐였죠?"

"저도 정확히 몰라요, 앙주 부인! 뭔가 딱딱하고 뜨끈하고 바르르 떨리는 거예요! 딱딱하고…… 뜨끈하고…… 바르르 떨려요, 네, 앙주 부인!"

"흠…… 흠……."

"피에로…… 피에로……."

"아야!"

"왜 그렇게 비명을 지르세요, 앙주 부인? 겁이 덜컥 났잖아요!"

"당신 말이 맞네요, 쥘리에트. 나도 그걸 느꼈어요. 얼굴에 정면으로 맞았어요…… 뭔가 딱딱하고 뜨끈하고 바르르 떨리는 거였어요!"

"딱딱하고…… 뜨끈하고…… 바르르 떨리죠, 그렇죠? ……대체 뭘까요, 앙주 부인?"

"전혀 좋을 게 없는 거예요, 쥘리에트. 전혀 좋을 게 없는 거예요……."

"피에로…… 피에로……."

침묵이 내려앉았다. 밤의 어둠 속 어디선가 어린아이가 비명을 질렀다. 튤립은 히죽거리며 양팔을 앞으로 뻗은 채 무작정 비틀비틀 걸었다…… 돌연 무언가에 손이 닿았다…… 나무였다…… 손가락으로 더듬으니…… 사람 몸…… 여자의 몸이었다…… 검지에 배꼽이 만져졌고…… 튤립은 그곳에서 잠시 주춤했다…….

그가 웃음을 터뜨렸다.

"헤! 헤! 헤!"

"거기 누구야?"

삐거덕 소리…….

"아직도 고통스러운가 봐요…… 들려요, 쥘리에트? 마리아 부인이 움직여요…… 버둥거리고 있다고요……."

삐거덕 소리가 커지고 빨라지면서 점점 요란해졌다…….

"들려요, 쥘리에트, 버둥거리는 소리?"

"들려요, 들려요, 앙주 부인!"

이제는 삐거덕 소리와 함께 거칠고 단속적인 헐떡임까지 들려왔다.

"마리아 부인이 신음하고 있어요…… 단말마의 경련을 일으키나 봐요, 쥘리에트!"

"단말마의 경련, 네, 맞아요, 앙주 부인!"

어둠 속에서 관이 악마처럼 삐거덕거렸고, 헐떡임 또한 삐거덕 소리와 경쟁하듯 가빠졌다.

"목소리가 변했어요, 쥘리에트! 만일 마리아 부인인 줄 몰랐던들 관 속에 남자가 들어 있다고 생각했을 거예요! 들려요, 쥘리에트?"

"들려요, 들려요, 앙주 부인! 사람 목소리가 저렇게까지 변할 수 있으리라곤 꿈에도 생각지 못했어요!"

이제는 오직 지속적이고 요란한 삐거덕 소리와 역시 지속적이고 거칠며 다급한 헐떡임만이 지하의 어둠을 지배했다.

"들려요, 쥘리에트, 저 버둥거리는 소리? 고통과 싸우며 헐떡거리는 저 소리가 들리느냐고요?"

"들리고말고요, 앙주 부인. 그게 안 들리면 귀머거리게요? 마치 고통이 마리아 부인을 덮치고 으스러뜨리기라도 할 듯 공격하는 것만 같아요!"『자기 앞의 생』에 차용된 대목의 끝—원주.

이제는 관이 무시무시한 끼익 소리와 함께 들썩거리며 춤을 추었다. 악귀에 들린 지옥의 지그영국과 스코틀랜드 시골에서 추던 8분의 6박자 내지 3박자 춤곡 같다고 할까. 마치 괴수가 자기 등에 올라탄 요괴를 떨어뜨리기 위해 요동치는 듯했다.

"들려요, 쥘리에트, 단말마의 고통 속에서 몸부림치는 소리가? 들려요, 쥘리에트, 썩어가는 육신에 저항하는 소리가?"

"들려요, 들려요, 앙주 부인! 어떻게 저렇게 갑자기 목소리가 바뀔 수 있는지…… 완전히 남자 목소리예요. 마치 썩은 내가 마리아 부인을 덮치고 으스러뜨리기라도 할 듯 공격하는 것만 같아요!"

"위대하신 주여! 저 불쌍한 영혼을 굽어살피소서!"

"아…… 아멘!"

"저 불쌍한 영혼을 보호하소서!"

"아…… 멘!"

"불쌍한 영혼을!"

"에…… 에취!"

"부끄럽지도 않아요, 쥘리에트? 하필 이럴 때 어리석게 재채기라니, 부끄럽지도 않느냐고, 이 얼빠진 여자야!"

"죄송해요, 앙주 부인…… 썩은 내 때문에 저도 모르게 그만! 코가 간질거려서 더는 참을 수가 없었어요!"

"전능하신 주여! 저 불쌍한 영혼을 굽어살피소서!"

"아…… 멘!"

"불쌍한 영혼을!"

"에…… 에…… 에…….…"

"쥘리에트!"

"에취! 죄송해요, 앙주 부인! 맹세코 일부러 그런 게 아니에요!"

삐거덕 소리가 뜸해지며 잦아들었고, 헐떡임은 그 뒤로도 얼마간 더 계속됐다. 이윽고 침묵이 깃들었다.

"끝났어요! 이젠 마리아 부인의 아무것도 남지 않았어요! 그야말로 먼지에 불과하죠! 마리아 부인의 영혼이 이제 영겁의 열락에 들어섰어요!"

"영거…… 거…… 거…… 거…… 겁의 열락!"

튤립은 양팔을 앞으로 뻗은 채 여전히 헐떡거리며 무작정 비틀비틀 걸었다. 입가엔 일그러진 미소가 끈덕지게 걸려 있었다. 돌연 연보라색 잠옷 가운을 걸치고 머리엔 온통 펌 페이퍼를 만

자그마한 노파를 코앞에 맞닥뜨렸다. 노파가 촛농이 뚝뚝 떨어지는 기다랗게 흰 양초를 튤립의 입술 쪽으로 내밀었다, 마치 양초를 맛보라는 듯. 그녀가 떨리는 목소리로 물었다.

"실례지만 선생, 혹시 이 고약한 냄새가 댁한테서 풍기는 건가요?"

튤립은 노파의 성별과 나이를 고려, 최대한 예를 갖춰 인사하려 했으나 운수 사납게도 그만 코가 양촛불에 닿는 바람에 겁에 질린 비명을 밀어내며 몸을 벌떡 일으켰다.

자그마한 노파가 미안한 얼굴이 되어 펌 페이퍼를 온통 덜덜거리며 떨리는 목소리로 말했다.

"에구머니나! 에구머니나, 선생, 제가 다치게 한 것 아니에요? 정말 미안해요, 제가 약간 근시가 돼놔서!"

튤립은 코를 문지르며 정중하게 대답했다.

"괜찮습니다! 정말 아무렇지 않습니다!"

노파가 목소리를 떨었다.

"그러니까 댁한테서 나는 냄새가 아니란 말이죠?"

튤립이 사교성을 능숙하게 발휘했다.

"이거 정말 죄송하군요! 저도 기꺼이 그러고 싶지만…… 아닙니다!"

노파가 목소리를 떨었다.

"그렇다면 전 이만, 네, 다른 데 가서 알아봐야겠군요. 그럼 안녕히, 선생!"

튤립이 허리를 굽혀 인사하며 우물거렸다.

"만나 뵙게 되어 대단히 영광스러웠습니다, 부인!"

튤립은 발밑에서 요란하게 철벅거리는 진창과 두꺼비들의 맹렬한 항의를 느끼며 휘우뚱거렸고, 악을 썼고, 달렸다. 그리고 문득 둥그런 노란 불빛 속에서 걸음을 멈추었다. 어안이 벙벙했다. 훅 끼쳐오는 악취에 정신을 잃을 지경이었다. 기침이 절로 났다……한 손에 양초를 든 채 그를 지켜보고 있는 경찰이 눈에 들어왔다. 튤립은 딸꾹질을 했다.

"딸꾹!"

경찰이 부러운 표정으로 진단했다.

"취했군!"

"딸꾹!"

튤립이 즉시 자백하자 경찰이 콩콩거리며 말했다.

"리큐어구먼! 리큐어야, 리터당 10상팀이나 하는……. 돼지도 이런 돼지가 없군. 꺼져!"

튤립이 조촐하게 응수했다.

"딸꾹!"

어디선가 어린아이의 비명이 들려왔다. 욕설처럼 짧고 날카롭고 쉰 볼멘소리! 땅에서 솟구친 양 가까운 곳이며 먼 곳이며 할 것 없이 사방 곳곳에서 동시다발적으로 울렸다. 마치 어두운 밤 자체가 어린아이의 목소리를 빌려 비명을 지르는 듯하다고 할까.

경찰이 기대를 내비치며 물었다.

"혹시 저 앤가? 혹시 이 썩은 내가 저 애한테서 풍기는 건가? 네 생각은 어때, 이 돼지 자식아?"

튤립이 회의적으로 대답했다.

"딸꾹!"

덥수룩한 다갈색 머리 여자

둥그렇고 노란 양초 불빛이 스르르 이동하며 어떤 문으로 기어올랐다…… 여느 문처럼 평범한 문이 아니라 땅에 묻혀야 할 사망한 문, 문의 사체였다. 문이 무덤 입구를 막고 있었다. 아직 이런 식으로 사후에도 이름값을 하는 것이었다. 바퀴벌레들이 우글거리는 균열들로 뒤덮였음에도 고고하고…… 위압적이며…… 흠잡을 데 없는 외관을 유지하려 애썼지만…… 그다지 성공적이지 않았다. 더욱이 과거의 용도 때문에 도저히 화려하다고 할 수 없는 'WC'라는 표찰을 그대로 붙이고 있음에야. 비통하고 수치스러운 일종의 고백이 아닌가. 경찰이 다가가 문을 두드렸다…… 응답이 없었다. 경찰이 다시 한 번 문을 두드렸다! 마침내 질질 끄는 둔중한 발소리가 들리더니…… 문이 열렸다. 양초의 흔들림 없는 불빛 너머로 주름투성이 남자의 얼굴이 나타났다.

"무슨 일이죠?"

경찰은 생쥐 같은 콧수염을 공격적으로 휘저으며 말이 없었다.

"딸꾹!"

틀립이 딸꾹질을 했다. 흔들림 없는 불빛 너머로 남자의 얼굴이 움직였다…… 주름이, 볼이며 이마며 온 얼굴의 주름이 단번에 자글거렸다.

"알아요, 압니다……."

허둥대는 쉰 목소리……

"어린애 때문에 왔지요? 어린애가 비명을 지른다는 말을 하려고. 내가 그걸 모를까 봐? 난들 애가 죽어라고 빽빽거리는 소리가 듣기 좋은 줄 아시오? 나더러 뭘 어쩌라고? 그렇다고 목을 조를 수도 없는 노릇이고…… 안 그래요? 마누라가 병들어서 젖에서 고름이 나와요. 애가 울면서 빽빽거리는 거요, 고름을 빨아먹은 거지. 의사가 그러더라고요. 집주인이 자기 돈으로 의사를 불러줬지요. 원래는 내가 마누라와 애를 병원에 데려가기를 원했지만. 애가 비명을 질러댄 게 엄마 젖에 고름이 있어서랍니다. 의사가 말해줬죠. 네, 의사가요. 다만 그땐 너무 늦었지요. 아이의 장이 이미 부패했거든요. 네, 부패요. 제 어미 젖 때문에. 재미있지 않습니까, 네? 제 어미 젖 때문이라니. 제 어미의 고름 때문이라니. 애가 죽어라고 울어댔죠. 이제 내가 뭘 할 수 있겠어요? 밧줄을 가져다가 매듭을 지어 고리를 만들고 의자 위에 올라갔지요. 머리를 고리 속에 집어넣었어요…… 아이 울음소리를 더는 듣지 않기 위해. 그런데 여기에 온 마당에도 저 소리가 들려요 저 봐요……."

그가 한 팔을 들어 올렸다…… 아이의 비명이 밤의 어둠에 울려 퍼졌다. 날카롭고 짧고 모욕적으로.

"아이가 여전히 비명을 질러요."

경찰이 뭔가 생각난 듯 고함을 질렀다.

"잠깐만! 물어볼 말이 있소! 아이가 소리만 질렀던 게 확실해요? 혹시 거기다 냄새를 풍기진 않았느냐고요? 배 속이 고름으로 죄 썩었다면서요? 확실해요, 엉? 악취를 풍기지 않았던 게?"

남자는 묵묵부답이었다. 그의 얼굴이 흔들림 없는 노란 불빛을 받으며 문틈에서 움직이지 않았다. 주름도 그대로였다. 경찰이 윽박질렀다.

"왜 그렇게 사람을 빤히 쳐다봐? 대체 날 뭘로 보고, 엉?"

문이 요란스럽게 다시 쾅 닫혔다. 자글거리는 얼굴이 있던 자리에 이제는 'WC'라는 빛나도록 새하얗고…… 놀랍도록 새것인 표찰뿐이었다. 경찰이 탄식했다.

"하느님 맙소사!"

그가 돌 위에서 잠든 두꺼비의 머리에 가열하게 침을 뱉고는 철벅철벅 단조로운 진창 소리 속에서, 일렁이는 거대한 그림자를 질질 끌며 가버렸다. 코를 찌르는 악취에 헐떡이던 튤립은 경찰을 뒤따르려 했지만 이내 길을 잃었고, 어찌어찌 덥수룩한 다갈색 머리 미인을 코앞에서 마주치고 화들짝 놀랐다. 여자는 모든 계산원이 그렇듯 카운터 뒤에 앉은뱅이마냥 앉아서 양촛불 너머로 튤립을 뚫어져라 바라보았다.

튤립이 한두 차례 토악질을 하며 여자의 주위에서 휘우뚱거리더니 정중하게 머뭇머뭇 인사했다.

"안녕하시오, 부인!"

덥수룩한 다갈색 머리 여자가 이루 말할 수 없는 참담한 표정이 되더니 울음을 억누르며 말했다.

"안녕하세요, 선생님!"

여자가 한숨을 내쉬었다. 튤립도 순전히 예의상 덩달아 한숨을 내쉬었다. 주위를 휘휘 둘러보았지만 장소 정보에 대한 단서라고는 조금도 찾아볼 수 없었다. 양초 불빛이 충분치 않았고, 훼손된 몇 개의 관들만이 희미하게 모습을 드러냈다. 관들 옆에서 코고는 소리가 우렁차게 울려 나왔다. 튤립은 호주머니에서 커다란 체크무늬 손수건을 꺼내 이마를 살살 찍어 누르고는 점잔을 빼며 연신 이리저리 휘우뚱거렸다. 덥수룩한 다갈색 머리가 말했다.

"죽음은 특히 무고한 사람들을 덮치죠."

"매우 정확한 지적입니다."

튤립이 여전히 휘우뚱거리며 인정하자 덥수룩한 다갈색 머리가 상냥한 목소리로 소곤거렸다.

"상담은 무료랍니다. 공동 구덩이에서 오신 거 맞죠, 그렇죠? 당연히 신입이실 거고요."

"정확합니다! 그렇소, 신입이오."

튤립이 점점 더 심하게 휘우뚱거리며 대답하자 덥수룩한 다갈색 머리가 눈을 위로 치뜨며 말했다.

"에그, 딱해라!"

튤립이 살짝 울먹이며 여자를 흉내 냈다.

"에그, 딱해라!"

그러자 덥수룩한 다갈색 머리가 얼핏 더욱 안타깝고 참담한 표정을 짓는 듯도 했지만 이는 실은 환영에 불과했다. 왜냐하면 이 여자보다 더 슬프고 참담한 표정을 짓는 인간의 얼굴이란 현실적으로 불가능했기 때문이다. 여자가 신음을 흘렸다.

"끔찍해요! 그저 끔찍하다는 말밖에 안 나와요!"

튤립이 응수했다.

"그렇소, 그저 끔찍하단 말밖엔……."

그가 잠시 말을 끊은 뒤 덧붙였다.

"끄으음찍하죠!"

덥수룩한 다갈색 머리가 한숨을 내쉬었다. 튤립은 여자를 위로하기 위해 여자 주위를 점잖게 돌며 휘우뚱거렸다. 여자가 중얼거렸다.

"장티푸스 때문이죠, 그렇죠?"

"바로 맞혔소! 장티푸스!"

튤립이 반색하며 수긍했다. 콜레라라고 했더라도 못지않게 반색하며 수긍했으리라. 그는 여자 주위를 더욱 점잖고 매너 좋게 돌며 휘우뚱거렸다.

"아무렇게나 구덩이에 버려진 건가요? 관도 없이 그렇게, 발가벗겨져서, 그러니까 마치……"

여자가 비유할 말을 찾는 듯했다. 튤립이 고전적인 표현을 제시했다.

"마치 벌레처럼?"

덥수룩한 다갈색 머리는 뭔가 더 독창적인 표현을 찾고 싶은 듯했다. 튤립은 바지 단추를 끌러 여자의 코앞에 앞부분을 들이댔다.

"이렇게 발가벗겨졌다는 건?"

덥수룩한 다갈색 머리가 뛸 듯이 기뻐하며 킁킁 냄새를 맡았다.

"네! 네! 네! 그렇게 발가벗겨져서요! 손님은 어제 사망했나요? 아니면 혹시…… 혹시 오늘 아침?"

튤립이 어리석게 얼버무렸다.

"그게, 그게 실은 내가 아직…… 흠! 내가 아직 완전히 죽은 게 아니오!"

돌연 덥수룩한 다갈색 머리가 의혹이 가득한 얼굴로 미간을 찌푸렸다. 튤립은 황급히 단추를 채우고는 뒤로 물러나며 서둘러 여자를 안심시켰다.

"하지만 빈사 상태라오! 목숨이 간당간당하다고!"

그러자 덥수룩한 다갈색 머리가 상냥한 얼굴로 말했다.

"우리 집엔 모든 관이 종류별로 구비돼 있답니다!"

튤립이 놀란 채 휘우뚱거리다가 문득 폭소를 터뜨리며 얼뜨기처럼 히죽대더니 양초 위로 몸을 숙이고는 중얼거렸다.

"내가 그렇게 조금도 마음에 안 드나?"

덥수룩한 다갈색 머리가 의자에 앉은 채로 동요하더니 표정이 뜨악하게 굳어지며 경계 태세로 돌변했다. 그녀가 불안해하며 물었다.

"무슨 뜻이죠? 혹시 값을 깎을 생각이라면……."

튤립이 능력껏 점잔을 있는 대로 빼며 휘우뚱거리면서 웅얼거렸다.

"난 그대의 숭배자요! 아주 여열렬한 숭배자!"

"외상도 사절이에요!"

튤립이 왈칵 여자의 머리칼을 잡아 자신의 입술로 가져가더니 열에 들떠 스치듯 키스했다. 그가 신음을 흘렸다.

"음, 딴청 부리지 말고! 난 그대의 수…… 수…… 숭배자라니까!"

덥수룩한 다갈색 머리 여자가 튤립의 손에서 벗어나며 버럭 외쳤다.

"알겠다! 알겠어! 이제야 알아보겠네! 이제 보니 그 썩을 영감탱이네……."

튤립이 진정 놀랐다.

"엥?"

"요전 날 아침에 나한테 경찰을 보낸 그 썩을 영감탱이 맞잖아요! 이봐요, 점잖은 할아버지, 경고하는데, 아무리 경찰을 있는 대로 끌고 와봐야 소용없어요. 그러고 싶으면 어디 소방관을 동원해봐요. 결과는 마찬가지니까. 설사 영국 왕이 온다 해도……."

튤립이 통탄했다.

"여…… 여…… 영국 왕? 하느님 맙소사, 여…… 여…… 영국 왕이 대체 뭔 여…… 여…… 영문으로 여기 끼어들어?(튤립이 반색했다.) 이거 보게, 운율이 들어맞네!"

"다시 한 번 말하지만, 그 누가 온다 해도 절대 내가 매일 아침 나체로 산책하며 공기욕空氣浴하는 걸 막진 못해요! 그들도, 당신도, 그리고 무덤 밖으로 코빼기랑 다른 걸 내밀고서 나한테 음란한 짓거리를 해대는 저 다른 50여 명의 고약한 영감탱이들도!"

튤립이 슬퍼하며 휘우뚱거리다가 더듬더듬 말했다.

"하지만…… 하지만……."

"됐어요. 으스타슈! 으스타슈!"

어디선가 요란한 소음과 함께 관 하나가 열리더니 검정색 연미복을 입은 홀쭉한 인물이 나타났다. 장례식이 생겨난 이래로, 요컨대 문명국가가 탄생한 이래로 우리가 모든 문명국가의 모든 장례식에서 무수히 보아오던 인물이었다. 그는 한 손으로는 근조 화환을 들고 다른 손으로는 가느다랗고 비뚜름한 물렁코 끝에 자리 잡은 굵직하게 농익은 고름물집을 터뜨리느라 여념이 없었다.

"불렀어, 귀염둥이?"

덥수룩한 다갈색 머리가 엄숙하게 대답했다.

"그래, 으스타슈, 내가 불렀어. 여기 있는 이 작자가 당연히 보이겠지?"

으스타슈는 불행한 표정으로 여전히 고름물집을 잡아 뜯으면서도 문제의 작자를 전문가의 눈길로 훑어 내려갔다. 그가 진단했다.

"신장 1미터 70, 관 한 짝 주문인가?"

"관 한 짝 주문일 수도 있겠지만, 으스타슈, 내 생각엔 아무래도 다른 볼일인 것 같아! 이 작자가 말이야, 으스타슈, 글쎄 매일 아침 벌거벗은 내 몸을 보는 게 충격이라는 거야!"

튤립이 끼어들려고 했다.

"그게 아니라…… 그게 아니라……."

으스타슈가 여전히 물집과 씨름하면서 튤립에게 나무라는 눈길을 던지더니 심오하게 타일렀다.

"우리 모두는 벌거숭이로 이 세상에 왔소. 따라서 벌거숭이로 이 세상을 거닐 수도 있는 거요…… 아야!"

그가 신음을 흘리며 한 발로 폴짝폴짝 뛰었다. 마침내 고름물집이 터진 것이다. 덥수룩한 다갈색 머리가 일갈했다.

"가서 요오드용액을 발라, 으스타슈. 드디어 고름물집이 터지다니 내 속이 다 시원하네."

"나도 그래, 귀염둥이…… 이것 봐, 안에 경찰이 하나 들어 있었어!"

그가 어둠 속으로 스르르 사라졌다.

튤립이 애원했다.

"이봐요! 난 아니야! 맹세코 아니라고! 그대를…… 그대를 사랑하오. 그뿐이야!"

덥수룩한 다갈색 머리가 기겁하며 외쳤다.

"뭐라고요? 어떻게, 어떻게 날 사랑한다는 거죠?"

튤립이 여자의 손바닥에 소리 나게 키스하면서 흥분해서 외쳤다.

"이렇게! 맹세하오!"

"하지만 당신은 죽지조차 않은걸요?"

"죽었소…… 아니, 안 죽었지! 젠장! 하지만 상관없어요! 곧 죽을 테니까!(튤립이 악을 썼다.) 자살할 거라고, 하느님 맙소사! 지금 당장! 아니, 그보다 더 빨리!"

덥수룩한 다갈색 머리가 의자에서 발작을 일으켰다.

"으스타슈! 으스타슈!"

으스타슈가 어둠 속에서 빠져나오며 다시 모습을 드러냈다. 그가 코에 손수건을 매단 채 눈물을 줄줄 흘리며 징징거렸다.

"요오드용액을 발랐어, 귀염둥이! 따가워 죽겠어, 귀염둥이! 따가워 죽겠어!"

덥수룩한 다갈색 머리가 흥분하여 악을 썼다.

"으스타슈! 이 작자가 나한테 고백을 했어!"

으스타슈가 진정 놀랐다.

"그럴 리가?"

"진짜야, 날 사랑한대!"

으스타슈가 손수건 너머로 튤립에게 호기심 어린 눈길을 던졌다. 그가 말했다.

"나도 널 사랑해, 귀염둥이, 나 역시!"

덥수룩한 다갈색 머리가 안절부절못하며 화를 냈다.

"이 작자는 나하고 맞추기 위해 자살까지 할 태세라고! 아직 안 죽었거든!"

으스타슈가 호주머니에서 접이식 미터자를 꺼내더니 놀랄 만큼 능숙하게 펼치며 재빨리 물었다.

"사이즈는 어떤 걸로?"

튤립이 우물거렸다.

"엥?"

"말인즉슨 신장이 어떻게 되느냐고요."

당황한 튤립이 외쳤다.

"1미터 71이오!"

"참나무로?"

튤립이 울부짖었다.

"참나무로!"

"도금?"

"도금!"

"사망 일시, 묏자리, 성명은?"

"내일, 왼쪽에서 두 번째 무덤, 튤립!"

"왼쪽에서 두 번째! 튤립! 내일! 300프랑! 좋아요?"

"좋아요!"

"안녕히!"

"안녕히!"

튤립은 몸을 돌려 어둠 속으로 빠져들었고, 휘우뚱거리다가 뭔가 딱딱한 것에 코를 부딪쳤으나 상대는 무반응이었다. 이어서 바로 무언가 물렁한 것에 코를 부딪쳤고, 이번엔 상대가 가느다란 비명을 밀어냈다…….

그리스도와 어린아이와 성냥

"거기 누구야? 손들어. 아니면 쏠 테다!"

기겁한 튤립이 목이 쉬도록 외치며 성냥을 문질렀다. 일렁이는 불꽃이 그의 손끝에서 고개를 쳐들었다.

어린아이가 보였다.여기부터 『가면의 생』에 인용된 대목의 시작. 부분부분 원문 그대로 차용되었으며, 가리가 『에밀 아자르의 삶과 죽음』에서 언급한 '그리스도와 아이와 성냥' 에피소드다 ― 원주.

맨발이었고 체구에 비해 너무 큰 셔츠를 걸쳤다. 셔츠 속에 잠긴 듯한 모습이었다.

아이는 반짝임만이 감지되는 눈으로 자그마한 성냥불을 응시했다.

커다란 검정색 십자가가 아이의 가슴을 눌렀다. 십자가 위에는 눈을 치뜬 그리스도가 있었는데 그리스도 또한 일렁이는 불꽃을 흥미롭게 바라보았다.

아이가 말했다.

"저 사람이 성냥불에 손가락을 델까요?"

그리스도가 불꽃에서 눈을 떼지 않은 채 대답했다.

"아니, 아니야. 그렇지 않을 거다."

아이가 물었다.

"그러니까 그 전에 성냥불이 꺼질 거라는 말씀인가요?"

그리스도가 수긍했다.

"그래, 그럴 거야."

아이가 양보했다.

"그럴 수도 있겠네요. 하지만 제 생각엔 손가락을 델 것 같아요."

아이가 커다란 십자가를 향해 시선을 내리깔았다.

"우리 내기할까요?"

그리스도가 거절했다.

"아니, 안 해. 나는 절대 내기 따위는 하지 않아. 종교적으로 허용되지 않거든."

아이가 상기했다.

"맞아요, 그렇군요. 그 생각을 미처 못 했어요."

그리스도가 근엄하게 지적했다.

"네가 잘못한 거야. 생각을 좀 더 자주 했던들 나한테 그렇게 노상 어리석은 제안들을 하지는 않을 텐데."

아이가 말했다.

"화내지 마세요."

그리스도가 격분하며 단언했다.

"나는 절대로 화내는 법이 없어! 종교적으로 허용되지 않거든!"

그리스도가 성냥불에서 시선을 떼지 않은 채 퉁명스러운 어조로 물었다.

"무얼 걸고 싶었는데?"

아이가 냉큼 대답했다.

"주머니칼이요! 주머니칼 어때요? 좋죠?"

그리스도가 동의했다.

"좋아!"

그리스도가 성냥에 시선을 고정했다. 성냥불이 즉시 꺼졌다. 그리스도가 흡족해하며 말했다.

"이제 주머니칼을 내놓아라!"

아이가 항의했다.

"싫어요! 전 안 속아요. 또 기적을 일으킨 거잖아요!"

그리스도가 작은 소리로 겸허하게 웃었다.

"헤! 헤! 헤! 장난이었어. 이젠 나와의 내기가 어떤 거라는 걸 잘 알았겠지!"

또 다른 성냥이 튤립의 떨리는 손끝에서 불꽃을 피워내 어둠을 밝혔다.

아이가 요청했다.

"자, 또 해보시죠. 기적을 일으켜보세요!"

그리스도가 한사코 거부했다.

"싫다! 나는 절대로 한 번에 두 번 이상 하지 않아!"

아이가 도발했다.

"에이, 그런 게 어딨어요! 그보단 이제 더는 못하는 거겠죠!"

그리스도가 노하여 부인했다.

"천만에! 한번 볼래?"

"어디 봐요!"

그리스도와 자그마한 노란 불빛이 잠시 마주 보았다. 이윽고 성냥이 공손하게 꺼졌다. 마치 시선을 내리깔듯.인용 끝—원주.

튤립은 물에 빠진 사람의 필사적인 동작으로 어둠 속에서 허우적거리며 냉랭하게 평가했다.

"자, 보세요. 손에도 호주머니에도 아무것도 없습니다! 어쩌고 저쩌고…… 사기야…… 사기…… 요즘 세상에 버마 탁발승으로 태어나면 행운도 그런 행운이 없을걸. 밥벌이는 따놓은 당상이니까. 아마 사제가 여기 있었다면 기적이라고 울부짖었겠지만 난 기적 따위 믿지 않아. 마누라가 예전에 사제한테 방을 세준 적이 있는데 그치도 기적 따위 믿지 않았더랬지! 어느 날 아침 그치가 가방에 1000프랑을 넣어놓고 나갔다가 돌아와 보니 1000프랑이 온데간데없이 사라졌어. 내 마누라한테 달려가…… 악을 쓰더군. '도둑이야! 강도야!' 그치가 흥분을 가라앉히고 보니 내 마누라가 자기 앞에서 무릎을 꿇고…… 빌고 있었지…… 사색이 된 얼굴로…… 몸을 덜덜 떨고…… 이리저리 뒤흔들면서. '기적이 일어났어요! 기적이 일어났어요! 진짜 기적이!' 그치가 물었어. '대체 뭔 수작을 부리는 거요?' '절대 수작 부리는 게 아니에요! 당신이 나가고 나서 천사가 나타났어요! 여기…… 바로 이곳…… 복도의…… 화장실 옆에. 천사가 내게 말했죠. 자매여! 퐁송이라고 하는 로마교회의 아들이 네 집에 기거한다는데 사실이냐? 내가 네, 맞습니다! 대답했더니 이러더군요. 그자의 방으로 나를 안내하라! 그자는 중죄인이다! 듣자하니 그자가 1000프랑짜리 지폐를 갖고 있다던데…… 아무래도 또 어리석은 짓을 저지른 듯

하구나! 절대 그대로 둘 수 없지! 난 그자의 수호천사거든! 귀찮은 일은 딱 질색이야! 난처해지기 싫단 말이다! 하느님 맙소사! 그래서 내가 충분히 이해합니다! 대답하고는 당신 방으로 안내했더니 1000프랑을 갖고서 굴뚝을 타고 가버렸어요…… 얼마나 놀랐는지 지금도 심장이 떨린다고요!' 그런데도 사제 놈은 들은 척도 하지 않은 채 마누라한테 나쁜 년이니 도둑이니 욕을 해대면서 경찰을 부르려고 했어…… 어찌나 막무가내던지 우리가 결국 그 금발 아가씨 얘기까지 꺼내야 했다니까. 사제 놈이 매일 밤 불러들여…… 아침까지 끼고 있던…… 엄청나게 큰 소리를 질러대던 그 아가씨…… 그제야 사제 놈이 잠잠해졌지."

"꿀꺽꿀꺽꿀꺽…… 꿀꺽…… 꿀꺽…… 꿀꺽……."

튤립은 우뚝 멈춰 섰다. 어느 무덤 안이었다. 기름칠한 해골 머리통이 발사하는 스러질 듯 아슬아슬한 불빛과 그림자들이 바람에 일렁이며 무덤에 빗살 무늬를 만들어냈다. 해골 머리통의 이 사이로 나른한 손 하나가 피로 물든 장미꽃을 미끄러뜨렸는데 이것이 해골 머리통을 다소 불량스럽고 익살맞아 보이게 했다. 이마에는 누군가 주머니칼이 관통된 하트를 그려 넣었고 그 밑엔 "S와 P, 다정하게 영원히"라고 쓰여 있었다. 해골 머리통 주위에 불그스름한 후광이 비쳤다. 어슴푸레한 불빛 사이로 한쪽 귀퉁이에서 잠든 쥐 한 마리와 둥근 천장에서 즐겁게 쫓고 쫓기는 커다란 바퀴벌레 세 마리, 그리고 거미줄 속에서 서로를 노려보는 거미와 경찰이 보였다. 벽에는 "베베르는 개자식이다" "하느님 맙소사, 사람 살려!"라는 두 문장과 느낌표 열세 개가 그려졌는데, 두 문장은 오그라들고 주름진 거대한 남성 생식기로 나뉘어 있었다.

해골 머리통 아래, 땅바닥엔 퉁퉁 부운 초록색 시체가 관 앞에 앉아 있었고, 관 위며 주변엔 먼지가 뽀얗게 쌓인 병들이 무수히 널려 있었다. 시체는 만취한 데다 부패가 상당히 진행된 상태였다. 이미 코와 한쪽 팔뚝과 한쪽 눈이 썩어문드러진 데다 괘종시계처럼 좌우로 규칙적으로 몸을 흔들었는데 움직일 때마다 몸에서 잿빛 먼지가 피어오르며 마치 붕괴되기라도 하듯 위태위태하게 줄어들었기 때문이다. 그가 폭탄을 맞아 유일하게 남은 한쪽 눈으로 튤립을 힐끔 쳐다보았다.

"예전에 어떤 이가 나한테 이런 말을 했더랬지. 자고로 사람은 예의가 있어야 한다, 라고…… 자, 그러니 댁도 와서 한잔해!"

튤립이 말했다.

"내가 또 거절을 못해요! 거절을 못해."

튤립은 휘우뚱거리며 걸어가 땅바닥에 앉았다.

"건배!"

"위하여!"

그들은 잔을 부딪쳤다. 관을 사이에 두고 마주 앉아서 팔꿈치를 관에 걸치고 머리를 앞으로 숙인 채. 오른쪽엔 퉁퉁 부운 초록색 시체가, 왼쪽엔 더럽고 창백하고 야윈 튤립이, 오른쪽엔 벌린 입 안에 검은 구멍만 보이는 시체가, 왼쪽엔 자색 잇몸과 누런 치아가 훌륭하게 2열을 이룬 풍족한 입, 갖춘 입을 가진 튤립이, 오른쪽엔 폭탄 맞은 외눈 시체가, 왼쪽엔 얼빠지고 들뜬 눈동자의 튤립이, 오른쪽엔 퉁퉁 부운 초록색 시체가, 왼쪽엔 더럽고 창백하고 야윈 튤립이…… 그들은 술을 마셨다! 마시고 또 마셨다! 습기가 올라오고 불그스름한 증기가 떠다녔으며 관이 삐거덕 소리를 냈다. 기름칠한 해골 머리통이 발사하는 스러질 듯 아슬아슬한 불빛과 그림자들이 바람에 일렁이며 무덤에 빗살 무늬를 만들어냈다…….

"그 모든 게 슬프군!"

"말해 뭐 하나! 하이고!"

"슬퍼!"

"슬프지…… 암. 그런데 댁은 뭐가 그리 슬픈데?"

"뭐가 뭐가야?"

"슬프다며?"

"하이고…… 내가 생전에 가정을 꾸렸거든…… 벌써 1년 전이군! 시몬이었지, 내 처 이름이. 검은 머리칼에 파란 눈동자를 가진 여자였어. 꿀꺽꿀꺽꿀꺽! ……애도 하나 있었지…… 꿀꺽꿀꺽꿀꺽! 어느 날 밤 거리에서…… 하이고! 난 이쪽에 있었고 처는 저쪽에서…… 아이를, 아이를 품에 안고 있었거든! 처가 날 알아보더니 어떻게 했겠나? 길을 건넜어. 그리고 그만 트럭에 치였지. 피부, 피, 살점, 뼈의 마멀레이드, 골 소스가 됐다고! 꿀꺽, 꿀꺽, 꿀꺽꿀꺽꿀꺽! 검은 머리칼에 파란 눈동자가…… 이런 젠장! 이런 젠장! 충격이었어, 충격이었어…… 아, 눈물이 쏟아지는군…… 이렇게 관에 팔을 걸치고…… 머리를 팔에 묻고서 좀 울어야겠어…… 세상에, 마멀레이드였다고! 더 이상 여자가 아니라! 더 이상 아이가 아니라! 살점, 피, 뼈, 피부 등등이 뒤섞인 미트볼…… 그러고는 트럭이—여기에 주목하라고!—두 개의 헤드라이트가, 그 모든 것이…… 내 앞으로 그렇게……."

튤립이 말을 더듬었다.

"슬픈 일이구먼, 친구, 그 모든 것이."

그가 한숨을 내쉬더니 재빨리 덧붙였다.

"내 마누라가 예전에 방을 세줬던 이도 그런 사고를 당했지. 그이가 발바리를 키웠어. 이름이 토토르였는데 무척이나 애지중지했지. 어느 날 이놈이 도로에서 오줌을 싸는데 자동차가 덮치면서 뭉개버렸어. 당신 말마따나 마멀레이드가 됐지. 그래, 그게 그놈의 마지막 오줌이었어. 슬픈 일이야, 친구, 그 모든 것이!"

"허, 참! 마시자고. 자, 봐, 취하니까 안 보이잖아…… 두 사람이 저기 있어! 두 사람이 저기 있어! 하지만 나한텐 안 보여…… 또다시 시작되는군. 그거 없이도……."

"또다시 시작? 그거 없이도?"

"그래…… 그래…… 헛소리가 아니야! 어느 날 거리에…… 난 이쪽에 있고 처는 저쪽에 있어. 저기 보이나? 아이를, 아이를 품에 안고서! 처가 날 쳐다봐…… 그리고 트럭이 덮치지. 피부, 피, 살점, 뼈의 마멀레이드, 골 소스…… 더 이상 여자가 아니라! 더 이상 아이가 아니라! 살점, 피, 뼈, 피부 등등이 뒤섞인 미트볼…… 그러고는 트럭이, 두 개의 헤드라이트가 양팔로 감싸듯 나를!"

기름칠한 해골 머리통이 발사하는 스러질 듯 아슬아슬한 불빛과 그림자들이 바람에 일렁이며 무덤에 빗살 무늬를 만들어냈다!

"그래서 내가 권총을 꺼내 관자놀이에 겨누고는 탕! 쏴버렸어! 너무 고통스러우면, 너무 열렬하게 사랑하면 죽어서도 계속해서 사랑하고 고통스러운 법이야!"

그가 남아 있는 팔로 관을 세차게 내리쳤다. 손가락 두 개만이 남았다. 구석에서 잠자던 쥐가 찍찍거리며 도망쳤고, 해골 머리통이 입을 벌려 피로 물든 장미꽃을 통통 부은 초록색 시체의 머리에 부드럽게 떨어뜨렸다.

"딱한 친구 같으니!"

"하이고!"

"딱한 친구 같으니!"

튤립이 재차 말하고는 재빨리 덧붙였다.

"다만 내가 말했던 그이는 총으로 자기 머리통을 날리지 않았어. 천만에. 대신 그이는 다른 발바리를 샀지. 그러고 먼저 놈처럼 토토르라는 이름을 붙여줬어!"

시체가 오열했다.

"하이고!"

그가 남은 팔로 관을 세차게 내리쳤다. 먼지가 피어오르는 가운데 그의 손이 공중으로 흩어지며 경찰 쪽으로 날아갔다. 거미가 펄쩍 튀어 올랐고 남성 생식기가 몸을 뒤틀었으며 해골 머리통이 좌우로 요동쳤다.

"딱한 친구 같으니!"

"하이고……."

그가 남은 팔로 관을 세차게 내리쳤다. 병들이 바닥에 데구루루 굴렀고 관 뚜껑이 떨어지며 관이 열렸다. 그 안에서 줄무늬 바지에 연미복 재킷을 걸친 늙고 작달막한 시체가 잔뜩잔뜩 화가 나서 밖으로 나왔다. 그가 통통 부은 초록색 시체한테 버럭 소리를 질렀다.

"아직 멀었소? 위에서 그렇게 날 때려대는 거 그만두려면 아직 멀었느냐고? 말 좀 해봐요! 대체 이게 무슨 짓이오? 당신 어디서 온 거요? 공동 구덩이? 조용히 잠 좀 자게 날 내버려둘 수 없겠소? 내가 누군 줄 알기나 알고 이러는 거요? 전직 대법관이란 말이오, 선생! 암, 그렇고말고! 레지옹도뇌르 훈장도 받았소, 선생! 내가……."

퉁퉁 부은 초록색 시체가 담담하게 물었다.

"그럼 당신 누이는?"

"내 누이는 사령관과 결혼했소, 선생! 암, 그렇고말고! 그야말로 성스러운 여인이오, 선생!"

퉁퉁 부은 초록색 시체가 엄청난 먼지구름을 일으키며 몸을 벌떡 일으켰다. 그가 고함을 질렀다.

"그만!"

연미복을 입은 작달막한 시체가 분개했다.

"뭐? 뭐? 감히 나한테 그따위 말투를! 감히 나한테, 선생? 당신을 고소할 거요, 선생! 당신을 법정으로 끌고 가겠소! 내가……."

그때 끔찍한 일이 벌어졌다.

퉁퉁 부은 커다란 초록색 시체가 조심성을 완전히 상실한 채 작달막한 연미복 시체한테 달려들었다. 두 시체가 서로의 멱살과 머리끄덩이를 잡은 채 엄청난 먼지 회오리를 일으키며 바닥을 데굴데굴 굴렀다. 회오리가 가시고 공포에 휩싸인 튤립이 눈을 떴을 때 두 시체에게서 남은 흔적이라곤 더러운 물질로 이루어진 작은 더미뿐이었다. 거기서 지독한 악취가 스멀스멀 올라왔다…….

튤립이 고함을 질렀다.

"아름다운 악취! 영광된 악취! 이것이 바로 신이 직접 중재한 두 사내 간의 협약의 증거로구나!"

튤립은 토악질을 하고 나서 팔로 입가를 훔친 뒤 딸꾹질을 하며 지하의 어둠 속으로 빨려 들어갔다…….

아나스타즈 삼촌

"죄송해요! 실례 좀 할게요, 아저씨. 우리 아나스타즈 삼촌이 가끔씩 풍기는 이 악취의 진원지가 혹시 여긴지 알아보라고 해서요."

난데없이 예의 바른 아이의 목소리가 들렸다. 튤립이 툴툴거렸다.

"여긴 아니다! 여긴 한잔 걸치고 싶어 하는 불쌍한 늙은이만 있을 뿐이야!"

그는 한바탕 저주를 퍼부으며 몇 걸음을 더 옮겼고, 그 과정에서 벽에 부딪치거나 돌이며 뼛조각 따위에 발부리가 걸려 휘우뚱거렸다. 어둠 속에서 아이의 목소리가 다시 들려왔다.

"죄송해요, 아저씨! 또 저예요. 다름이 아니라 우리 아나스타즈 삼촌이 여기가 악취의 진원지가 아니라는 걸 믿으려 들질 않아서요. 삼촌이 이렇게 소리쳤어요. '난 전쟁을 치른 몸이야! 전쟁이란 전쟁은 죄다! 국가에서 훈장을 열두 번이나 수여받았지! 그중에 두 번은 사후에 받았고! 마른전투도 치렀고 베르됭 전투에도 출정했어. 그 덕에 얼굴은 으스러지고 한쪽 팔은 잘려나갔지. 스무 명 가까이 되는 사령관을 이 눈으로 직접 봤다고! 그런데도 이런 날 감히 악취에 대해 아무것도 모르는 놈 취급을 해? 정말 해도 너무하는군!' 그래서 제가 해도 너무한다는 말을 삼촌 대신 전하러 다시 오게 됐어요."

틀립이 어물거렸다.

"원, 성가신 인간! 삼촌한테 가서 니 똥이라고 전해!"

어린아이가 진지하게 받아들였다.

"그렇게 전할게요! 하지만 삼촌을 너무 나쁘게 생각하지는 말아주세요. 정말 전쟁이란 전쟁은 다 치른 분이거든요. 열두 번 부상당하고 열두 번 훈장을 받았죠. 숱한 사령관을 겪었고요!"

틀립이 재밌어했다. 그가 자기의 엉덩이를 두드리며 발을 굴렀다.

"히! 히!"

아이가 맨발로 첨벙첨벙 조급한 진창 소리를 내면서 가버렸다. 틀립은 똑바로 걷기 위해 초인적인 노력을 기울였다…… 그는 이제 두꺼비의 증오 어린 비명이 간간이 울려오는 차가운 진창에 발목까지 잠겨 허우적거렸다. 지하 벽과 둥근 천장에서도 물이 미끄러져 내렸다. 차가운 물방울이 비처럼 연신 그의 얼굴에 떨어졌다. 숨이 막혔고, 식은땀이 관자놀이와 입술을 적셨다. 출구 없는 거대한 단지 속을 걷는 기분이었다…… 또다시 저 앞 어디선가 맨발로 진창을 철벅거리는 소리가 들려왔다. 틀립은 걸음을 멈추었다. 두꺼비가 물속에서 돌을 밀었다. 지하 건너편 끝에서 한 손에 양초를 든 어린아이가 불쑥 모습을 드러냈다…… 뜨거운 불빛이 어둠과 싸우며 어둠을 밀어냈다…… 잠에서 깨어난 두꺼비들이 그 즉시 증오 어린 비명을 쏟아내기 시작했다. 양초를 향해, 초록색 물 속까지 스러질 듯 처연하게 드리운 희미한 불빛을 향해…….

어린아이가 금발의 곱슬머리를 흔들며 말했다.

"또 저예요! 우리 아나스타즈 삼촌이 직접 오시겠다고 해서요!"

아이가 사라지는가 싶더니 곧이어 웬 늙은이의 팔을 부축하여 다시 나타났다. 두꺼비들의 성가신 합창 소리가 또다시 높아졌고, 메아리가 밤의 어둠 곳곳에서 이를 오래도록 복창했다.

늙은이가 미간을 찌푸렸다.

"다 왔니?"

아이가 낭랑한 목소리로 대답했다.

"네, 다 왔어요, 삼촌!"

늙은이가 물었다.

"저기 누가 있어?"

아이가 대답했다.

"네, 말씀하세요, 삼촌. 저쪽까지 들리니까요. 제가 양초를 높이 들게요. 저쪽에서도 삼촌이 보이도록."

아이가 팔을 들어 올렸다.

튈립은 형체가 훼손되고 뭉그러진 흉측한 얼굴을 보았다.

코와 뺨의 일부가 잘려나가 뼈가 훤히 들여다보였다. 눈의 자리엔 커다란 검은 구멍이 있었고 해골만 남은 가슴엔 공들여 광을 낸 총천연색의 훈장이 달렸다.

아이가 미소를 지으며 삼촌을 소개했다.

"우리 아나스타즈 삼촌이에요, 아저씨! 말씀하세요, 삼촌!"

늙은이가 미간을 찌푸렸다.

"그럼, 얘기하마! 그쪽도 거기 있거들랑 들으시오! 난 전쟁이란 전쟁엔 죄다 뛰어든 사람이오! 내 인생과 내 육신의 절반을 참호의 쥐새끼들한테 던져줬다고! 해서 보다시피 눈도 없고, 인간의 얼굴이라기엔 살점도 별로 없소. 가는귀가 먹었고 더는 앞도 못 볼뿐더러 음식을 먹을 수도 없다오. 내장도 없고……."

아이가 금발의 곱슬머리를 흔들며 심각한 표정으로 말했다.

"1918년에 75밀리미터 구경 포탄을 맞으셨어요!"

늙은이가 미간을 찌푸렸다.

"이제 내가 할 수 거라곤 오로지 숨 쉬는 것뿐이오. 그런데 거기 어떤 개자식이, 어떤 개자식이……."

아이가 차분하게 말했다.

"그렇게 악쓰지 마세요, 삼촌. 저 아저씨 귀머거리 아니에요. 조용히 말해도 다 들린다고요!"

늙은이가 악을 썼다.

"그런데 거기 어떤 개자식이 시체 10만 명이 썩는 냄새를 풍기기 시작했소! 그것도 일부러! 내 주변의 신선한 공기를 오염시켜 내가 입으로 숨 쉬지 못하도록……."

아이가 금발의 곱슬머리를 흔들며 재차 말했다.

"악쓰지 마세요, 삼촌! 그래봤자 아무 소용없으니까."

늙은이가 풀이 죽어 중얼거렸다.

"내가 악을 썼니?"

아이가 진지하게 확인시켜주었다.

"네, 삼촌. 하지만 너무 괘념 마세요. 고의가 아니라는 거 잘 알아요. 삼촌이 반†귀머거리가 됐다는 걸 아니까."

늙은이가 미간을 찌푸렸다.

"그래, 귀머거리! 눈도 귀도 치아도 인생도 없고…… 얼굴은 뭉그러진 데다……."

아이가 참지 못하고 끼어들었다.

"잘려나갔고요. 자꾸 반복할 필요 없어요. 저 아저씨도 들었으니까요. 게다가 직접 확인도 했고요!"

늙은이가 훌쩍거렸다.

"얼굴은 잘려나갔고, 남은 쾌락이라곤 이제 오직 숨 쉬는 것뿐이야! 그런데 어떤 개자식이 일부러 시체 10만 명이 썩는 냄새를 풍겨서 내 주변의 신선한 공기를 오염시켰어. 내가 입으로 숨 쉬지 못하도록……."

아이가 삼촌의 소매를 잡아끌며 말했다.

"울지 마세요, 삼촌! 남자는 절대 우는 게 아니에요!"

늙은이가 훌쩍거렸다.

"내가 숨 쉬는 걸 방해하려고……."

아이가 난처해하며 말했다.

"자, 삼촌, 어서요!"

늙은이가 훌쩍거렸다.

"어떤 개자식이, 어떤 개자식이……."

아이가 초조해하며 재차 말했다.

"자, 삼촌, 어서요!"

"내 얼굴은 잘려나가……."

아이가 금발의 곱슬머리를 흔들며 버럭 성을 냈다.

"그만하세요, 삼촌! 진정하지 않으면 제가 정말 화를 낼 거예요!"

늙은이가 즉시 입을 다물더니 고개를 까딱거리며 아이의 가슴에 기댔다.

"난 결단코 아니오!"

튤립이 맹세하고는 이 선언에 신빙성을 보태고자 물속에 침을 뱉음과 동시에 가슴에 손을 얹었다.

"내 얼굴은 잘려나가고……."

아이가 삼촌의 소매를 잡아끌며 달랬다.

"다른 데로 가서 알아봐요, 삼촌! 어쩌면 건너편 무덤에 사는 아저씨일지도 몰라요. 거 왜, 콩탕블레르 씨 부인이랑 바람난 유부남 아저씨 있잖아요. 조심하세요, 삼촌, 구멍이 있어요."

그들이 첨벙첨벙 요란한 진창 소리를 내며 가버렸다. 어둠이 짙어졌다. 두꺼비들이 만족스러운 울음소리를 밀어냈다. 아이가 또다시 나타나 일렁거리는 불꽃 위로 푸른 눈을 동그랗게 뜬 채 여전히 예의 바르게 말했다.

"안녕히 계세요, 아저씨. 성가시게 해드려서 죄송해요. 저는 실은 이 악취가 아저씨한테서 나는 게 아니라는 걸 알았지만 우리 아나스타즈 삼촌이 도무지 믿으려 들질 않아서 어쩔 수 없었어요. 삼촌을 탓하지 말아주세요. 사망하신 지 정말 오래됐거든요! 게다가 1918년에 포탄을 맞는 바람에…… 좀 이상해지셨죠. 그럼 안녕히 주무세요!"

아이가 광분한 두꺼비들의 저주를 뒤로한 채 사라졌다. 마침내 혼자가 된 것도 잠시, 튤립은 진창에서 허우적대다가 별안간 날카로운 고함이며 비명이며 욕설이 뒤얽힌 웅성거림과 혼돈 속으로 빠져들었다. 어안이 벙벙할 따름이었다. 주위를 둘러보니 그가 방금 빠져나온 것과 똑같은 여러 개의 통로들 끝에 이어진 광활한 구덩이였다. 구덩이 중앙은 인파로 들끓었다. 가스 가로등의 창백한 불빛에 물든 대규모 시체 군중. 무슨 연유로 모여든 것인지 알기란 쉽지 않았다. 보이는 거라곤 오직 앞 시체 머리 너머로 안을 들여다보기 위해 연신 폴짝폴짝 뛰어대는 시체들의 뒷모습뿐이었고, 그 앞 시체들마저도 연신 폴짝폴짝 뛰어대는 바람에 사태 파악이 간단치 않았다. 튤립은 군중을 헤치고 길을 내보려 했지만 군중 하나하나가 움직일 때마다 피어나는 거대한 먼지구름 앞에서 이내 뒤로 물러나지 않을 수 없었다. 작정하고 사납게 덤벼들었다가도 얼굴에 비 오듯 땀을 쏟으며 뒤로 내동댕이쳐지고 돌에 부딪쳐, 미동도 없이 납작하게 뻗은 채 씨근덕거리기만 할 뿐이었다.

군중 속에서 음산한 목소리가 말했다.

"지나던 개가 웃을 일이지! 이년은 창녀야. 똑바로 잘만 걷다가 갑자기 땅바닥에 주저앉더니 울부짖기 시작했어. 히! 히! 히! 출산하려는 거였지. 지나던 개가 웃을 일이야!"

그제야 튤립에게도 울부짖는 소리가 들렸지만 군중 속 어딘가에 묻혀 있을 여자는 여전히 보이지 않았다.

"지나던 개가 웃을 일이지!"

시체들이 가스 가로등 불빛을 받으며 발끝으로 연신 폴짝폴짝 뛰면서 어떻게든 땅바닥에서 떨어져 공중에 오래 머물기 위한 노력을 기울이느라 여념이 없었다. 하지만 중앙에 자리 잡은 특혜 받은 몇몇을 제외하고는 아무도 아무것도 보지 못했다.

무리 속에서 돌연 단호한 사내 목소리가 날카롭게 외쳤다.

"잠깐! 내가 나서보겠소. 내가 좀 아니까! 난 아홉 아이의 아버지거든. 그러니……."

"그러니 괜한 허세는 부리지 마쇼!"

"당신이 뭘 상관인데?"

"상관은 없지만 메스꺼워서!"

"더러운 인간, 그게 바로 당신이오……."

"더러운 인간? 내가? 난 결혼한 지 올해로 30년째지만, 전혀라오! 매일 밤, 전혀라고! 전혀! 마누라와 합의를 봤지요. 시체를 생산하긴 싫으니까! 우린 문명인이니까!"

"더러운 인간, 더러운 인간……."

시체 군중 가운데 어딘가에 묻혀 보이지 않는 여자가 여전히 갖가지 형태의 비명을 동원하여 목이 터져라 울부짖었다.

"당신은 이쪽 팔을 잡고, 당신은 저쪽 팔을 잡아요. 그렇지. 자, 이제 들어 올린 다음 다리를 벌려요. 내 구령에 맞춰서 흔드는 겁니다…… 준비됐소? 갑니다. 하나, 둘…… 하나, 둘……."

여자의 목소리가 급속히 작아지더니 이제는 일종의 기나긴 경련을 일으키며 헐떡거렸다. 하지만 아직 흥미로운 구경거리였다. 시체들은 흩어지지 않은 채 보다 잘 보려고 여전히 폴짝폴짝 뛰었다. 이제는 잘 보였다. 시체들이 마치 봉투에서 내용물을 쏟아내듯 여자를 흔들고 있었다. 여자의 머리가 군중 위로 뜨문뜨문 솟아올랐다. 가까이에 있던 자들과 때맞춰 뛰어오른 자들은 여자의 헝클어진 머리칼과 얼굴을 보았다. 청록색 낯빛과, 눈에 가득한 고통의 파편을 사방에 튀기며 금방이라도 터져버릴 듯 팽창한 동공과 입술이 반쯤 벌어진 비틀린 입을.

"아이가 만만치 않아요, 여러분! 어쨌든 나오긴 나오겠지만 자칫 잘못하면 그 전에 자기 엄마를 먼저 죽일 수도 있겠어요! 가만, 그걸 뭐라고 하더라? 눈에는 눈, 코에는 코던가……."

"이에는 이!"

"여러분, 내가 만일 창녀고 누군가 나한테 이런 짓을 했다면…… 그야말로 재앙이죠! 눈에는 눈! 코에는 코!"

"이에는 이!"

"됐고, 당신은 그 잘난 이를 쓰든 눈을 쓰든 저쪽을 맡아요."

"하나, 둘…… 하나, 둘……."

"그러니까 댁이 아홉 아이 아버지란 말이죠?"

"그렇소! 앞으로도 동하면 또 낳을 거고요……."

"닥쳐요……."

"볼……."

"닥치라고!"

"볼셰비키스트……."

"저 둘을 떼어놔요…… 저러다 싸움이 날 것 같으니까!"

"볼셰비키스트, 당신은 볼셰비키스트라고 자신 있게 말하겠소……."

"그렇다면 난 저러다 둘이 싸움 난다고 말하겠소!"

여자의 헐떡임이 점차 약해졌다. 튤립은 여자의 얼굴이 군중 위로 솟아올랐을 때 눈이 감긴 것을 보았다. 하지만 여전히 흥미로운 구경거리였고 시체들은 흩어지지 않았다.

"감히 나한테 그런 말을? 이 나한테? 난 프랑스에 일곱 명의 군인과 두 명의 어머니를 안겨줬다고!"

"히! 히! 히! 전쟁은 반댈세!"

"볼셰……."

그때 곤봉을 손에 든 성난 경찰들이 사방에서 달려들었다.

"비켜요! 비켜!"

경찰들이 군중 속에 뛰어들어 곤봉을 휘두르며 발길질을 했고, 시체들은 여자를 내팽개친 채 그 위에서 발버둥 치며 살충제를 살포한 바퀴벌레처럼 뿔뿔이 흩어졌다…… 전신이 나체인 시체가 엄마를 불렀고 초췌한 늙은이가 훌쩍거렸으며 훈장을 줄줄이 단 사내가 무슨 의미인지 구체적으로 밝히지 않은 채 그저 자기가 곧 죽을 거라고 악을 썼다. 잔뜩 겁에 질린 실크해트가 땅바닥에 데구루루 굴렀고 세 마리의 명랑한 생쥐가 그 뒤를 따랐다. 군중 속에서 잿빛 연기가 피어올랐는데 연기가 하도 짙어 불빛까지 덮어버리는 바람에 구덩이 전체가 일순 암흑이 되었다. 잠시 후 연기가 가시자 튤립은 무덤 중앙에서 무어라 형언할 수 없는 물질의 더미를 발견했다. 뜨문뜨문 뼈들이 보이는 그 더미 꼭대기에는 웅크린 채 움직이지 않는 조그만 아이의 몸이 얹혀 있었다. 아이가 결국 어미의 몸에서 빠져나왔던 것이다.

튤립은 토하면서 울부짖었다.

"살인자들!"

만돌린

튤립이 도망치려던 찰나, 쥐가 찍찍거리고 고양이가 야옹거리고 박쥐가 날아오르더니 지하 묘지에서 흉측한 해골 셋이 나타나 진창 속의 가스 가로등 주위에 모여 우두둑 소리를 내며 웅크리고 앉았다. 가장 작은 해골은 치아 소제를 했고 가장 큰 해골은 뼈다귀를 빨았으며 세 번째 해골은 아마 어떤 질문에 대한 대답인 듯 이를 딱딱 맞부딪치며 말했다.

"그렇다니까요. 나도 쵤로를 만났어요. 그날 저녁 크리프 자매님 집에서 나와 라스드피크 거리 모퉁이에 있는 비스트로에 갔거든요. 비스트로 앞에 작고 예쁜 광장이 있고 광장 한가운데는 나무가 있죠. 그 비스트로에서 만돌린 연주를 해요, 쵤로가……."

셋 중 가장 큰 해골이 뼈다귀를 흔들며 쉰 목소리로 부르짖었다.

"늘 너무도 음악가다운 아이였죠!"

두꺼비 한 마리가 겁에 질린 울음소리를 밀어내더니 물속에 요란스럽게 돌멩이를 빠뜨렸다. 몇몇 두꺼비가 이에 화답했다.

"진짜 음악가! 안 그래요, 페동크 자매님?"

셋 중 가장 작은 해골이 고갯짓으로 수긍하고는 계속해서 치아 소제에 몰두했다. 세 번째 해골이 말을 이었다.

"비스트로 안으로 들어가니 무대 위 피아니스트 옆에 있는 쥘로가 바로 보이더라고요. 애가 어찌나 야위었던지 겁이 덜컥 날 정도였죠. '잘 있었니, 아들?' 내가 인사했더니 녀석도 인사했죠. '잘 지냈어요, 늙은 창녀?'"

셋 중 가장 큰 해골이 빨고 있던 뼈다귀를 입에서 빼며 울부짖었다.

"저 모자는 어쩜 저리 친구 같은지! 진짜 사이좋은 엄마와 아들이라니까요! 안 그래요, 페동크 자매님?"

셋 중 가장 작은 해골이 즉시 적극적인 동의를 표하고는 계속해서 치아 소제에 열을 올렸다. 세 번째 해골이 다시 입을 열었다.

"네, 그렇다니까요, 폴리피 자매님! '왜 이리 야윈 거니, 아들?' 내가 한숨을 쉬며 묻자 쥘로가 대답했어요. '만돌린 때문이에요. 나는 야위고 만돌린은 살이 붙었어요!' 하느님 예수님 맙소사! 사실이었어요. 글쎄, 살이 붙고 배가 불룩 튀어나온 만돌린이 낮은 신음을 흘리면서 작은 두 손으로 배를 문지르고 있더라고요. 쥘로한테 물었죠. '대체 어찌 된 거니? 만돌린이 왜 저 모양이야?' 쥘로가 살짝 얼굴을 붉히며 대답했어요. '흠! 그게, 만돌린이 그러니까, 흠! 임신했어요. 내 아이를 가진 것 같아요!' '아이? 아이라고? 세상에, 하느님 맙소사!' 쥘로가 경건하게 대답하더군요. '그분은 우리 모두의 아버지시고요.' 바로 그때 피아니스트가 비명을 질렀고, 내가 당신은 대체 뭐냐고 묻자 그가 손가락을 빨며 울상을 지었죠. '피아노 때문이에요! 피아노가 날 또 물었어요!' '이 나쁜!' 첼로가 만돌린을 무기처럼 쳐들며 외치자 피아니스트도 눈가를 훔치며 외쳤죠. '이 나쁜!' 난 비스트로 안을 휘둘러봤어요. 그랬더니 글쎄, 암소 한 마리가 다른 손님들과 전혀 다를 바 없이 테이블에 앉아 음악을 들으며 울고 있는 게 아니겠어요? 젖통을 흔들면서 말이에요. 내가 첼로한테 물었죠. '저 암소는 여기서 뭐 하는 거니?' 첼로가 대답하더군요. '천만에, 잘못 봤어요! 저건 암소가 아니라 경찰이에요. 사람들 눈에 안 띄려고 암소로 위장한 거라고요!' '나쁜 놈!' 내가 고개를 끄덕이며 말하자 피아니스트도 눈가를 훔치며 말했죠. '나쁜 놈!' 첼로는 여전히 지치도록 만돌린을 켜댔고요. 불쌍한 녀석, 어찌나 야위었던지. 만돌린은 한눈에도 퉁퉁하고 몸이 불었던데. 만돌린이 여전히 신음을 흘리며 작은 두 손으로 불룩한 배를 문질렀죠. '정말 야위었구나, 아들!' 내가 말하자 첼로가 여전히 연주하느라 팔을 놀리며 대답했어요. '알아요, 늙은 창녀!'"

셋 중 가장 큰 해골이 울부짖었다.

"저 모자는 어쩜 저리 친구 같은지! 진짜 사이좋은 엄마와 아들이라니까요! 안 그래요, 페동크 자매님?"

셋 중 가장 작은 해골이 부랴부랴 적극 동의하고는 턱을 놀리는 것을 역력하게 즐기며 계속해서 맹렬하게 치아 소제를 했다. 세 번째 해골이 말을 이었다.

"그때 피아니스트가 또다시 비명을 내질렀어요. '하느님 맙소사, 이번엔 또 뭐죠?' 내가 기겁해서 물었더니 피아니스트가 대답했죠. '이 친구가 또 내 엉덩이를 걷어찼어요! 흑! 흑! 흑!' 피아니스트가 주먹으로 두 눈을 비비며 훌쩍거리기 시작하더군요. 내가 저쪽에 있던 둥근 의자를 발견하고 가져와서 앉으려 하자 쥘로가 그냥 보고만 있지 않았죠. 그 녀석이 소리쳤어요. '앉지 말아요! 위험해요!' 내가 기겁해서 물었죠. '왜? 왜 그러는데? 이건 의자잖아!' '천만에, 잘못 봤어요! 그건 경찰이라고요. 사람들 눈에 안 띄려고 의자로 위장했을 뿐이에요!' '저기, 쥘로, 우리 얘기 좀 할래?' 내가 서둘러 청했어요. 비스트로 분위기가 몹시 거북스럽기 시작했거든요. '좋아요!' '넌 여전히 네 여사장과 결혼할 생각이니?' '네, 여전히. 엄마가 우리한테 얼마쯤 돈을 주기만 기다리고 있죠. 사랑, 사랑, 사랑하는 엄마!' '그럼 더 오래 기다려야 할 거다. 암, 더 오래 기다려야 할 거야, 사랑하는 아들아!' 그러자 쥘로가 여전히 팔을 놀리며 만돌린을 지치도록 연주하면서 다정하게 말했죠. '이런 늙은 창녀!'"

셋 중 가장 큰 해골이 뼈다귀를 물어뜯으며 부르짖었다.

"저 모자는 어쩜 저리 친구 같은지! 진짜 사이좋은 엄마와 아들이라니까요! 안 그래요, 페동크 자매님?"

셋 중 가장 작은 해골은 아무 대답 없이 계속해서 맹렬하게 치아만 문질렀다. 세 번째 해골이 말을 이었다.

"네, 그렇다니까요, 폴리피 자매님! 내가 물었어요. '그래, 네 여사장은 어디 있니? 내가 좀 봐야겠다!' 쥘로가 만돌린을 내 코앞에 들이대며 대답하더군요. '여기 있잖아요. 이게 여사장이에요!' 그러자 피아니스트도 피아노를 가리키며 말했죠. '저건 사장이고요!' '사장이 혹시 우리 얘기를 들은 건 아니겠지?' 내가 물었더니 쥘로가 대답했죠. '아무 염려 없어요! 사장은 귀가 먹통이니까!' 그때 처절한 비명에 이어 입맛을 다시는 소리와 만족한 한숨 소리가 들렸어요. 뒤를 돌아보니 피아니스트가 온데간데없이 사라진 게 아니겠어요? '이 사람 어디 간 거니?' 내가 물었더니 첼로가 대답했죠. '멀리 안 갔어요. 피아노가 꿀꺽했죠. 피아노가 피아니스트를 꿀꺽한 게 이번 주만 벌써 다섯 번째네요. 사장이 화가 났다 하면 여간 고약해지는 게 아니에요!' 적잖이 충격을 받은 나는 잎담배를 말고 있는 암소한테 다가가 그 앞에 놓인 500밀리리터 맥주잔을 집어 들었죠. 한잔 시원하게 들이켜 머리를 식히고 싶었거든요. 하지만 첼로가 그냥 보고만 있지 않았죠. 녀석이 소리쳤어요. '조심! 위험해요!' 내가 깜짝 놀라 물었죠. '왜? 이건 맥주잖아!' '천만에, 잘못 봤어요! 그건 경찰이라고요. 사람들 눈에 안 띄려고 맥주로 위장했을 뿐이에요!' '나쁜 놈!' 내가 겁에 질려 몸을 떨며 울부짖자 첼로도 땀에 흠뻑 젖은 채 여전히 손을 놀리며 울부짖었죠. '나쁜 놈!'"

셋 중 가장 큰 해골이 뼈다귀를 흔들며 고함쳤다.

"나쁜 놈! 나쁜 놈! 안 그래요, 페동크 자매님?"

하지만 셋 중 가장 작은 해골은 끔찍하게 시뻘건 이 사이에 손이 꽉 끼인 채 거칠고 쉰 신음 소리만 단속적으로 밀어내더니 이윽고 온몸을 발작적으로 덜덜 떨었다. 입에서 분사된 누르스름하고 역겨운 물질이 그의 얼굴을 뒤덮었다…….

세 번째 해골이 말을 이었다.

"그때, 그때 만돌린이 찢어지는 비명을 밀어내며 우지끈, 탁, 둘로 갈라지더니 활짝 벌어졌어요. 안에는 축축하게 젖은 작은 만돌린 한 무더기가 버둥거리고 있었죠. 작은 만돌린 무더기가 밖으로 떨어져 나와 '아빠, 아빠!' '엄마, 엄마!'를 외치며 네 발로 몸을 일으켜 기어보려고 무진 애를 썼어요. 쥘로가 얼굴을 붉히며 공처럼 자부심에 부풀어 외쳤죠. '내가 아빠가 됐어요!' 그때 피아노가 신음을 흘렸죠. '내가 오쟁이를 지다니!' 피아노가 무시무시한 굉음을 밀어냈어요. 턱이 쩍 갈라지고 이들이 바닥으로 흩어지며 '도! 미! 솔! 도! 파!' 소리가 울려 퍼졌죠. 오싹한 전율을 느낀 암소가 맥주잔을 움켜쥐더니 불쌍한 동료가 그 안에 있다는 것도 잊은 채 단숨에 잔을 비웠어요……. '안녕히, 늙은 창녀!' 쥘로가 내게 외치며 작은 만돌린들의 목을 잡아 하나하나 주워서 호주머니에 넣었죠. 그러고는 기절한 여사장을 한 팔에 끼고서 창문으로 의기양양하게 도망쳤어요. 동료를 삼켰다는 것을 뒤늦게 깨달은 암소는 아연실색한 채 절망감에 사로잡혀 머리칼을 쥐어뜯었고요. 둥근 의자가 아무리 달래고 위로해봤자 소용없었어요. 피아노는 콧구멍을 후비며 뜨거운 눈물을 쏟더니 배 속에서 자유를 요구하며 난동을 부리는 다섯 명의 피아니스트를 딸꾹질과 함께 차례로 토해냈어요……."

돌연 폴리피 자매가 무시무시한 목소리로 외쳤다.

"튀어!"

하지만 이미 너무 늦었다. 지하의 어둠 속에서 사냥개 무리가 으르렁거리며 나타나 혀를 축 늘어뜨리고 위협적인 송곳니를 드러낸 채 세 해골에게 달려들었다. 누구는 다리를, 누구는 옆구리를, 누구는 팔을 물렸다. 사냥개들은 세 해골을 갈기갈기 분해한 뒤, 나타났을 때와 마찬가지로 순식간에 사라졌다. 어두컴컴한 구석 어디에선가 사냥감을 느긋하게 맛볼 생각에 흡족하게 그르렁거리며. 어찌나 순식간의 일이었던지 미처 쥐가 찍찍거리고 고양이가 야옹거리고 박쥐가 날아오를 새도 없었다. 다만 아직 울부짖을 수 있도록 입이 쩍 벌어진 세 개의 해골 머리통, 창백한 가스 가로등 주위의 누르스름한 진창 속에 버려진, 사냥개들도 원하지 않았던 세 개의 해골 머리통만이 사냥개들이 다녀갔음을 증명할 뿐이었다.

"딸꾹!"

튤립이 딸꾹질을 했다.

도냐 이네스*

"충성, 동무!"

갑작스러운 소리에 튤립은 외마디 비명을 쏟아내며 팽이처럼 빙그르 뒤를 돌았고, 앞서 이미 만나는 기쁨을 누렸던 친절한 인상의 독일군 시체를 바로 코앞에 마주했다. 관에서 튀어 오른 독일군 시체가 한 다리를 황새처럼 허공에 들어 올린 채 다른 한 다리로 버티고 서 있었다. 여전히 훈장 장식과 구멍 자국이 요란한 군복을 걸쳤고 여전히 오른쪽 눈엔 외알박이 안경이 박혀 있었으며 왼쪽 눈은 암탉마냥 반쯤 감겨 있었다.

"마인 고트! 또 당신이군요, 동무! 정말 반갑소, 정말…… 아흐, 마인 고트!"

독일군이 감격에 겨워하며 몸을 숙여 튤립의 입술에 차가운 키스를 했다. 튤립이 욕지기를 하며 비명을 질렀다.

"이런 정신 나간 놈! 야이, 더러운 호모 자식아!"

호감 가는 인상의 시체가 진심으로 분개했다.

* 도냐는 스페인어로 '여사' '부인'의 뜻이며 여성에 대한 경칭.

"호모? 이 내가? 무슨 그런 망발을, 동무? 여자들…… 아흐…… 여자들! 내가 여자들한테 얼마나 약한데! 하기는 강하기도 하군요! 헤! 헤! 혹시 고귀한 세뇨리타 이네스 델 카르멜리토를 아시오? 스페인의 찌는 듯한 태양 아래 결코 피어난 적 없었던 가장 아름답고 순수한 한 떨기 꽃이었지요! 언젠가 내가 한 손엔 기타를, 다른 손엔 만돌린을 들고서 세비야 거리를 거니는데 순간 그녀가 눈에 들어왔소! 그녀도 순간 나를 보았지요! 무더운 날이었고, 도냐 이네스는 목을 축이기 위해 광장의 식수대 근처에 멈춰 섰던 참이었소. 그녀가 나를 보았고…… 나도 그녀를 보았소…… 천둥이 치고 번개가 번쩍이는 충격! 우리는 서로를 바라보았소…… 그녀가 한숨을 내쉬었지요, 이렇게……."

이 대목에서 호감 가는 인상의 시체가 한숨을 내쉬었는데 어찌나 깊은 한숨이었던지 몸이 텅 비면서 쪼그라들어 일순 군복 속에서 떠다녔다.

튤립이 신바람이 나서 외쳤다.

"이놈이 뒈질 모양이네!"

하지만 아무 일도 일어나지 않았다.

독일군이 점차 본래의 체구를 되찾으며 말을 이었다.

"그래서 내가 그녀 발치의 먼지를 솜브레로차양이 넓은 남미 전통 모자로 쓸어버린 뒤 무릎을 꿇고서 말했소. '세뇨리타! 이 세상에 감히 당신보다 순수하고 감미로운 아름다움의 소유자임을 자처하는 누군가 있다면 맹세코 제가 눈알을 뽑아버릴 것입니다!' 그러자 그녀가 고귀한 얼굴을 엉덩이가 번쩍 들리도록 식수대에 깊이 들이밀이 시원히 물을 들이켜고 나서 다갈색 머리칼을 흔들며 말했지요. '세뇨르! 저 역시 당신이 세상에서 가장 정중한 백마 탄 기사가 아니라고 감히 단언하는 누군가 있다면 맹세코 당신과 똑같이 대해줄 거예요!' 그러고는 시선을 매력적으로 내리깔며 덧붙였소. '저는 도냐 이네스 델 카르멜리토이고 제 아버지는 세비야에서 모르는 사람이 없는 돈 토로스랍니다!' 그녀가 한숨을 내쉬었소, 이렇게……."

이 대목에서 호감 가는 인상의 시체가 한숨을 내쉬었는데 어찌나 깊은 한숨이었던지 몸이 텅 비면서 쪼그라들어 일순 물에 동동 뜬 물병처럼 군복 속에서 떠다녔다.

튤립이 반색했다.

"이놈이 뒈질 모양이네!"

하지만 아무 일도 일어나지 않았다.

독일군이 점차 본래의 체구를 되찾으며 말을 이었다.

"하지만 내가 누구요. 카사노바 중의 카사노바 중에서도 으뜸가는 돈 후안 아니겠소? 나는 나의 검은 무스탕에 올라탔소. 똑! 똑! 똑! 밤이 찾아왔고, 말을 달려 돈 토로스의 성으로 갔지요. 안으로 안내되자 돈 토로스가 거실의 하얀 대리석 바닥을 앞발로 사납게 쿵쿵 찧으며 커다란 머리를 위협적으로 까딱거리면서 횃불에 반사되어 야수의 광채가 번득이는 충혈된 눈으로 나를 흘금거렸소. 그가 무시무시한 소리로 외쳤어요. '음매, 음매! 당신 얘기는 이미 나의 귀한 여식한테서 들었소!' 그가 커다란 머리를 연신 까딱거리면서 이마에 달린 뾰족한 두 뿔로 내 배를 가리키며 다시 외쳤어요. '음매, 음매! 허리띠를 끄르시오, 음매!' 내 검정색 비단 바지에서 확연히 두드러지는 멋진 빨간색 허리띠였지요. '허리띠를 끄르라니까, 음매!' 그가 여전히 머리를 까딱거리며 앞발로 하얀 대리석 바닥을 쿵쿵 찧으면서 다시 한 번 요구했소. 나는 허리띠를 끄르고 나서 그의 발치의 먼지를 솜브레로로 쓸어버린 뒤 바닥에 무릎을 꿇으며 말했소. '세뇨르! 저는 세뇨르의 고귀한 따님 도냐 이녜스에게 청혼하기 위해 이곳에 왔습니다. 그녀를 사랑합니다!' 그러고는 한숨을 내쉬었다오, 이렇게……."

이 대목에서 호감 가는 인상의 시체가 한숨을 내쉬었는데 어찌나 깊은 한숨이었던지 몸이 텅 비면서 쪼그라들어 일순 물에 동동 뜬 물병처럼 군복 속에서 떠다녔다.

튤립이 흡족해하며 외쳤다.

"이놈이 뒈질 모양이네!"

하지만 아무 일도 일어나지 않았다.

독일군이 점차 본래의 체구를 되찾으며 말을 이었다.

"그러자 돈 토로스가 '음매! 음매!' 외치며 별안간 뒷발로 서서 거실을 이리저리 서성이기 시작했소. 콧구멍에서 무시무시한 콧김이 식식거리며 새나와 횃불이 일렁거렸다오. 그가 걸음을 멈추더니 말했소. '세뇨르! 우리 가문을 짓누르고 있는 잔인한 운명이 있소! 우리 가문의 여자에게 결혼을 신청하려는 자는 스페인에서 가장 위험한 황소와 맞서 싸워야 하오. 그 싸움에서 승리하면 처녀의 침대로 인도되지만, 아니면…….' 돈 토로스 델 카르멜리토가 여기서 말을 끊더니 별안간 뒷발로 서서 거실을 이리저리 서성이기 시작했소. 콧구멍에서 무시무시한 콧김이 식식거리며 새나와 횃불이 일렁기렸다오. 그가 울음이 가득한 목소리로 외쳤소. '음매! 말이 필요 없지! 그보다는 직접 우리 가문의 전시실을 보러 갑시다!' 그가 나를 널따란 가족 전시실로 데려가 벽을 가리켰소…… 천둥이 치고 번개가 번쩍이는 충격! 그때의 광경이란, 마인 고트! 그때의 기억이란! 벽 전면에 일렬로 매달린 황소 머리들이 갈고리 같은 뿔로 나를 위협하며 유리 눈알로 뚫어질 듯 노려보지 뭐겠소! 돈 토로스가 서글픈 목소리로 중얼거렸소. '보다시피 지금까지 운명이 우리 가족의 편인 적이 없었다오!' 나는 그의 발치의 먼지를 솜브레로로 쓸어버린 뒤 바닥에 무릎을 꿇으며 말했소. '세뇨르! 스페인의 찌는 듯한 태양 아래 결코 피어난 적 없었던 가장 아름답고 순수한 한 떨기 꽃을 정복하기 위해서라면 세뇨르! 제가 이 세상 모든 황소들의 심장을 잡아 뜯고 갈가리 찢어 사방에 흩뿌릴 것입니다!' '음매! 음매!' 돈 토로스가 격하게 울부짖더니 한숨을 내쉬었소, 이렇게……."

이 대목에서 호감 가는 인상의 시체가 한숨을 내쉬었는데 어찌나 깊은 한숨이었던지 몸이 텅 비면서 쪼그라들어 일순 물에 동동 뜬 물병처럼 군복 속에서 떠다녔다.

튤립이 기대감을 내비쳤다.

"이놈이 뒈질 모양이네!"

하지만 아무 일도 일어나지 않았다.

호감 가는 인상의 시체가 점차 본래의 체구를 되찾으며 말을 이었다.

"다음 날, 다음 날…… 천둥이 치고 번개가 번쩍이는 충격! 그때의 광경이란, 마인 고트! 그때의 기억이란! 빼곡한 계단식 좌석, 열광하는 군중, 들뜬 오케스트라, 그리고 나는 원형경기장 한

가운데서 한 손엔 보자기를, 다른 손엔 검을 들고 서 있었소! 바닥엔 패배한 황소 열두 마리가 널브러졌고. 난 거기, 그곳에서, 한 손엔 검을, 다른 손엔 빨간 보자기를 들고 서 있었소! '트랄랄라!' '올레! 올레! 올레!' 오케스트라가 연주를 했고 관중이 함성을 질렀다오. 황소 한 마리가 입장했고…… 난 황소를 바라보았소. 황소가 도로 들어가더군요. '트랄랄라!' '올레! 올레! 올레!' 오케스트라가 연주를 했고 관중이 함성을 질렀다오. 다른 황소 한 마리가 입장하더니…… 바닥에 널브러진 패배한 황소 열두 마리를 바라보았소. '트랄랄라!' '올레! 올레! 올레!' 오케스트라가 연주를 했고 관중이 함성을 질렀소. 황소가 기절했고 사람들이 쓰러진 황소를 데리고 나갔다오. 그런데 별안간 문이 활짝 열리더니 얼룩 한 점 없이 새하얀 여섯 마리 말이 이끄는 사륜마차가 경기장 안으로 들어왔소! 마차엔…… 천둥이 치고 번개가 번쩍이는 충격! 그때의 광경이란, 마인 고트! 그때의 기억이란! 마차엔 황소 한 마리가 편한 자세로 앉아 있었소! 그래요, 황소가, 연미복 차림의 황소가 한쪽 눈엔 외알박이 안경을 끼고 뿔엔 윤기 나는 실크해트를 걸친 채 양손에 각각 반들거리는 기다란 파이프 담배와 삼베 손수건을 들고 있었소. 오케스트라는 음악을 멈췄고 관중은 함성을 멈췄다오. 모두가 모든 것을 멈췄소. 그때 도냐 이녜스가 관중석에서 내게 외쳤다오. '조심해요! 가장 위험한 적이니까. 그 황소가 날 사랑한다고요!' '하! 하! 하!' 황소가 너털웃음을 터뜨리며 마차에서 내렸소. '하! 하! 하! 크래요, 탕신을 사랑해요, 코결한 나의 이녜스! 탕신의 아름타운 두 눈을 위해 내가 이 불한덩율 없에퍼리겠소. 장탐컨대 우리는 자식을 많이 낳케

될 커요! 하! 하! 하!' 이렇게 말했죠, 황소가. 그러고는 마차에서 내려와 안경과 실크해트를 벗더니 최종적으로 뿔을 날카롭게 벼린 뒤 내게 슬쩍 물었소. '준비됐소?' 내가 대답했죠. '들것은 대기시키셨나?' 황소가 웃었죠. '하! 하! 하! 크것이 탕신의 마지막 농탐이 될 커요! 칵오하시오!' 황소가 달려들었소! '트랄랄라!' '올레! 올레! 올레!' 오케스트라가 연주를 했고 관중이 함성을 질렀소. 황소가 나를 덮쳤지만 내가 옆으로 피하면서 놈의 꼬리를 잡았다오…… 황소가 울부짖었소. '내 꼬리 놓으시오! 아파 죽켔소!' 퍽! 내가 한 번에 놈을 뒤집어 패대기쳤소! '트랄랄라!' '천둥이 치고 편개가 편척이는 충격!' 오케스트라가 연주를 했고 황소가 울부짖었소. '천둥이 치고 편개가 편척이는 충격! 내 체면 타 쿠겠네!' 내가 검을 치켜들었소. '올레! 올레! 올레!' '아흐, 불쌍한 내 어머니! 난 끝창났어!' 그때 난데없이…… 그때의 광경이란, 마인 고트! 그때의 기억이란! 문이 활짝 열리고 암소 떼가 경기장으로 돌진하는 게 아니겠소? 암소들이 전부 뒷발로 서서 돌진하는데 눈에선 굵은 눈물방울이 흐르고 앞발로는 저마다 칭얼대는 송아지들을 안고 있었다오. 암소들이 외쳤소. '우어! 우어! 우어! 우리의 남편에게 자비를!' 송아지들도 외쳤소. '우어! 우어! 우어! 자비를, 우리에게 자비를!' 도냐 이네스가 관람석에서 내게 소리쳤다오. '조심해요, 계략이니까! 전세가 기울면 저들이 늘 쓰는 수법이에요!' 나는 검을 내렸소. '트랄랄라!' '올레! 올레! 올레!' 오케스트라가 연주를 했고 관중이 함성을 질렀다오. '하느님 맙소사!' 황소가 외치며 마지막 한숨을 내쉬었소, 이렇게……."

이 대목에서 호감 가는 인상의 시체가 한숨을 내쉬었는데 어찌나 깊은 한숨이었던지 몸이 텅 비면서 쪼그라들어 일순 물에 동동 뜬 물병처럼 군복 속에서 떠다녔다.

튤립이 울부짖었다.

"천하에 거짓말쟁이! 내가 속을 줄 알고? 어림없지!"

튤립은 근엄하게 등을 돌리고는 휘우뚱거리며 지하의 어둠 속으로 빨려 들어갔다.

말소리가 여전히 들려왔다.

"이윽고 황소가 더는 움직이지 않았다오! 암소들이 황소를 눈물로 적시기 시작했고 송아지들은 황소의 주둥이를 핥아댔소. 하지만 황소가 죽은 것이 명백해지자 마차에 태워 데리고 나갔지요. 그렇게 형성된 기나긴 행렬이 도시 전체를 돌았고, 나는 그렇게 해서 스페인의 찌는 듯한 태양 아래 결코 피어난 적 없었던 가장 아름답고 순수한 한 떨기 꽃을 정복할 수 있었다오…… 올레!"

독일군이 손가락을 부딪쳐 딱! 소리를 내며 이야기에 마침표를 찍었다. 침묵이 내려앉았다. 튤립은 더듬더듬 몇 발 앞으로 더 나아갔다.

지진

"창피스러워라!"

별안간 지척에서 격분하여 외치는 소리가 들렸다. 튤립은 오싹한 한기를 느꼈다. 욕지기가 치받쳤다. 그는 휘우뚱거리며 발끝으로 걷다가 눈에 익은 작은 골방 입구에서 몸이 굳었다. 대조적인 두 해골—호리호리한 해골과 땅딸막한 해골—이 각자의 관 위에 마주 앉아, 더러운 행주로 금이 간 접시를 감탄이 나올 만큼 열성을 다해 닦고 있었다. 그들은 손놀림을 멈추지 않은 채 거드름을 피우며 한창 대화를 나누는 중이었다. 아니, 대화라기보다는 호리호리한 해골이 새된 목소리—말이야 바른 말이지, 꽤나 거슬리는 소리였다—로 이야기를 하면 땅딸막한 해골이 간간이 분개한 감탄사로 조출한 추임새를 넣고 있었다는 것이 옳았다.

"창피스러워라!"

아니나 다를까 마침 땅딸막한 해골이 격분한 안와를 치뜨며 외쳤다. 호리호리한 해골이 고상하게 동의했다.

"내 생각도 정확히 그렇답니다! 더욱 기가 막힌 건 그게 끝이 아니라는 거예요! 끝이 아닌 정도가 아니죠! 아직 시작조차 안

했다고 할까요? 그 혁명으로는 그 여자 성에 안 차는 거죠! 그저 식욕을 돋운 정도? 그러니 매일 아침마다 벌거벗은 채 갈보처럼 화장하고서 노인네를 찾아가 성가시게 구는 거죠. 말하자면 배꼽을 기어 다니는 개미처럼! 아침마다 이렇게 칭얼거린다니까요. '지진을 일으켜주세요! 어마어마한, 진짜 지진! 뭔가 정말 굉장한 거요! 그 분야로는 전무후무하게! 지진의 걸작을 보여달라고요! 그래줄 거죠, 자기? 어서 그렇다고 해요. 사랑스럽고 귀여운 자기의 아가한테 지진을 선물하겠다고, 네?'"

"창피스러워라!"

땅딸막한 해골이 어두운 목소리로 분개했다.

"그렇다니까요! 그러면 노인네가 턱수염을 한 움큼 뭉텅이로 잡아당기며 강아지마냥 낑낑거려요. '그건 못해, 나의 귀여운 아가, 그건 못해! 난 이미 명망을 잃었어! 내게 남은 건 경멸과 증오뿐! 밤낮으로 욕을 먹고 있다고! 사제들을 제외하고는—아직은 말이야!—더 이상 아무도 날 존경하지 않아! 사람들이 내 이름을 거론하는 건 이제 욕할 때뿐이다! 그리고 그들이 옳고! 그들 모두가! 그들 입장에서는! 내가 그 선량한 사람들한테 안긴 거라고는 불행뿐이거든! 온갖 바보짓에! 기근에! 결핍에! 그들은 아무 잘못도 없이 당하기만 했어! 좀 생각해봐라, 나의 귀여운 아가. 지난주에 네가 졸라댄 그 혁명만 해도 그래! 결국 네 뜻대로 됐잖아! 그 홍수는 또 어떻고! 한 마을 전체가 파괴됐어! 500명이 익사했고! 여자들과 어린애들까지! 그리고 그 철도 사고는…… 그야말로 마멀레이드 잔치였다고!' 여자가 발을 구르며 소리쳤죠. '다른 건 이제 시시하단 말이에요! 난 지진을 원해요

알겠어요? 어마어마하고 굉장한! 입이 떡 벌어지는!'"

땅딸막한 해골이 고개를 설설 흔들며 으르렁거렸다.

"꼭 그런 여자들이 있다니까요…… 창피스러워라!"

"맞아요. 여자가 조르다 조르다 무능한 늙은이 취급을 하자 노인네가 훌쩍거리더니 기어이 아시아에 지진을 일으켰죠. 5만 명이 죽어나간 그 지진 말이에요. 또 그 흑사병만 해도 두 달 전에 이미 약속한 걸 실행에 옮긴 거고요…… 노인네가 이젠 여자 말이라면 뭐가 됐든 거절을 못해요! 이렇게 말하긴 슬프지만, 여자가 '나의 불쌍한 대왕 크림파이'라고만 불러주면 어떤 극단적인 짓이라도 벌일 태세죠!"

"창피스러워어어라!"

땅딸막한 해골이 힘주어 진단했다.

"그렇다니까요! 일이 벌어지고 난 뒤에는 노인네가 꼭 후회막심이죠. 회한에 젖어 잊으려고 꼭지가 돌도록 술도 마시고, 지쳐 나가떨어지려고 수도사들에게 용두질도 시키고요. 밤에도 잠 못 이루고 내내 훌쩍거린답니다! 잘 알지도 못하는 사람들을 불행에 빠뜨렸다는 죄책감에 괴로운 거죠! 실은 알고 보면 그리 모진 노인네가 아니거든요! 다만 나약하고…… 지치고…… 노쇠했을 뿐! 흠, 흠…… 지금 그 노인네한테 필요한 건 조금이나마 옆에서 보살펴줄 수 있는 성실한 여자예요. 그따위 철면피가 아니라!"

"흠! 흠!"

땅딸막한 해골이 조촐하게 동의했다.

"흠! 흠!"

튤립도 미심쩍은 표정으로 동의했다.

두 해골이 소스라치며 뜨악한 안와를 튤립 쪽으로 향했다. 호리호리한 해골이 무릎을 긁으며 소리쳤다.

"누가 우리를 염탐하고 있어요! 언제까지 그렇게 문가에서 엿듣고 있을 셈이죠, 젊은 양반?"

땅딸막한 해골이 오만상을 지으며 식식거렸다.

"창피스러워라!"

튤립이 딸꾹질을 했다.

"딸꾹! 당신들은 내 의도를 완전히 오해하고 있소. 그러고 보니 한 사형집행인이 어느 날 아침 훌륭한 나의 친구 샤를 르 쇼브에게 한 것과 똑같은 말이군요. 내 친구가 단두대에 오르기를 한사코 거부하자 했던 말이었……."

호리호리한 해골이 심드렁하게 받아쳤다.

"놀랍지도 않군요!"

튤립이 호기심을 보였다.

"뭐가요? 뭐가 놀랍지 않다는 것인지? 사형집행인이 내 친구에게 그런 말을 한 것이?"

호리호리한 해골이 잘라 말했다.

"아니! 당신 친구가 단두대감이었다는 것이요!"

땅딸막한 해골이 유난히 음산한 실소를 터뜨렸다.

"히! 히! 히! 자기는 어찌 그리 늘 재밌는 말을 잘도 하는지!"

"히! 히! 히!"

한옆에서 듣고 있던 쥐 한 마리가 덩달아 실소를 터뜨리더니 존재가 노출된 것에 당황하여 얼굴을 붉히며 즉시 달아났다.

튤립은 기꺼이 인정했다.

"그러게, 재미있구먼. 다만 내 친구는 단두대에서 죽은 게 아니오. 사형집행인한테 그따위 얘기를 듣자 얼굴이 즉각 벽돌처럼 불그죽죽해지면서 충격으로 죽었소. 꽤나 예민한 친구였거든. 남편이 예기치 않게 일찍 가버리는 걸 본 내 친구의 아내는 센강에 몸을 던졌고, 그 딸도 절망감에 자살을 택했소. 그러자 딸아이의 약혼자도 자기 머리에 총알을 박아 넣었지. 이 사중 죽음의 책임자인 사형집행인은 자신의 농담을 절대 용서하지 못한 채 슬픔으로 서서히 쇠약해져갔다오…… 흑…… 흑…… 흑……."

튤립이 터져 나오는 울음을 억눌렀다. 호리호리한 해골 또한 울먹였다.

"흑…… 흑…… 흑…… 이렇게 끔찍할 데가, 하느님 맙소사."

땅딸막한 해골도 눈에 두 주먹을 쑤셔 넣으며 훌쩍였다.

"어떻게 그런 지독한 오해가! 어떻게 그런 비극적인 운명이!"

"흑…… 흑…… 흑……."

다시 돌아온 쥐도 탄식하며 울다가 존재가 노출된 것에 당황하여 신음을 흘리며 꼬리를 내리고 달아났다.

"흑…… 흑…… 흑……."

메아리도 지하의 어둠 속에서 구슬프게 울었다. 하지만 거기에 그치지 않고 한마디 덧붙여야겠다고 생각했다.

"개 같은 인생이여!"

호리호리한 해골이 격분하여 외쳤다.

"들었어요, 자기? 저놈의 메아리가 자기랑 아무 상관 없는 일에 또 끼어드는 거!"

땅딸막한 해골이 노발대발했다.

"창피스러워라!"

"나도 정확히 같은 생각이에요! 접시는 다 닦았나요, 자기? 그래요? 그럼 잘 자요!"

두 해골은 촛불을 입으로 불어 끄며 각자의 관 속으로 미끄러져 들어갔다…….

두 머리

"더러운 슈크르트 귀신 놈!"

튤립에게 말소리가 들려왔다.

극도로 가늘고 떨렸지만 약이 오를 대로 오른 목소리였다. 진원지는 지하 어둠 속 어딘가, 튤립이 서 있는 곳에서 몇 발자국 떨어지지 않은 곳이었다.

"쓰레기! 머저리! 애송이!"

또 다른 목소리가 독일어 억양이 강하게 섞인 말로 증오를 담아 대꾸했다.

"조용히 해, 이 몹쓸 풀한당! 그러느니 차라리 자네의 소충한 두꺼비 친구들한테나 카보라코! 두꺼비들이 푸르는 소리카 들리치도 않아? 저 투털거리는 소리, 자네한테 사랑을 애원하는 소리카? 꿱! 꿱! 꿱! 정말이지 아름탑쿤! 사랑의 소리! 욕망의 소리! 어쩌면 미친 맹세의 소리…… 차, 어서 카봐, 이 낙오차야!"

"낙오자? 내가? 말도 안 돼. 해도 너무하는군! 이건 지독한……"

날 선 목소리가 돌연 끊기더니 침묵이 내려앉았다. 다른 목소리, 튤립이 바로 알아차리지 못한 다른 목소리가 한참동안 비웃음을 흘리더니 말했다.

"내 생각엔 때가 된 것 같아, 조! 지금이 이것들의 입을 틀어막을 때라고, 조!"

어둠 속에서 걸걸한 다른 목소리가 대꾸했다.

"내 보잘것없는 소견도 너와 같아, 짐! 왜냐하면 선수들의 짜증과 분노가 최고조에 달했을 때 지체 말고 잠시 동안 입을 틀어막아야 한다는 것이 변함없는 내 지론이니까! 너무 일러도 너무 늦어도 안 돼! 나만의 오랜 원칙이지, 짐!"

첫 번째 목소리가 분개했다.

"천만에, 무슨 소리야, 조? 그건 내가 세운 원칙이라는 걸 너도 잘 알면서! 자꾸 뻔뻔하게 딴소리할래? 내 말이 틀리면 반박해 보라고, 조, 어서 반박해봐!"

두 번째 목소리가 차갑게 대꾸했다.

"반박하고 말 것도 없어, 짐. 그저 내가 얼마 전에 적어두었던 몇 가지 규칙을 읽어주는 것만으로도 충분할 것 같으니까……자, 읽을게. **모든 적절한 방법을 총동원하여 선수를 화나게 만든다**……. 이 적절한 방법은 열거된 대로 따르면 돼. 내가 너그럽게 허락하지. **다음으로 수건을 이용해 선수의 입을 단단히 틀어막는다. 그렇게 그가 달궈질 대로 달궈지고**…… **끓어오를 대로 끓어올라**…… **분노를 곱씹고 또 곱씹었을 때**…… **틀어막았던 입을 풀면, 짜잔! 그 즉시 최대치의 힘과 전투력을 발휘하게 된다!**"

첫 번째 목소리가 날카롭게 쏘아붙였다.

"그건 내가 기록해눈 거라고! 조! 내기 내용을 훤히 꿰고 있어!"

두 번째 목소리가 거만하게 대꾸했다.

"쓸데없는 입씨름 따월랑 이 이상 끌고 싶지 않아, 짐! 다만 너
의 그 태도, 인간의 자연스럽고도…… 그 뭐냐, 흠! 저열한 감정
에 휩쓸리는 네 태도가 바람직하지 못하다는 건 지적해주고 싶
군, 짐!"

"내 감정을 저열한 것으로 치부하다니, 당장 취소하지 못해,
조!"

"난 내 말을 거둬들일 생각이 없어. 또 그 원칙은 후세가 천재
적인 원작자를 알아볼 날이 있을 것이고, 난 믿음으로 그 시험의
날을 기다릴 거야, 짐……."

"나야말로 이 세상에 아직 바라는 게 있다면 그 시험의 날뿐이
야, 조!"

침묵이 깃들었다. 튤립은 구석을 돌다가 어둠에 가려진 무덤
입구에서 멈춰 섰다. 맨 처음 눈에 들어온 것은 일전의 그 기이
한 탁자였다. 땅에 세로로 박힌 네 개의 정강뼈 위에 얹힌 관 뚜
껑. 그제야 비로소 튤립은 장소와 아울러 두 쌍둥이 노인네를 알
아보았다. 수염으로 완전히 뒤덮인 얼굴에 행동이 굼뜨고 조심스
러운 두 노인네가 여전히 마주 앉아 있었다…… 탁자에 놓인 양
초는 튤립이 처음 보았을 때보다 훨씬 작아져 있었다. 그 뒤로 제
법 녹아내린 듯했지만 아직 충분한 불빛을 발산했다. 이 불빛이
약해짐에 따라 무덤 벽에 어른거리는 두 작달막한 노인네의 그림
자가 급격히 커졌다. 튤립은 여전히 놀란 입을 다물지 못하고 문
턱에 얼어붙은 채 이 어처구니없는 광경에서 시선을 떼지 못했다.

그도 그럴 것이 테이블에 머리 두 개가 놓였고 이 머리들의 주인이 저 두 유별난 무덤 입주자들이 아니었기 때문이다. 두 노인네의 머리는 각자의 주인의 어깨 위에 안정적으로 붙어 있었다. 그렇다. 탁자 위의 두 머리는 생김이 각기 다른 독립적인 머리들이었다. 닮지는 않았지만 둘 다 어찌나 무섭도록 시뻘겠는지 마치 부주의한 주부가 화덕에 올려놓은 채 잊어버린 펄펄 끓는 커다란 수프 냄비들 같았다. 거기에 두 머리에서 뜨거운 김이 걷잡을 수 없이 피어나 푸르스름하고 뿌연 증기를 퍼뜨리며 이 착시를 거들었다…… 두 작달막한 노인네가 두 머리를 사랑스럽게 바라보며 마치 서로에게 달려들지 못하게 하려는 듯 귀를 세게 잡아당겼는데 그 모습이 흡사 닭싸움 같았다. 두 머리는 각각 더러운 행주로 입이 틀어막혀 말을 하지 못한 채 그저 겁에 질린 두 눈알만 굴리며 으르렁댔다. 얼굴엔 굵은 땀방울이 흘렀고, 억눌린 흐느낌이 새나왔으며, 코에선 식식거리는 새된 소리가 터져 나왔다.

첫 번째 작달막한 노인네가 조바심으로 발을 동동거리며 외쳤다.

"이봐, 조, 다 된 거 아냐? 지금쯤 재갈을 풀어도 되잖아? 제발, 조! 어서 이것들이 머리가 터지게 싸우는 꼴을 보고 싶어 죽겠다고!"

동료가 차분하게 대꾸했다.

"성급함이야말로 가장 큰 죄악이라는 걸 명심해, 짐! 내 생각엔 아직 좀 더 달궈야 돼!"

"네가 그렇다면, 조, 네가 그렇다면……"

튤립은 계속해서 두 머리를 관찰했다. 왼쪽 머리는 흰 턱수염을 길렀고 오른쪽 머리는 맨송맨송한 얼굴에 한쪽 알이 빠진 금테 안경을 걸쳤다. 둘 다 대머리에 몹시 노쇠하고 쪼글쪼글했다. 그들은 계속해서 맹렬하게 서로를 노려보며 재갈이 풀리리라는 헛된 기대 속에서 씩씩거렸다.

"짐, 때가 된 것 같아!"

"시작하자고, 조! 내 선수는 어찌나 뜨겁게 달궈졌는지 귀에 손을 다 델 지경이야. 폭발할 준비가 된 게 느껴져…… 얍!"

두 노인네가 동시에 두 머리의 재갈을 풀었다. 왼쪽 머리가 귀를 단단히 붙들렸음에도 불구하고 살짝 뛰어 오르더니 길게 늘어지는 새된 외침을 밀어냈다.

"아앗! 낙오자? 이놈이 날 낙오자 취급했어! 말도 안 돼, 도저히 못 참겠군! 마치 아리아족 문명의 기원에 관한 그 해괴한 쓰레기를 쓴 게 나라도 되는 것처럼…… 그 쓰레기의 저자는 저명한 그로세 교수한테 공개적으로 '유치한 아마추어' 취급을 받았거늘……."

"속물!"

"거기에 컬럼비아대학의 그린 교수한테는 사기꾼 취급을 받았지!"

"편집증 환자!"

"아! 네놈이 이미 죽어버린 걸 천만다행으로 알라고! 저자 사후 20년 만에 작품이 읽히는 바람에 학계 전체가 은근히 들썩거리면서 비웃는 소리를 듣지 않아도 되니 말이야!"

"내가 1승이야, 조! 내가 1승!"

두 작달막한 노인네가 재빨리 두 머리의 입을 틀어막았고 그 와중에 첫 번째 노인네가 외쳤다.

"천만에, 짐, 천만에! 내 선수의 대답도 들어봐야지! 내가 이 친구를 아주 잘 알아서 하는 얘긴데, 네 기대가 곧 실망이 되리라는 걸 장담해!"

"심히 의심스러운 장담이군, 조…… 자, 지금이야!"

그들은 두 머리의 재갈을 풀었다. 오른쪽 머리가 으르렁댔다.

"크러고 보니 라틴 문명의 키원에 콴한 캐론이 생캉나는 쿤……."

"뭐? 뭐? 뭐?"

"정말이야, 친쿠, 자네가 자네의 훌륭한 두꺼피 친쿠들을 어치나 완퍽하게 흉내 냈턴지…… 서커스야말로 자네의 진청한 소명이었잖아! 그래서 내가 자네한테 오스왈드 보울리 경이 똑같은 추제를 다룬 탁월한 연쿠서의 첫 판본 2권에서, 착가를 '커드름쟁이 파보' 취큽했던 크 한심한 책자에 대해 얘키했던 커였고……."

"오스왈드 보울리 경 따위 엿이나 먹으라지!"

"……크리코 애석하케 작고한 정치윤리학 아카테미의 옥타프 비쇼 쿄수도 초기 지충해 문화에 대한 키념비적인 저작 1권 600페이지 셋채 줄에서 '풀쌍한 파보' 취큽을……."

"애석하게 작고한 옥타브 비쇼 교수도 엿이나 먹으라지! 그 유치한 자위행위의 덜떨어진 희생자에 대해서는 나도 경멸뿐이니까!"

"히! 히! 히!"

두 작달막한 노인네가 폭소하며 능숙한 동작으로 두 머리에 재빨리 재갈을 물렸다.

두 머리가 무기력한 분노를 터뜨리며 얼굴이 시뻘게진 채 무시무시한 소리로 울부짖었다. 금방이라도 안구가 돌출될 것만 같았다. 그 모습에 두 작달막한 노인네가 눈물이 나도록 웃어댔다. 노인네들의 수염이 바로 가까이에서 바람이라도 부는 듯 세차게 흔들렸다. 행여 의복이 훼손될세라 비교적 움직임을 자제했는데도 그랬다. 탁자의 양초 불빛이 점점 약해졌고, 무덤 벽에 비친 두 개의 그림자는 계속해서 커져갔다.

마침내 두 번째 작달막한 노인네가 웃음을 그치더니 외쳤다.

"내가 1승이야, 짐! 그럼 그전 것까지 합해서 나한테 줄 돈이 최소한…… 총…… 3만 파운드 50실링이야!"

"동의 못해, 조, 동의 못해! 1라운드는 분명히 내 선수가 승기를 잡았다고! 날 속이려 들다니 오산이야, 조…… 날 완전히 바보 취급하다니 오산이라고!"

"안심해, 조, 난 널 있는 그대로 취급할 뿐이니까…… 하지만 잠시 휴전하는 게 좋겠어! 약간의 감정적 막간 어때, 짐?"

"탁월한 생각이야, 조!"

두 늙은이가 의좋게 탁자에서 머리들을 들어 자루 깊숙이 집어넣은 뒤 한쪽 구석에 던져놓고는 더러운 천 더미가 나뒹구는 다른 쪽 구석으로 갔다. 이어 천 더미 속을 뒤지더니 새로운 머리를 각각 하나씩 들고서 다시 탁자로 와 조심스럽게 내려놓았다. 왼쪽은 젊은 남자의 머리였다. 검은색 머리칼에 한없이 낭만적인 고뇌하는 눈동자. 하지만 그의 아름다운 얼굴은 장시간 폭행을

당한 듯 멍으로 뒤덮여 있었다. 한쪽 눈은 멍이 들었고 다른 쪽 눈에선 가느다랗게 피가 흘렀으며 이마엔 불룩한 혹 몇 개가 솟아 있었다. 오른쪽은 매력적인 젊은 여자의 머리였다. 기다란 금발이 아련한 후광처럼 얼굴을 에워쌌다. 커다랗고 푸른 눈동자는 가늘게 떨리는 기다란 속눈썹의 그늘 속에서 비할 데 없이 투명했고, 섬세한 그림 같은 붉은 입술은 슬픈 아치형의 곡선을 그리고 있었다…… 다만 그녀 역시 볼이며 이마, 특히 입술이 지저분하고 번들거리는 갈색 얼룩으로 뒤덮여 있었다. 두 머리가 잠시 서로를 지그시 바라보았다. 젊은 여자의 볼을 타고 눈물 몇 방울이 흘러내렸다. 젊은 남자 머리가 속삭였다.

"울지 마! 나의 아가씨! 울지 마!"

"눈물이 나는 걸 어떡해, 앙리……."

"울지 마!"

두 노인네한테 귀를 단단히 붙들렸음에도 두 머리는 하나가 되려는 듯 서로를 향해 고개를 기울였다. 젊은 남자 머리가 격앙된 목소리로 속삭였다.

"우리가 크게 잘못 생각했어, 나의 아가씨! 이 나락보다는 차라리 삶이 나았을 것을…… 어떤 삶이 됐건 말이야! 난 우리가 하나가 될 수 있다는 생각에 모든 것에도 불구하고 죽음을 택했던 거라고!"

젊은 여자 머리가 속삭였다.

"난 아무것도 후회하지 않아, 앙리. 다만 가끔씩 당신에게 키스할 수만 있다면……."

젊은 여자기 고개를 기울어 달싹이는 입술을 앞으로 내밀었다. 하지만 노인네의 두 손이 그녀를 단단히 붙들었다.

젊은 남자 머리가 쉰 목소리로 부르짖었다.

"당장 그 여자 귀에서 손 떼지 못해요, 극악무도한 불한당 같으니!"

젊은 여자 머리가 재빨리 속삭였다.

"안 돼, 안 돼…… 아무 말도 하지 마. 그러다 괜히 보복이나 당하지…… 얼마나 끔찍하게 보복하는데! 그런데 대체 어쩌다 그렇게 얼굴에 멍이 들었어?"

젊은 남자 머리가 잠시 침묵하더니 마침내 체념한 듯 속삭였다.

"그게…… 날 붙들고 있는 저 더러운 늙은이가 매일 밤 볼링 게임을 하는데…… 볼링 핀이 정강뼈들이고…… 공은 바로 나야!"

그가 입을 다물었다. 젊은 여자의 볼 위로 눈물이 점점 빠르게 흘러내렸다.

"그러는 당신은, 당신은 왜 그래, 나의 아가씨…… 얼굴에 그 지저분한 갈색 얼룩들은 어디서 그런 거야?"

젊은 여자 머리는 묵묵부답이었다. 이제는 두 눈마저 감은 채였다…… 하지만 눈물이 계속해서 흘러내렸고 입술은 가늘게 떨렸다.

"나의 아가씨! 대답해!"

한 줄기 바람에 젊은 여자의 금발이 흩날렸고, 그 바람에 핏기가 무섭도록 싹 가신 안색이 드러났다. 두 눈은 여전히 감은 채였다…….

"대답해! 사람 겁주지 말고!"

두 번째 작달막한 노인네가 불쑥 끼어들었다.

"보아하니 아가씨가 도통 입을 열 생각이 없는 것 같으니 내가 설명해주지, 그 얼룩이 어떻게 생긴 건지! 그게 좋겠지, 짐?"

"그렇고말고, 조, 그렇고말고! 그 사연이라면 네가 누구보다 잘 아니까!"

그 말에 젊은 여자 머리가 눈을 번쩍 뜨더니 짓눌린 목소리로 외쳤다.

"아무 말도 말아요! 제발!"

노인네가 짖어댔다.

"그러니까 그 얼룩, 그 얼룩이 어떻게 생긴 건고 하니, 바로 내가 매일 밤 네 사랑하는 아가씨 얼굴로 엉덩이를 닦아서 그렇게 된 거야!"

"헤! 헤! 헤!"

첫 번째 작달막한 노인네가 히죽거렸다.

"추잡한 늙은이들!"

튤립이 숨어 있던 곳에서 불쑥 튀어나와 자신도 미처 알지 못했던, 면도날로 성대를 손상시킨 듯한 쉿소리로 울부짖으며 두 작달막한 노인네에게 달려들었다. 그가 먹살을 잡고 후려치자 두 노인네가 질겁하며 빽빽거렸다.

"우릴 건드리지 마!"

튤립은 팔이 뭔가 물컹하고 물렁한 것 속을 통과하는 기분이었다…… 이어 두 작달막한 노인네가 그의 손안에서 바람 빠진 공치럼 문자 그대로 오그라들며 텅 비어가는 것을 어안이 벙벙한

채 목도해야 했다. 그의 팔이 통과한 두 노인네의 가슴팍에서 일
종의 역겨운 가루, 뭐라고 딱히 형언할 수 없는 물질이 쉴 새 없
이 줄줄 흘러내렸다…… 두 노인네가 손이며 팔로 구멍을 막으
려 헛되이 발버둥을 쳤다. 그들은 아직 얼마간을 더 허우적거렸
다.

둘 중 하나가 울부짖었다.

"짐!"

다른 하나가 울부짖었다.

"조!"

"내가 가루가 되고 있어!"

"난 죽어가!"

"내가 텅 비었어!"

"난 사방으로 흩날리고 있어!"

"저자가 우리를 죽였어, 짐!"

"우리가 살해당했어, 조!"

"어서 이 구멍 좀 막아줘! 짐!"

"아니, 우선 나부터, 우선 나부터 막아줘, 조!"

"우리를 막아줘! 우리를 막아줘!"

"짐! ……."

"조! ……."

인간의 영혼

같은 순간 양촛불이 꺼졌고, 어둠 속에서 눈물에 젖은 목멘 소리가 "고마워요!"를 외쳤다. 튤립은 무덤 밖으로 뛰쳐나갔다. 대기를 떠다니는 역한 먼지 속에서 위장이 뒤틀리도록 기침을 하면서. 장난삼아 그에게 돌을 던지는가 하면 진창 속에 꼬라박고, 따귀를 후려치고 멋진 엉덩이에 발길질을 가하고 귀에다 무시무시한 소리로 을러대고 불알을 깨무는 지하 어둠의 난장판과 시시덕거림 속에서 고함을 치면서. 튤립은 달렸다. 신성모독적 욕설을 울부짖으면서, 보이지 않는 하늘을 향해 복수의 주먹질을 날리면서. 마치 길을 되찾으려는 표식을 땅에 심기라도 하듯 규칙적인 간격으로 간간이 토악질을 하면서 달리고 달리고 또 달렸다. 돌연 요란한 소리와 함께 샴페인병을 떠난 마개가 컴컴한 지하에서 솟아올랐다. 기름칠한 해골 머리통들이 내쏘는 노란색과 붉은색과 초록색의 휘황한 불빛으로 물든 거대한 구덩이가 진원지였다. 이리저리 뒹굴고 휘우뚱거리는 구덩이의 리듬에 맞춰 불빛들도 신나게 일렁이며 찡긋거렸다. 마치 선박처럼, 작부처럼, 튤립처럼, 당신처럼, 나처럼, 온 우주처럼, 엉덩이를 좌로, 우로, 앞으로,

뒤로, 머리 위로 들어 올리며. 아우성이 사방곳곳에서, 어머니처럼 그를 끌어안았다. 유쾌하고 상냥한 작은 경찰이 관 위에 앉아 자신의 왼쪽 발가락을 물어뜯으며 그에게 아름다운 미소를 지어 보이더니 환영의 방귀를 터뜨리며 다정하게 인사했다. 엉덩이를 좌로, 우로, 앞으로, 뒤로, 머리 위로 들어 올리며. 구덩이 한편엔 하모니카를 든 매우 독특한 해골이 있었는데 옷이라고는 황소의 악몽 같은 매우 길고 매우 닳고 매우매우 더러운 빨간색 줄무늬 팬티만을 걸쳤고, 가슴에 압정들로 고정시킨 삼각형 형태의 피부와 다섯 가닥의 외로운 털, 요컨대 극소량의 피부와 털들이 거침없이 여기저기 뻗은 뼈들을 능력껏 가리고 있었다. 해골이 좌중을 즐겁고 황홀하게 만드는 유난히 활기찬 곡을 하모니카로 연주했다. 그 옆에선 실크해트를 쓰고 공화국의 대통령을 찍어낸 듯 쏙 빼닮은—만세! 만세! 만세!—탐스러운 알몸의 자그마한 경찰이 구더기들한테 속수무책으로 몸을 반쯤 갉아 먹히며 필사적인 저항의 울부짖음을—아, 얼마나 비장한지!—토해내는 가련한 동료의 입에 슬쩍 오줌을 쌌다. 말이야 바른 말이지, 경찰들이 한껏 흥이 올랐다. 왜냐하면 진수성찬을 즐긴 참이었기 때문이다. 경찰들은 진수성찬을 즐길 때면 신이 났고, 신이 나면 마셔댔다. 아하하! 나의 사랑스러운 작은 경찰들도 마셔댄다니. 대체 무엇을? 피를. 냠! 냠! 하느님 맙소사! 나까지 군침이 도는군. 그래, 그래, 그래, 피, 진짜 피, 빨갛고 뜨거운, 서민들의 좋은 피. 세상의 모든 유서 깊은 우수한 피 중에서—다들 알겠지만!—가장 부드럽고 질 좋고 향기로운 피. 그들은 마시고 또 마셨다! 관이며 땅바닥에 앉아, 혹은 앉지 않은 채, 요컨대 서거나 누운 채. 그중엔 히!

히! 히! 아무것도 이해하지 못하는 자들, 일일이 모든 것을 설명해야 하는 자들도 있었다. 그들은 마시고 또 마셨다! 구덩이 한 귀퉁이에는 커다랗고 둥그런 술통, 엄청나게 크고 퉁퉁한 술통이 있었다. 튤립은 성체 위에서 죽어가는 교황처럼 술통 위로 몸을 던졌고, 그 바람에 그의 접근을 막으려던 보잘것없는 경찰 몇 명이 가루가 되어 흩어졌다. 그는 우선 신을 대하듯 술통 앞에 납작 엎드린 뒤 애인인 듯 술통을 부둥켜안고는 내장에 퍼지는 이른바 동물적 열기에 들떠 술통 가장자리를 빨기 시작했다. 이 동물적 열기가 머리부터 발끝까지 번지며 그의 내부에서 화형식처럼, 즉 재난과 고뇌와 경찰들과 후회와 불안과 우리가 인간의 영혼이라고 부르는 한없이 더럽고 저열하고 악취 나는 그 빌어먹을 것의 모든 구더기들과 해충들을 불태우며 커져갔다. 그는 자신을 에워싼 경찰들의 추잡한 난동을 보지 않기 위해 눈을 감은 채 마시기 시작했다. 하늘을 찢는 날카로운 외침을 듣지 않기 위해 귀를 막았고, 그들이 발산하는 역겨운 악취를 맡지 않기 위해 코를 틀어막았다. 아름다운 악취! 자랑스러운 악취! 이 악취는 신이 직접 중재한, 인간들 간의 협약의 증거가 아닌가! 보리밭의 개양귀비 같은 빨간 줄무늬 팬티를 걸친 매우 독특한 해골이 하모니카 속에 계속해서 침을 흘렸고, 하도 많이 흘려 하모니카 속에서 흘러나오는 소리가 어찌나 쾌활하고 발랄하였던지 구덩이 전체와 관들을 무서운 천연두처럼 갉아 먹던 모든 생쥐들과—생쥐들이 있었지!—관 속에 있던 생쥐들, 이 모든 선량한 생쥐들이—그래, 내 사랑, 그래! 모든 생쥐가 천연두처럼!—쥐덫들 앞에서 지그를 추었나. 쥐덫들 속의 쥐들, 쥐들, 쥐들! 경악하여 콧수염을 비비 꼬거나 축 늘어진 입술을 혀로 핥던 이 쥐들도 곧고 뻣뻣하게 뻗은 꼬리를 엉덩이 뒤에 수직으로 세운 채 춤을 추었다. 바로 그 순간, 구덩이에서 불쑥 솟아난 흉측한 창녀가 튤립의 눈에 들어왔다. 놀랍도록 쾌활한 창녀는 탐스러운 알몸이었다. 빨간색이라는 이름에 걸맞은 빨간색 줄무늬 팬티를 걸친 매우 독특한 해골이 하모니카를 덜컥 삼켰고, 유쾌하고 상냥한 작은 경찰은 자신의 왼쪽 발가락을 세게 깨물었으며, 튤립은 구토했다. 구덩이가 요동쳤고, 기름칠한 해골 머리통들은 더 잘 보기 위해 불빛을 환히 키웠으며, 훈장으로 장식한 세 명의 늙고 가련한 경찰들은 흥분한 나머지 가루가 되어 날아갔다. 한마디로 창녀의 느닷없는 등장 효과가 전반적이면서도 지대하다고 할 수 있었다. 갓 부화한 새끼 새처럼 벌거벗은 새로운 등장인물이 자신의 젖가슴을 쟁반에 받쳐 앞으로 내밀었다. 덜렁거리고 엉켜들고 출렁거리고 주름지고 물결치고 차지고 탐스러운 젖가슴. 경찰이라는 이름에 걸맞은 모든 경찰이 눈앞의 이 젖가슴 한 쌍에 왈칵 머리칼이라도 잡힌 듯 순식간에 난장과 방탕과 음란과 그 밖에 지옥을 구성하는 다른 모든 죄악에 빠져들었다.

여자가 쟁반을 흔들며 상냥한 목소리로 외쳤다.

"자, 누가 살래요? 누가 살래요? 누가? 따끈따끈한 유방이에요, 따끈따끈해요! 한 쌍에 20상팀이에요, 한 쌍에 20상팀!"

명주원숭이 궁둥이처럼 빨간 줄무늬 팬티를 걸친 매우 독특한 해골이 하모니카를 토해냈다. 하모니카가 탄식 소리를 내며 해골의 입에서 날아올랐고, 엉덩이를 조였다—해골! 해골이! 하모니카가 아니라!—해골이 두 유방 쪽으로 방향을 틀었고, 눈앞의 광경이 지평선에서 서서히 떠오르는 태양 같다고 여겼다. 왜냐하면 자신이 만취 상태인 것을 감안하여 사물이 둘로 보이는 것이리라 지레짐작했기 때문이다. 유쾌하고 상냥한 작은 경찰이 관 위에서 벌떡 일어나 벼룩처럼 쟁반으로 한 번에 펄쩍 뛰어올랐다. 공화국의 대통령과 너무도 흡사한—만세! 만세! 만세!—알몸의 경찰이 속수무책으로 신음만 흘리는 동료의 입에 정확하게 조준하여 오줌을 싸다가 이 음산한 볼일을 중단하더니 이번에는 그 자신이 신음을 흘리기 시작했는데, 신음 소리가 어찌나 오싹하고 인상적이던지 그의 페니스가 질겁하여 돌연 그의 몸에서 떨어져 나갔다. 페니스가 땅바닥으로 뛰어내리더니 절뚝거리며 도망쳤다. 한마디로 구덩이 전체가 비틀거리며 달려가 여자에게 뛰어들었다고 할 수 있었다. 여자는 젊은 아빠들이 어린 자식들에게 천연두에 대한 유익한 공포심을 주입시키고자 데려가는 원형 전시실의 밀랍인형들처럼—그 아이들은 어쨌든 천연두를 앓을 것이다. 다른 모든 사람처럼, 당신과 나처럼—오만상을 짓는 얼굴들에 둘러싸인 채 더 잘 보이게 하려는 듯 무릎을 꿇고서 가랑이를 활짝 벌렸다. 젖가슴이 두 마리 복슬강아지처럼 쟁반에서 벌떡 일어나 짖어댔다. 여자가 외쳤다.

"따끈따끈한 유방! 따끈따끈한 유방! 따끈따끈해요! 한 쌍에 20상팀, 20상팀!"

하지만 여자는 곧 입을 다물어야 했다. 셀 수 없이 많은 손이 달려들어 그녀를 움켜쥐고 낚아챘으며, 이후로는 묘사하기 불가능한 혼전으로 치달았다. 신음과 울부짖음이 도처에서 터져 나오는 가운데 서로가 서로를 물어뜯고 상처 입혔으며, 저마다 먼저 쾌락을 쟁취하고자 끔찍한 난투에 뛰어들었다. 모두가 뒤엉켜 서로의 팔이며 엉덩이며 눈이며 발가락을 삼켰고, 경찰들이 재료가 된 이 거대한 공이 땅바닥을 데굴데굴 굴렀다. 엉덩이를 앞으로, 뒤로, 좌로, 우로, 머리 위로 향한 채 관이며 포석이며 벽에 부딪치면서 구르고 구르던 공이 구덩이를 이탈했고, 기름칠한 해골 머리통들은 그 꼴을 보지 않기 위해 재빨리 불을 껐다. 여자가 기습적으로 관 위에 눕혀졌고, 매우 신이 난 유쾌하고 상냥한 경찰한테 흔히 말하듯 문자 그대로 몸을 빼앗겼다. 유쾌하고 상냥한 경찰이 숨도 고를 새 없이 75차례 연속 그녀를 갖는 동안 두 사람을 둘러싼 경찰들의 원성이 극에 달했다. 짙은 어둠이 그들 모두를 뒤덮었고, 각종 소음과 아우성과 비명과 탄식과 방귀 소리 등등이 구덩이 전체에 울려 퍼졌다.

튤립은 사지를 벌벌 떨며 비명을 지르다가 눈을 번쩍 떴다. 주위를 둘러보니 더는 밤이 아니었다.

그는 또한 자신이 무덤에 걸터앉아 있다는 것을 깨달았다. 양손엔 각각 빈 포도주병과 십자가가 들려 있었다. 흐릿한 아침 태양의 음울하고 창백한 빛이 얼굴에 붙어 따라다녔다.

묘지의 철책 너머로 불 꺼진 가스 가로등과 진흙 바닥 그리고 저 멀리 집들과 마을이 보였다.

지붕들 위로 유백색 안개가 떠다녔다.

굴뚝에선 연기가 피어올랐다.

연기가 하늘로 곧게 뻗어 오르다가 사방으로 번졌다.

새들이 안개 속에서 버둥거렸다. 안개가 거대한 거미줄인 양.

"내게 일어날 수 있는 가장 큰 불행은 무엇일까?
완성된 소설 원고를 잃어버리는 것."

―로맹 가리, 『프랑스의 책들 N.3』(1967) 중에서

1981년 6월 30일, 프랑스 문학계는 갈리마르 출판사의 언론 담당을 통해 에밀 아자르의 정체를 알게 된다. "에밀 아자르는 로맹 가리다. 곧 출간될 작품에서 작가가 직접 사실을 밝힐 것이다." 사흘 뒤, 로맹 가리의 조카이자 일명 '에밀 아자르'라 불렸던 폴 파블로비치가 공영방송 프랑스2의 전신인 앙텐2의 문학 프로그램 〈아포스트로프Apostrophes〉에 출연하여 자신의 정체를 둘러싼 미스터리를 직접 밝혔다. 그리고 며칠 뒤 로맹 가리의 책『에밀 아자르의 삶과 죽음Vie et mort d'Émile Ajar』이 서점에 깔렸다.

이 짤막한 유작에서 가리는 에밀 아자르의 탄생이 자신의 첫 소설『죽은 자들의 포도주』의 연장선임을 명확히 밝힌다. "자기 앞의 생에 맞닥뜨린 젊은이의 불안과 당혹감을 그린 이 소설을 나는 스무 살 때부터 써왔기 때문이다. (…) 여북하면 어릴 적 친구들인 프랑수아 봉디와 르네 아지드가 40년 세월의 간극에도 불구하고『가면의 생』에서『죽은 자들의 포도주』에서 따온 두 구절을 알아보았을까." 기억컨대『에밀 아자르의 삶과 죽음』에 대한 무수한 논평이 쏟아졌지만 이 단언에 대해 놀라는 평자는 아무

도 없었고, 가리가 직접 자신의 작품의 키워드로서 어쨌든 두 차례나 언급한 이 미지의 제목의 소설에 대한 언급도 찾아볼 수 없었다. 이 침묵은 어디서 기인한 것일까. 어릴 적 친구들을 제외하고는 누구도 『죽은 자들의 포도주』에 대해 들어본 적이 없다는 사실 외에 달리 어디서 그 이유를 찾겠는가.

기원

로만 카체프Roman Kacew(1945년이 되어서야 『유럽의 교육』의 출간과 함께 로맹 가리가 된다)는 1914년 5월 21일, 폴란드령이었던 빌노(현재는 리투아니아의 빌뉴스)에서 태어났다. 아버지는 유태인 모피상 아리아 레이브 카체프였고 어머니는 미나 오브친스카였다. 로맹 가리의 일대기, 특히 유년기의 연보는 소설가이자 전기 작가인 미리엄 아니시모프Myriam Anissimov의 노고『로맹 가리, 카멜레온』, 드 노엘, 2004 덕분에 이제는 바로 정립되었다. 『새벽의 약속』과 『밤은 고요하리라』 그리고 여러 인터뷰를 통해 다양하게 노출된 가리의 고백이 전설에 상상의 살을 덧붙이며 로맹 가리라는 인물에 대한 또 다른 버전을 퍼뜨렸다. 요컨대 그가 영화배우 어머니와 러시아 무성영화의 대배우 이반 모주힌의 스치는 사랑의 산물이며 모스크바에서 태어났다는 식으로.

실상 로맹 가리는 아버지 아리아 레이브 카체프가 러시아 전쟁에 징병된 탓에 유년 시절을 어머니와 함께 보냈고 전쟁이 종료된 1921년이 되어서야 부친과 재회했다. 가리의 나이 일곱 살 때였다. 4년 뒤인 1925년 미나 오브친스카와 아리아 레이브 카체프는 이별했고 그때부터 가리는 모친과 함께 살았다. 모자는 빌뉴스와 바르샤바를 거쳐 1928년 8월, 마침내 미나와 남매간인 엘리아시가 먼저 이주해 있던 프랑스 니스에 정착한다. 이 엘리아시의 손자인 폴 파블로비치가 1975년 에밀 아자르 역할을 맡기 위해 가리에게 몸을 빌려주게 된다. 이듬해인 1929년, 미나는 바닷가에서 불과 몇 분 거리에 있는 러시아정교회 니스 성당 근처 메르몽 하숙집의 관리인으로 고용된다. 학급 친구들 사이에서 로맹이라 불리던 로만은 바로 이곳에서 이미 글쓰기에 사로잡힌 들뜬 청소년기를 보냈다. 또한 바로 이곳, 옛 니스의 중심부에 위치한 이 호텔식 하숙집에서 첫 콩트와 단편소설들을 썼고 『죽은 자들의 포도주』를 포함한 첫 장편소설들을 시도했다.

작가 로맹 카체프

"나는 아홉 살 때부터 러시아어로 글을 쓰기 시작했다." 가리는 『내 삶의 의미』에서 이렇게 선언한다. 『새벽의 약속』에서는 열세 살 때 자신의 길을 깨달았다고 밝힌다. "1년 전부터 '나는 써왔다'. 내가 쓴 시들로 새카매진 공책이 이미 여러 권이다. 나는 출간된 기분을 느끼기 위해 내 글들을 인쇄체로 한 자 한 자 다시 옮겨 적곤 했다." 니스에서도 로맹은 계속해서 글을 썼고 몇몇 출판사에 가명으로 투고했다. "위대한 프랑스 작가가 러시아 이름을 지닐 순 없지."(『새벽의 약속』) 가리의 모친은 이렇게 말하곤 했다. 1933년, 로맹은 엑상프로방스대학 법학과에 입학한다. 그의 나이 열아홉 살이었고 『죽은 자들의 포도주』를 쓰기 시작한 때였다. "나는 틈나는 대로 카페 '두 가르송Deux Garçons'에 가서 미라보 대로의 플라타너스 아래서 소설을 썼다."(『새벽의 약속』) 이듬해 그는 파리로 가서 학업을 잇고 글쓰기도 계속한다. "나는 법대 수업을 등한시한 채 손바닥만 한 호텔 방에 틀어박혀 마음껏 글을 쓰기 시작했다."(『새벽의 약속』) 1935년 2월 15일, 마침내 그의 노력이 보상받는다. 첫 단편 「폭풍우L'orage」가 주간지 〈그랭구아르Gringoire〉에 실리고, 이어 몇 달 뒤인 5월 24일 두 번째 단편 「어린 여자Une petite femme」가 소개된다. 로맹 카체프라는 이름으로 출간된 소설은 오직 이 두 편뿐이다.

로맹은 1933년 엑상프로방스에서 『죽은 자들의 포도주』를 쓰기 시작해서 1937년까지 다듬었고, 그 뒤로도 여러 차례에 걸쳐 이 소설을 손보았다는 것은 익히 알려진 사실이다. 예컨대 1939년 6월, 친구 시구르 노르베르그의 스웨덴 집에서 크리스텔 쇠데룬드Christel Söderlund를 다시 만나기 위해 마지막 시도를 했을 때도 그러했다. 이 원고는 그가 『에밀 아자르의 삶과 죽음』에서 증언하듯 그의 인생 전체를 따라다닌다. "나는 이 원고를 온갖 전쟁이며 풍랑이며 대륙들로 끌고 다니며 던져두었다가 다시 붙잡기를 되풀이했다. 이 소설은 청춘부터 성숙한 시기까지 줄곧 나와 함께했다. 나의 『죽은 자들의 포도주』는 (…)" 이 소설은 결국 로맹이 로맹 가리로부터 탈출하여 에밀 아자르라는 이름을 통해 청소년 카체프로 되돌아갔을 때 소설적 자양분이 된다. 우리가 확인할 수 있듯 그는 『죽은 자들의 포도주』에서 『그로칼랭』의 모티프와 『자기 앞의 생』의 로자 부인이 만들어놓은 유태인 동굴의 악취를 되살린다. 또한 『가면의 생』에서는 『죽은 자들의 포도주』

에 나오는 두 구절을 글자 그대로 옮겨 온다.

크리스텔

로맹 가리는 크리스텔 쇠데룬드를 1937년 7월 니스에서 만난다. 크리스텔은 젊은 스웨덴 기자로 취재차 파리에 왔다가 두 친구 에바 그레타 킨베르그_{로맹 가리의 어릴 적 친구인 르네 아지드의 미래의 아내인 실비아의 이부자매}와 주디트 발린과 함께 니스로 내려간다. "그(로맹 가리)는 놀라우리만치 자유로운 삶을 살아가는 크리스텔에게 한눈에 빠져들었다. 릴 브로르 쇠데룬드의 아내인 크리스텔은 이혼 수속 중이었고, 어린 아들은 파리에서 경력을 쌓기 위해 할머니에게 맡겼다."(『로맹 가리, 카멜레온』)

로맹과 (『새벽의 약속』에서 브리지트가 될) 크리스텔의 격정적 연애는 1937년 7월부터 1938년 4월, 크리스텔이 신문사의 요청으로 나치 독일의 오스트리아 병합 취재를 위해 파리를 떠나 빈으로 떠나기까지 열 달 동안 지속된다. 이후 두 사람은 서신 왕래로 관계를 지속했고, 이 관계는 1939년 6월 로맹이 남편에게 되돌아가 살고 있는 크리스텔을 만나기 위해 스톡홀름에 갔다가 허탕을 치면서 끝이 난다. 로맹은 크게 상심했고, 크리스텔을 결코 진정으로 떠나보내지 못한다. 그는 수년이 지난 뒤에도 여전히 애정이 듬뿍 담긴 숱한 편지를 그녀에게 보낸다.

아마 로맹은 1938년 초반 크리스텔이 빈으로 떠날 때, 자신이 표현할 수 있는 절대적 사랑의 증거로서 『죽은 자들의 포도주』의 원고를 주었을 것이다.

로맹과 크리스텔은 1938년 4월까지 파리의 유럽 호텔에서 함께 살았다. 로맹은 크리스텔이 빈으로 가기 전에 니스로 데려가서 일주일을 보냈다. 이별은 매우 애틋했다. 로맹의 모친은 예전에 모자를 제작하던 시절에 만든 꽃 장식 모자 두 개를 크리스텔에게 선물했고, 로맹은 "눈시울이 붉어진 채 모친에게 물려받은 작은 다이아몬드들이 세팅된 오닉스 반지를 주었다".(『로맹 가리, 카멜레온』) 이 반지와 함께 『죽은 자들의 포도주』 원고도 주었으리라. 당시 이 소설에는 여러 곳의 출판사에 투고했던 젊은 카체프의 간절한 기대감이 담겨 있었다. 거듭된 거절로 그가 얼마나 상심했는지는 익히 알려진 바다. 가리는 『새벽의 약속』에서 편집자 로베르 드노엘Robert Denoël이 보낸 답장을 아이러니를 가득 담아 묘사한다. 드노엘은 『죽은 자들의 포도주』에 대한 마리 보나파르트Marie Bonaparte의 기나긴 분석을 함께 보냈다. 이 괴이한 원고에 당혹감을 느낀 드노엘은 프로이트의 친구이자 당시 매우 명망 높은 정신분석학자였던 보나파르트 공주에게 읽히기로 결정했다. 비록 마리 보나파르트의 분석에 대한 가리의 감상문은 발견되지 않았지만, 가리는 거절당한 원통함을 채 가리지 않은 소설 버전으로 그 내용을 전한다. "논지가 꽤나 명확했다. 나는 거세 콤플렉스에 인분 콤플렉스, 시간屍姦증 경향을 지녔으며, 오이디푸스 콤플렉스를 제외한 나도 모르는 갖가지 이상 증세를 앓고 있었다. 왜 오이디푸스 콤플렉스는 아닌지 모르겠다." 가리는 계속해서 과격한 비난에 대응한다. "나는 난생처음 내가 '특별한 누구'가 되었으며, 어머니가 내 안에 심어놓은 희망과 자부심이 드디어 정당화되기 시작했다고 느꼈다."(『새벽의 약속』)

1년 뒤인 1939년 2월 11일, 가리는 크리스텔에게 보내는 편지에서 깊은 실망감을 토로한다. "문학에 크게 한 방 먹었어…… 아마 당신도 알고 있을 거야. 하지만 난 아무것도 포기하지 않을 거야. 그 어느 것도 놓지 않아…… 당신도!" 가리는 이 대목에서 『죽은 자들의 포도주』 출간이 좌절된 것을 언급하고 『밤은 고요하리라』(『밤은 고요하리라』는 어릴 적 친구인 프랑수아 봉디와 나누는 가상 대화 형식의 자전적 산문으로, 프랑수아 봉디는 가리 스스로 질문과 대답을 도맡는 것을 수락했다) 초반부에서도 프랑수아 봉디와의 가상 대화를 통해 다시 한 번 이를 상기시킨다. "1935년에서 1937년 사이에 파리의 유럽 호텔과 롤랭 거리에서 자네를 자주 목격했다네. 자넨 푼돈을 구하러 이리저리 뛰어다니지 않으면 손바닥만 한 호텔 방에서 소설을 썼어. 출판사에서는 자네의 원고를 '너무 거칠고 병적이고 상스럽다'라면서 거절했고. 당시 갈리마르와 드노엘이 그런 답신을 보냈지."

『죽은 자들의 포도주』 원고

『죽은 자들의 포도주』 원고는 제본되지 않은 상태의 331페이지짜리 서류 모음으로 세월에 빛바래 누레졌고 보관 불량 탓인지 앞장과 뒷장은 너덜거린다. 표지 상단에는 대문자로 작가의 이름 "로맹 카체프"가, 중앙에는 여전히 대문자로 제목 "죽은 자들의 포도주"가 쓰였다. 마지막 331페이지에는 본문의 5음절 "거미줄인 양"에 이어 "끝"이라는 단어와 "1937년 1월"이라는 날짜, 그리고 페이지를 가로지르는 휠달한 필체로 "로맹 카체프"라는 서명이 있다.

로맹은 이 원고를 1938년에 크리스텔에게 주었고 크리스텔은 이것을 1992년까지 간직했다. 원고는 1992년 파리의 드루오 호텔에서 경매에 부쳐졌다.

『죽은 자들의 포도주』는 일견 죽음 이후에 또 다른 삶이 존재한다는 것을 보여주는, 지하 묘지 밑바닥에서 펼쳐지는 익살스러운 이야기다. 요컨대 소설의 주요 주제 중 하나인 제1차 세계대전의 공포 속에 유머와 부조리와 난센스와 트루피에 코미디comique troupier. 19세기 말에 유행한 카페 코미디쇼로 남자 배우들이 군복을 입고 군대와 관련된 만담과 노래를 공연했다와 풍자인형극을 뒤섞은 저 너머 세상 이야기, 루이스 캐럴식 '거울의 이면' 이야기. 전쟁이 선포된 1914년 어느 날 부친이 러시아 전방에 동원되는 것을 가리가 목격했고 그의 유년 시절이 전쟁의 리듬에 맞춰 흘러갔다는 것을 기억할 필요가 있다. 제2차 세계대전이 로맹 가리의 작품들에 명백한 영향을 끼친 반면, 어린 카체프에게 막대한 영향을 끼쳤을 법한 제1차 세계대전에 대해서는 전혀 혹은 거의 아무것도 이야기되지 않았다.

따라서 주인공 튤립(튤립은 가리가 1946년 칼망레비 출판사에서 출간한 동명의 두 번째 소설 『튤립Tulipe』의 중심인물이기도 하다)은 이승의 인간들을 기괴하게 희화화한 좀비들이 '우글거리는', 미로 같은 묘지 속 지하 세계를 탐사한다. 다양한 만남을 거치며 오늘날은 사라진 세계, 즉 두 세계대전 사이의 인물들과 상징적 존재들(예컨대 경찰과 창녀 들, 수도사와 수녀 들, 참호 속의 병사, 전쟁 영웅, 독일군, 황태자와 정부 수뇌부 등)과 익살맞은 조합의 인간 군상(예컨대 타락한 수녀, 소아성애증 수도사, 실은 독일인이었던 무명 병사, 또다시 목을 매려는 목매 죽은 자, 자살 협박을 하는 죽은 자 등)을 마주친다.

소설 제목이 의미를 드러내고 '죽은 자들의 포도주'가 설명되는 것은 말미에 가서다. 빈 병을 손에 쥔 채 묘지에 걸터앉은 자세로 의식을 되찾은 튤립은 자신이 겪은 이야기가 한낱 꿈에 지나지 않았음을 깨닫는다.

세 가지 차원의 독서

『죽은 자들의 포도주』는 언뜻 짧은 이야기들(문자 그대로 크로키라 할 수 있는)의 연속으로 비친다. 요컨대 단절이나 분절 없는 긴 이야기의 원고에 리듬을 부여하는 파동에 따라 30가지 이상의 테마가 식별된다.(우리는 그중에서 22개의 테마를 채택하여 이 소설을 22개의 장으로 구분했다.)

세 가지 차원의 독서가 대두된다. 우선 이디시 유머가 아이디어의 조합에 의해 러시아 인형처럼 연속적으로 이어지는 환상 이야기로 읽을 수 있다. 미로 같은 지하 공동묘지의 여정이 아리안의 실이다.

다음으로는 내러티브를 너무도 명백하게 관통하는 지하 세계의 은유로 읽을 수 있다. "삶은 죽음의 패러디에 불과하다." 이 '당혹스러운' 제안이 이승의 모든 예의범절과 관습을 고발하게 해주는 훌륭한 문학적 동력이 된다.

마지막으로 두 세계대전 사이의 부르주아 사회에 대한 통렬한 비판으로 읽을 수 있다. 이것만으로도 타이핑한 원고에서 볼 수 있는 『죽은 자들의 포도주』의 부제인 "부르주아들"이 설명되며 가리의 작품을 관통하는 메시지가 풍성해진다. 바로 죽음에도 불구하고 인간의 모든 나약함과 부르주아의 저열함, 요컨대 불안, 오만, 복수심, 위선, 냉소, 질투, 부패 등은 지속된다는 것. 인간의 권력욕과 사랑과 증오가 어긋나고 타락하는 것을 막을 수 있는 것은 아무것도 없다. 심지어 죽음조차. 주요 일신교들이 퍼뜨리려는 메시지와 달리 저승 세계는 이승 세계보다 나은 것이 없고 다만 이승 세계의 충실한 반영이며 심지어 종종 저열함이 강화되기까지 한다.

『죽은 자들의 포도주』가 우리에게 제시하는 이 '거울의 이면'은 로맹 가리가 청소년기에 읽었을 에드거 앨런 포의 단편집에 수록된 「페스트 왕King Pest」에서 영감을 얻었다. 이야기가 매우 흡사하다. 얼큰히 취한—알코올 암시—두 선원이 런던의 템스 강가에서 부아가 난 술집 주인에게 쫓기다가 페스트 감염으로 초토화된 격리 구역으로 도망친다. 그들은 출입을 차단한 방책을 뛰어넘어—위반 암시—금지된 도시 속으로 달려 들어가고 폐허 속의 한 장의사 건물 지하실을 발견한다. 이곳에는 어둠의 왕자 페스트 왕의 지배하에 수의를 걸친 시체들이 라타피아^{증류주에} ^{과실이나 꽃 따위를 담가 만든 술}를 마시며 살고 있다. 두 선원은 오직 음주와 향락만을 위해 사는 이 저승 세계로 스며들며 선언한다. "우리는 포도주와 맥주와 리큐어 등 입안의 보물들을 찬양하기 위하여, 우리 모두를 지배하는 우리의 주인, 즉 죽음이라는 이름의 우리 주인의 크나큰 영광을 위하여 여기 모였노라!"(「페스트 왕」)

도덕에 대한 조롱의 최고봉으로서 이야기는 두 주인공이 전체적으로 번진 싸움에서 능숙하게 빠져나오며, 이 죽은 자들의 왕국에서 단둘이었던 두 여자와 도망친 뒤 음주를 선고받는 것으로 끝을 맺는다. 에드거 앨런 포와 로맹 카체프의 상관관계는 명확하다. 아이디어가 같고 이야기의 동력이 동일하다. 알코올과 지하 세계. 젊은 로맹이 이 이야기에 깊은 감명을 받았거나 혹은 살아 있는 시체들을 통한 은유라는 문학적 수단과 내면의 공명에 자극받았고, 따라서 이 소설에서 자신의 첫 소설의 얼개를 제공받았다고 유추해볼 수 있다.

언뜻 이야기의 틀이 저승의 암흑세계에 한정된 것 같아 보이지만 이야기의 동력으로서 반복적으로 묘사되는 또 다른 장소가 있다. 바로 메르몽 하숙집이다.

메르몽 하숙집

이곳에서의 삶은 로맹에게 마르지 않는 영감의 원천이다. 다양한 하숙생, 그리고 그만큼 다양한 그들의 개성과 성격이 젊은 작가에게 영향을 미쳤다. 가리는 회고록들(『새벽의 약속』『밤은 고요하리라』 등)에서 다채롭고 생동감 넘치는 메르몽 하숙집의 세계를 소환한다. "이렇게 해서 외관을 새롭게 페인트칠하고 여러 층을 안정적으로 확보한 메르몽—'바다'를 뜻하는 '메르'와 '산'을 뜻하는 '몽'의 조합—호텔 겸 하숙집이 '조용하고 아늑하고 세련된 분위기 속에서 각국의 고객들'—첫 광고 전단지를 원문 그대로 인용했고 작가는 바로 나다—에게 문을 열었다. (…) 서른여섯 개의 객실, 누 개 층에 걸쳐 있는 스튜디오들과 식당, 청소부 두 명,

웨이터 한 명, 요리사와 주방보조 각각 한 명으로 시작한 사업은 처음부터 성업이었다."(『새벽의 약속』) 하숙집은 건물의 세 개 층을 차지했고, 로맹과 모친 미나의 방은 『자기 앞의 생』에서 로자 부인이 "엘리베이터도 없는 7층"에 살았던 것처럼 각각 7층과 8층에 위치해 있었다. 바로 이곳에서 로맹은 다양한 인간 군상을 발견한다. "나는 이미 열여섯 살이었지만 그토록 동시다발적으로 많은 인간들과의 접촉에 노출된 것은 처음이었다."(『새벽의 약속』) 손님들이 저마다 특별한 사연을 간직한 채 속속 찾아들었다. "자랑바 씨는 '며칠' 일정으로 방을 잡아놓고 1년을 머물렀다."(『새벽의 약속』) 자랑바 씨는 "8층 거실에서 온종일 피아노를 연주했는데 늘 쇼팽이었고 결핵과 함께였다"(『새벽의 약속』).

『죽은 자들의 포도주』에서 메르몽 하숙집은 주인공의 아내가 운영하는 호텔식 하숙집이 되었고, 이 사실은 이야기의 동력으로서 튤립의 입에서 나오는 **"내 마누라가 예전에 방을 세줬던"**(이 해설의 『죽은 자들의 포도주』 인용은 보다 확실한 차별화를 위해 전부 고딕체로 표기하겠다)이라는 상징적인 문장으로 되풀이하여 언급된다. 이러한 반복 과정에서 한밤의 소음이나 비명을 통해 튤립과 그의 아내는 어린 로맹이 삶의 속살을 발견했듯 하숙생들의 감춰진 이면이나 속내를 발견하게 되고, 그렇게 해서 메르몽의 작은 세계, 튤립과 그의 아내(로맹과 그의 모친)의 작은 세계가 불쑥 모습을 드러낸다. **"내 마누라가 예전에 방을 세줬던"** 사람들 중에는 이름난 장관의 옛 시중꾼도 있었고 예술처의 문서관리원도 있었으며 소아성애증 성향의 교사, 러시아 기병대 합창단원인 니콜라이 씨, 상습적 자위행위자, 기적을 믿지 않는 사제 등이 있다. 그야말로 화자로 하여금 부부의 하숙집, 즉 반복적인 장소라는 일관된 실마리를 통해 이야기 속에 이야기를 삽입하게 해주는 캐릭터들의 향연인 것이다.

메르몽 하숙집은 로맹 가리에게 미래의 작품들을 위한 진정한 실험실이었다. 바로 이곳에서 그는 어머니와 함께 문학의 길(어머니 자신의 한결같은 꿈이었던 예술가가 되는 것)을 고려했고, 바로 이곳에서 로맹 카체프, 즉 정체성이 지나치게 두드러지는 외국인 이름, 거기에 유태인이기까지 한 이 '프랑스 거주 외국인'의 자리를 대신할 로맹 가리라는 인물을 다듬었다. 그가 첫 단편소설과 첫 콩트와 첫 장편소설을 쓴 것도, 첫사랑을 알게 된 것도, '자기 앞의 생'의 고된 수련을 한 것도 바로 이 메르몽 하숙집에서였다.

작가에게 두 번의 공쿠르상을 안긴 필명에 대한 이야기는 널리 회자되었다. 로맹 가리는 1956년에 『하늘의 뿌리』로, 에밀 아자르는 1975년에 『자기 앞의 생』으로 공쿠르상을 수상했다. 이 두 이름보다 덜 알려진 10여 개의 다른 정체성, 즉 필명, 조합어, 상용 이름 등이 있다. 가리는 메르몽 실험실에서 어머니와 함께 여러 이름을 차용했고 이를 묘사한다. "우리는 그 필명(프랑수아 메르몽)이 좋지 않다고 판단했다. (…) 나는 다음 작품(『죽은 자들의 포도주』)을 뤼시앵 브륄라르Lucien Brûlard라는 이름으로 썼다."(『새벽의 약속』) 이 탁월한 필명은 스탕달의 동명 소설의 주인공인 '뤼시앵 뢰벵Lucien Leuwen'과 같은 작가의 자서전에 등장하는 작가의 분신 '앙리 브륄라르Henri Brulard'를 축약한 것이다. 이 선택은 가리가 의식적으로 침묵하는 스탕달의 영향을 상징적으로 드러낸다. 하지만 이 차용에서 가리가 자신의 필명 브륄라르Brûlard에 스탕달의 자서전의 분신 브륄라르Brulard가 갖고 있지 않은 악상 시르콩플렉스(기호 '^')를 덧붙였다는 것에 주목해야한다. 이는 우리에게 'brûler(불태우다)'라는 동사를 연상시키며, '불태우다'는 러시아어 명령어로 '가리gari'다. 로맹은 이 사실을 『밤은 고요하리라』에서 확인시킨다. "불태워라!brûle! 나는 이 명령을 작품에서건 삶에서건 결코 피해본 적이 없다네."

반복되는 주제

일곱 가지 주요 테마가 반복적으로 나타나면서 이 소설을 살찌운다. 죽음, 자살, 유년 시절, 법, 전쟁, 섹스, 알코올. 이 테마들은 은유로서가 아닌 실제 분뇨 그리고 대체로 냉소적인 유머로 점철돼 있는데, 어떤 면으로는 이 분뇨와 냉소적인 유머가 이야기에 '생동감'을 불어넣는다.

로마 개선장군의 귀에 노예가 자만을 방지하기 위해 속삭였다는 라틴어 "메멘토 모리", 즉 "네가 죽는다는 것을 기억하라"를 연상시키는 『죽은 자들의 포도주』는 삶, 사랑, 신앙, 감정, 야망, 경쟁심, 불의 등의 쟁점들을 강력하게 환기시킨다. 일종의 이면 세계, 살아 있는 시체들의 은유를 가능하게 하는 이 끊임없는 분신 장치는 죽음의 극적인 요소를 배제하고 현실의 비루함을 고발하기 위한 문학적 원천이다.

인간의 원초적 충동에 따라 움직이는 해골들이 보여주는 죽음에 대한 무심함이 작가에게 모든 대담한 시도와 위반을 허용한다. 죽음에 대해 아무렇지 않게 이야기할 수 있다면 모든 금지되고 함구되고 금기시되고 불법으로 치부되고 검열되는 것들, 모든 터부와 당혹스럽고 우상파괴적인 것들에 대해서도 똑같이 아무렇지 않게 이야기할 수 있지 않겠는가.

죽음의 특별한 형태인 자살은 가리의 이 첫 소설에서 놀라우리만치 촘촘한 자리를 차지한다. 이른바 '자발적인' 이 죽음이 젊은 로맹의 펜대 아래서 자주 등장하고 또 그만큼 코믹한 효과를 불러일으키는 것은 확실하다. 하지만 첫 소설에 이토록 빈번하게 언급된 것으로 미루어 우리는 자살 문제가 젊은 로맹을 강력하게 사로잡은 관심사요 의문이었고, 나아가 강박관념 또는 청소년기의 불안을 해소하는 해결책이었음을 유추할 수 있다. 『죽은 자들의 포도주』에서 볼 수 있는 삶과 죽음의 이 기이한 균형 속에서 자살은 마치 삶의 한 형태인 양 여겨진다.

다른 강박관념은 섹스, 그것도 성 개방 초기인 1930년대의 대담한 섹스다. 『라 가르손느La garçonne』('남자 같은 여자'라는 뜻으로 1922년에 출간된 빅토르 마르게리트Victor Margueritte의 소설. 1936년에 영화로 제작되었으며 수지 솔리도르와 아를레티가 출연했다. 이제껏 알지 못했던 모든 성적 시도와 쾌락을 경험하고자 가정을 떠나는 자유로운 여자의 이야기다)의 시기였고, 오늘날은 사라진 세상, 에밀 아자르의 이름으로 출간된 모든 소설에 등장하는 매음굴과 창녀들의 세상이었다.

유년 시절 또한 『죽은 자들의 포도주』에서 일정 부분을 차지한다. 성인을 이끌고 보호하며 수행하는 어린아이는 로자 부인의 품에 안긴 어린 모모의 전조이며 아직 노모에게 깊은 주의를 기울이는 로맹의 모습이다. 여기서는 어린아이가 전통적인 '노후의

의지 대상'으로서 나타난다. 수호자이자 임종 직전의 마지막 구원처인 것이다. 창녀의 딸과 아나스타즈 삼촌의 조카와 어린아이와 그리스도가 바로 그러하다.

마지막으로 알코올과 취기는 소설의 길잡이 역할을 한다. 바로 취기 때문에 튤립은 '거울의 이면'으로 건너갔던 것이고, 취기를 깨달음으로써 소설의 끝으로 빠져나올 수 있었다. 죽음 못지않게 알코올도 닿을 수 없는 현실과 감춰진 진실을 드러내는 요인으로 작용한다. 게다가 소설의 제목 '죽은 자들의 포도주'에 소설의 메시지 전체가 담겨 있다. 알코올은 혀를 해방시키고 의식을 해제시키며, 죽음은 삶의 질문에 대한 대답이다.

이 광기 어린 저승 세계의 행렬은 진짜 분뇨로 점철돼 있다. 소설의 무수한 대목에서 분비물이란 분비물은 죄다 거론되고 매우 일탈적인 어휘들이 차용되었다. 그야말로 빠진 분비물이 없다. 『죽은 자들의 포도주』는 땀과 피를 흘리고 정액과 눈물과 침, 가래, 똥, 오줌, 토사물 등 모든 종류의 분비물을 쏟아낸다. 죽음과 양립 불가능한 이 육체적 분비물들이 절망의 세계 속에서 그만큼 삶의 표징이라는 것을 다시 한 번 강조할 필요가 있을까?

문학적 영향

『죽은 자들의 포도주』의 전체적인 얼개는 에드거 앨런 포의 단편 「페스트 왕」에서 차용된 듯하지만, 문학 속에서 성장하고 다양한 문화를 접한 젊은 작가의 이 첫 소설은 다른 수많은 문학적 영향 또한 엿보인다. 젊은 로맹의 교육에서 러시아문학의 중요성은 익히 알려져 있다. 고골, 톨스토이, 푸시킨 등은 자연스럽게 그의 책장의 일부분을 차지했다. 미리엄 아니시모프는 가리의 전기에서 청소년기의 로맹이 가장 좋아했던 작품으로 고골의 「우크라이나의 밤들」을 꼽았다. 『죽은 자들의 포도주』 중 지극히 익살맞은 **감기에 걸린 코 없는 시체** 에피소드는 대번에 고골의 유명한 단편 「코」를 떠올리게 한다. 한결같은 우상파괴적 유머의 소유자였던 가리는 훗날 몇몇 유머 스승을 인정하는데, 그들이 바로 고골과 막스 브러더스Marx Brothers. 치코, 하포, 그루초, 제포로 이루어진 미국 희극배우 4형제였다.

한편 프랑스의 위대한 고전으로 눈을 돌리면 『죽은 자들의 포도주』의 여러 대목에서 거침없고 원색적인 프랑수아 라블레의 세계가 분명하게 드러난다. 또한 몇몇 분노나 변태적 장면에서는 사드 후작의 작품들이 연상된다. 게다가 『죽은 자들의 포도주』의 두 등장인물은 사드 세계의 상직적인 존재들의 이름을 그대로 계승하고 있다. 『미덕의 불운Malheurs de la vertu』의 쥘리에트, 그리고 『규방철학』의 생탕주Saint-Ange 부인과 매우 흡사한 앙주Ange 부인이 그러하다. "**마리아 부인이 신음하고 있어요······ 단말마의 경련을 일으키나 봐요, 쥘리에트!**" "**단말마의 경련, 네, 맞아요, 앙주 부인!**" 하지만 1956년에 문학비평가 장자크 포베르Jean-Jacques Pauvert에 의해 재발견되기까지 일반 대중에게 금지되었던 사드의 작품이 젊은 로맹의 손에까지 가닿았는지는 확실치 않다.

다른 영향이나 문학적 암시 또한 떠올릴 수 있다. 우선 '그로테스크'하고 돌발적인 세계가 동일한 방식으로 전달된다는 측면에서 알프레드 자리Alfred Jarry의 『위뷔 왕Ubu Roi』이 있다. **흥분한 목소**

리가 튤립의 얼굴에 침을 튀기며 뜻밖의 혈기로 가득한 천둥 같은 고함을 질렀다. "말하라! 내 초록 양초를 걸고 맹세컨대 그렇지 않으니까! 난 수염이 없어! 그러니 말하라!" 다음으로 19세기 독일 문학의 상징적인 주인공이 등장하는 『허풍선이 남작의 모험』의 몇몇 특징이 『죽은 자들의 포도주』에서 발견된다. 튤립이 인정했다. "제법이군! 하지만 내가 말한 그 작자한텐 못 당해! 예컨대 그 작자는 납 구술 몇 알을 입에 머금었다가 퉤 뱉어 하늘을 나는 비둘기도 가뿐히 때려잡았거든……."

이쯤에서 가리의 작품에 반복적으로 등장하는 인물에 대해 짚어볼 필요가 있다. 바로 '남작'이다. 가리는 『밤은 고요하리라』에서 다음과 같이 고백한다. "그(남작)는 각기 전혀 다른 소설들 속에 인장처럼 등장하잖나. 어쩔 수 없이 똑같은 모습에, 뼛속까지 신사로……." 『거대한 옷장Le grande vestiaire』 『하늘의 뿌리』 『낮의 색깔들Les couleurs du jour』 『별을 먹는 사람들』 속에 등장하는 남작은 "금방이라도 웃음을 터뜨릴 것처럼 뺨이 부풀어"(『밤은 고요하리라』) 있다. 바로 삽화가이자 판화가인 귀스타브 도레가 새긴 허풍선이 남작의 모습 그대로. 이 판화가 어린 로맹의 손에 들어갔음은 자명하다. 남작은 "오줌!"과 "똥!"을 외치고 "모든 단어는 배신을 하기 때문에 의사표현을 위해 방귀를 사용"(『밤은 고요하리라』)한다. 이러한 묘사는 이 인물이 폰 호엔린덴 남작이라는 이름으로 재등장하는 『죽은 자들의 포도주』의 분노 분위기를 떠올리지 않을 수 없게 한다. 폰 호엔린덴 남작은 나폴레옹이 1800년 12월에 오스트리아를 상대로 승리한 호엔린덴 전투에서 로맹이 이름을 빌려온 가공의 인물이다. "남작이 대답했다오. '아흐, 퓌프첸, 아흐, 그레첸! 우리는 프랑스를 상대로 싸우고 싶지 않아! 우리는 프랑스를 사랑한다고! 아흐, 아흐!' '아흐! 아흐!'" 발자크의 작품들에서도 똑같은 반복이 일어나고 있다는 것 또한 떠올리지 않을 수 없다. 요컨대 『고리오 영감』에서 처음으로 등장한 인물 뉘싱겐 남작이 '인간 희극' 시리즈에 반복적으로 모습을 보인다. 『고리오 영감』을 필두로 『회개한 멜모스Melmoth réconcilié』 『뉘싱겐 상점La maison Nucingen』 『잃어버린 환상Les illusions perdues』 『창부의 영화로움과 비참함Splendeurs et misères des courtisanes』에 차례로 등장하다가 마지막으로 『아르시의 국회의원Le député d'Arcis』에서 저녁 연회 초대 손님으로 등장하는 것이다. 유태인, 그것도 폴란드 출신 유태인인 이 남작은 발자크의 표현 그대로 "폴란드 유태인의 지독한 사투리 속에서" 알자스 지방의 억양이 가미된 프랑스어와 독일어가 섞인 언어를 사용하고, 젊은 로맹 카체프는 이 사실을 지나치지 못했을 것이다. 『창부의 영화로움과 비참함』에서는 이런 문장을 읽을 수 있다. "개선문을 향해 행군할 것을 명령한 남작이 대답했다. '자, 이체 나랑 올라갑시타!'" 발자크식의 독일어 억양이 섞인 이 비문은 로맹의 펜을 통해 『죽은 자들의 포도주』 속에서 거의 동일한 형태로 발견된다. 예컨대 '무명 병사' 이야기에 등장하는 독일군 병사의 언어가 그러하다. **"독일군 친구가 부러워하면서 말했지. '그럼 자네 이체 개성문 아래 파묻히는 거야, 보볼?'"**

가리는 조상에 대해 함구하고 태생을 절대 밝히지 않으면서도 근본에 애착하는 양면성을 보인다. 그는 어쨌든 문학적 계보가 계속해서 뻗어나가기를 바란다. "내가 더는 여기 없게 됐을 때나 혹은 그 전이라도 다른 소설가들이 그(남작)를 다시 기용해서 명맥을 유지하기를 간절히 바란다네."(『밤은 고요하리라』) 가리는 이 말을 통해 '난 매개자고, 발자크의 뒤를 따랐소. 그러니 이제는 내 뒤를 따르시오!'라는 말을 에둘러 하고 있는 것은 아닐까?

마지막으로 『죽은 자들의 포도주』에는 1932년에 출간된 루이 페르디낭 셀린의 『밤 끝으로의 여행』이 끼친 부인할 수 없는 형식적 영향이 비쳐 보인다. 『밤 끝으로의 여행』은 비속어와 구어체를 끌어들인 매우 공들인 생략적 문체, 새로운 가치의 소설 양식을 제시했다. 셀린 자신도 주간지 〈렉스프레스L'express〉(1957)에 소설가이자 기자인 마들렌 샵살Madeleine Chapsal과의 인터뷰에서 다음과 같이 밝혔다. "스토리 말이오? 맙소사, 그건 지극히 부차적인 것이고, 정작 흥미로운 건 문체요. 『밤 끝으로의 여행』에서 나는 다시 한 번 문학을, 이른바 '올바른 문학'을 희생시켰소. 올 풀린 문장이 또 나오거든요…… 내 생각엔 기술적인 관점에서는 다소 뒤처진 것이죠." 1933년에 『죽은 자들의 포도주』 집필을 시작한 젊은 로맹은 서술 시제인 현재, 이야기를 현실화하고 이야기에 생생한 현장감을 불어넣는 현재 시제에 강한 인상을 받은 듯하다. 우리는 이 사실을 바로 튤립과 함께 무덤 속에서 확인한다. 로맹 카체프는 셀린이 거의 구어체인 언어 속에서 "작은 음악"이라고 불렀던 것을 상기하며 언어의 성음과 리듬을 즐긴다. **"달려가니 이미 망가질 대로 망가져 한쪽 구석에서 초주검이 돼 있어요. 하느님 맙소사! 그러니 제가 그치를 끌고 오지 않을 수 없죠. 끌고 와서 돌진해요. 두들겨 패고 들이받고 간을 휘젓고 족치고 계속 어르고. '자백해, 엉, 토토? 자백하라고!' 그치가 피를 토하며 대답하죠. '아니! 아니! 자백 안 해!'"**

하지만 젊은 작가에게 자기화한 서술적 리듬과 형식적 습관—가리는 에밀 아자르로의 변신에 이것들을 고스란히 적용한다—

을 확실하게 제공한 셀린의 작품은 무엇보다 『죽은 자들의 포도주』 원고에 마침표를 찍기 1년 전인 1936년에 출간된 『저당 잡힌 죽음Moet à crédit』이다. 셀린의 작품에서처럼 카체프의 작품에서도 말줄임표가 문장에 리듬을 부여하고, 다른 방법으로는 굳이 나뉘지 않는 구문을 나눈다. 불문학자 이자벨 세르사Isabelle Serça는 『구두점의 미학Esthétique de la ponctuation』(갈리마르, 2012)에서, 문장이 종결된 이후에도 이야기가 전개되는 것을 허용하는 이러한 말줄임표를 '열린 종결'이라고 명명한다. 느낌표를 수반하는 문장에는 기쁨, 놀람, 공포, 경이, 분노 등등의 감정적 가치가 첨가된다. 카체프의 작품에서는 느낌표가, 셀린의 작품에서는 말줄임표가 지배적이다. 두 작가의 실질적 유사성은 다음의 두 구절에서 증명된다. 우선 셀린을 보자. "나는 돌진한다, 계단들로, 공간들로 쳐들어간다…… 철썩! 그렇게! 갑자기 날아든 강타! ……계단 한복판에서! 나는 움찔한다! ……나는 생각에 사로잡힌다. 정신을 집중한다! 몸이 덜덜 떨린다! 됐어! 이제 그만. 나는 한 걸음 더 앞으로 나아간다! ……못들! 나는 생각을 고쳐먹는다! 조심한다! ……."(『저당 잡힌 죽음』) 다음은 카체프의 『죽은 자들의 포도주』 중 '장관의 시중꾼' 에피소드에서 발췌한 것이다. **"장관은 결국 의사를 불렀어…… 의사가 장관을 진찰했지…… 머리도 만져보고…… 맥박도 재고…… 온몸 구석구석 킁킁거리다가…… 입 냄새도 맡고…… 심장박동도 듣고…… 똥구멍에 손가락도 넣어봤지! 의사가 말했어. '옳거니, 그거야! 별거 아닙니다! 의심의 여지가 없어요! 아주 쉬워요! 간단해요! 그저 매일 아침 15분 동안 명상만 하면 금방 낫습니다…… 공복 상태로요! 그거면 끝이에요!'"**

이 형식적 특징은 기리의 첫 출간 소설 『유럽의 교육』에서도 간간이 볼 수 있다. 이후 가리의 작품에서 사라졌다가 아자르의 이름으로 출간된 작품들 중『죽은 자들의 포도주』에서 차용된 짧막한 대목들에서 다시 불쑥 모습을 드러낸다.

포도주, 가리/아자르 작품의 자양분

거듭되는 가리의 작품의 자양분이 될『죽은 자들의 포도주』는 아이디어의 실험실처럼 보이며, 따라서 카체프/가리/아자르 구조물을 구성하는 주요 부품이다.필리프 브르노,『가리/아자르의 잃어버린 원고 Le manuscrit perdu Gary/Ajar』, 레스프리 뒤 탕, 2005.『죽은 자들의 포도주』의 숱한 차용은 이 작품이 가리의 정신에서 차지하는 핵심적 자리를 증명한다.

『죽은 자들의 포도주』차용은 가리의 초기 작품에서 빈번했다가 아자르로 변신하는 모험에서 다시 잦아진다.『유럽의 교육』의 형식과 어조는『죽은 자들의 포도주』의 그것보다 명백히 '고전적'이고 다듬어졌지만, 이 소설 말미의 긴 단락은『죽은 자들의 포도주』를 문자 그대로 차용했다.

유럽의 교육

1942년, 소설의 어린 주인공 야네크는 나치와의 투쟁이 벌어지는 폴란드의 숲속에서 존재의 불안, 삶과 죽음, 추위와 기근, 저항과 배신, 문화와 자유를 발견하고 조지아를 만나 사랑에 눈뜬다. 가리의 작품 중에서도 수작으로 손꼽히는 이 매우 아름다운 소설은 1945년 출간 당시 프랑스 비평가상을 수상했다.

소설의 31장에서 도브란스키 동지는 '스탈린그라드 근방'이라는 제목의 자신의 원고를 낭독하기 시작한다. 그렇게 해서 독자는 아무것도 모른 채, 능숙한 죽음의 전령사들인 100살 먹은 두 까마귀의 날카로운 눈을 통하여 장군 남작의 명령에 응하는 시체들로 넘쳐나는 『죽은 자들의 포도주』의 기이한 세계 속으로 스며들게 된다.

몇 줄 뒤로 가면 『죽은 자들의 포도주』의 '본초 중위' 장면이 뛰어난 교체 작업을 거쳐 그야말로 전문 인용된다. 요컨대 제1차 세계대전이 제2차 세계대전으로 변경되고 주요 등장인물들의 이름이 각각 교체되는 식이다. 호엔린덴은 리벤트로프로, 본초는 카를로, 황태자는 총통으로, 폰 루덴도르프는 괴링으로, 폰 몰트케는 괴벨스로, 그리고 프랑스는 러시아로!

이 단락은 『죽은 자들의 포도주』에서 독일인들이 전쟁의 결과("이 전쟁, 이 무슨 불화인지!")에 비탄을 금치 못하며 눈물을 흘리는 단락과 거의 동일하며 때로는 토씨 하나까지 똑같다. 물론 두 버전의 눈물의 이유는 다르다. **"황태자가 내게 말했다오. '아흐, 본초! 자네의 말은 내 아버지 황제 폐하께 크나큰 영향력이 있으니 가서 아뢰게. 프랑스를 구하게, 본초!'"** 황태자의 이 말은 제2차 세계대전 버전에서는 유머를 띠게 된다. "남작이 흐느낌 사이사이 내게 말했네. '아흐! 독일 까마귀 카를, 너는 우리 총통께 크나큰 영향력이 있으니…… 가라! 가서 설명하라. 독일을 구하라…… 그러니까 러시아를 구하란 말이다!'"(『유럽의 교육』) 이 장면은 패주로 끝난다. 『죽은 자들의 포도주』에서는 **베를린이** (혁명으로) **피범벅이** 되었고, 『유럽의 교육』에서는 "베를린이 폭격을 당한"바 정부 수뇌부가 용감하게 창문으로 뛰어내려 걸음아 날 살려라 하고 도망친다!

　가리가 『유럽의 교육』 집필에 착수한 것은 1940년 10월, 연합군을 아프리카로 이끄는 선상에서였다. 1941년 4월, 가리는 중앙아프리카의 방기에 기지를 둔 공군 제1비행중대의 소위였고, 로맹 카체프에서 로맹 가리로 이름을 바꾸었다. 1942년 10월, 그는 소말리아에서 학생 공책에 『유럽의 교육』을 계속해서 써나갔고 밤마다 전우들에게 읽어주었다. 1943년 9월, 가리는 영국 하트퍼드브리지의 로렌 비행부대에 배속된다. 그와 한 방을 썼던 전우 피에르 루이 드레퓌스는 다음과 증언한다. "가리는 매일 밤 그 작은 책상에 앉아 『유럽의 교육』을 썼습니다……." 로맹 가리는 수해가 걸린 그 모든 전쟁 기간 내내 『죽은 자들의 포도주』 원고를 『에밀 아자르의 삶과 죽음』에서도 밝혔듯 아프리카에서 영국까지 "온갖 전쟁이며 풍랑이며 대륙들로 끌고 다"녔다. 단지 기억에 의존했다기에는 차용된 단락이 너무도 구체적이고 세세하기 때문이다. 『유럽의 교육』은 우선 1944년 12월, 런던의 크레셋프레스에서 '분노의 숲Forest of Anger'이라는 제목으로 영어판이 출간되고 나서 6개월 뒤인 1945년 6월에 칼망레비에서 불어판이 출간되었다.

　이후로는 『튤립』에 직접적으로 차용된 몇몇 문장(**쥐가 찍찍거리고 고양이가 야옹거리고 박쥐가 날아오르더니**)과 무의식적이고 어렴풋한 차용을 제외하면 여타 가리의 작품에서 『죽은 자들의 포도주』의 흔적을 더는 볼 수 없다. 따라서 『튤립』 이후로는 훗날 에밀 아자르 속에 상징적인 방식으로 재등장하기까지 가리 속에 카체프가 직접적으로 되살아나는 일은 없었다.

그로칼랭

로맹 가리의 작품에 카체프가 공공연하게 드러난 것은 1974년, 그러니까 28년의 공백 이후『그로칼랭』을 통해서였다. 『그로칼랭』의 기이한 이야기는『죽은 자들의 포도주』에서 직접적으로 차용되었다.『그로칼랭』은 출간 방식의 독특함(작가의 부재와 신원 미상)뿐만 아니라 당대의 비평가들에게 "유머러스한 우화" "기상천외하고 웃긴 소설"이라는 평가를 받았던 이야기 자체의 놀라운 기묘함과 형식 때문에도 독자들에게 깊이 각인되었다.

줄거리는 다음과 같다. 주인공 미셸 쿠쟁은 아프리카 단체 관광 여행에서 비단뱀을 데려온 이후로 파리의 아파트에서 파충류와 함께 살아야 하는 어려움에 직면한다. 그는 살아 있는 먹이만을 먹는 이 비단뱀 그로칼랭을 위해 생쥐 블롱딘을 구입하는데, 생쥐에게도 비단뱀 못지않은 애착을 갖게 된다. 거기에 쿠쟁이 은밀히 연정을 품고 있는 드레퓌스 양이 비단뱀과 가까이 있는 것을 견디지 못하면서 주인공의 삶이 특별히 고달파진다.

『그로칼랭』의 줄거리는『죽은 자들의 포도주』의 '조제프 씨'에 피소드에서 직접적 영감을 받았다. 사실 조제프 씨는 **"밤낮으로 플루트를 불어대는 몹쓸 버릇"**이 있었다. 연상 작용이 놀라우리만치 풍부한 이 자위행위의 메타포는 젊은 로맹에게 상상력의 문을 활짝 열어주었다. 플루트 연주는 발기된 남근의 동물성과 결부된 모든 이미지와 함께 자연히 뱀을 부리는 사람으로 이어졌다. 심리

적 측면에서는, 신체의 확장이 젊은 작가에게 불어넣은 전능해진 기분이 분열과 자가생식의 환상을 키웠다. 이것은 훗날 가리에게서 무수한 필명 취득의 형태로 나타나고, 로맹 카체프의 펜대 아래 여기서 처음으로 모습을 드러낸다.

조제프 씨는 그렇게 조제핀을 탄생시킨다. "어느 날 밤 마누라와 내가 막 잠자리에 들었을 때 옆방에서 조제프 씨가 플루트를 사납게 불어댔소…… 그러다 플루트 소리가 뚝 끊기더니 비명이 들렸지. '사람 살려! 나 죽네!' 이어서 마치 침대에 개라도 버티고 있다는 듯 '앉아! 앉아! 조제핀! 어서 앉지 못해?'라는 소리가 들렸소."

튤립과 그의 아내는 조제프 씨의 방으로 달려가 문을 두드린다. 조제프 씨는 미셸 쿠쟁이 그로칼랭에 대해 이야기한 것처럼 조제핀의 거대함을 언급하며 조심하라고 경고한다. "'들어와요! 하지만 조제핀을 조심해요…… 특히 절대 건드리지 말아요! 녀석이 여간 흥분한 상태가 아니니까 잘못하면 물리는 수가 있어요! 앉아! 앉아! 앉으라니까 조제핀……. 특히 내가 절대 연주를 중단하면 안 돼요!' 마누라가 안으로 들어갔고 나도 뒤따랐소…… 마누라가 감동으로 목이 메서 말했지. '어쩜 저리 아름다울 수가!' 조제프 씨는 똑바로 누운 채 플루트를 불고 있었는데, 당시 조제핀의 크기가 1미터 50센티미터는 됐을 거요! 뱀처럼 몸을 쳐든 채 흐느적거렸는데 신이라도 들린 듯 얼굴을 기이하게 흔들어댔소……." 우리는 젊은 로맹의 펜대 아래 단 몇 줄 만에 그로칼랭이 탄생하는 것을 목도한다. "조제핀은 마법에라도 걸린 듯 하루하루 커갔소. 매일 아침과 점심으로 단지의 음료를 마시고 참새 열두 마리를 삼켰어요. 기분이 좋을 땐 손으로 음식을 먹으러 오고, 날이 더우면 창가로 가서 굵은 담쟁이마냥 벽에 매달려 흐늘거리면서 소화를 시키기도 했소." 자가생식은 성공적이었고 분열은 완벽하다. (『죽은 자들의 포도주』

에서 『그로칼랭』으로 넘어가면서) 조제핀은 그로칼랭이 되었고, 참새를 받아먹었다가 생쥐를 삼키게 된다. 연상 작용에 의해 관념들이 이어지며 독자의 의식 체계가 서서히 변화되고 점진적으로 환영이 생겨난다. 이는 정신적 혼란의 원칙, 최면 절차의 한 과정이다. 카체프 속에서 이미 싹이 움튼 최면술사 가리가 우리에게 탁월한 시범 공연을 펼친 것이다.

가리의 외피 속에서 괴로워하던 로맹이 아자르가 되면서 깨울 결심을 할 때까지 그 모든 요소가 『죽은 자들의 포도주』 원고 속에 30년 남짓 동안 잠복해 있었다.

『그로칼랭』에서 가리는 이해할 수 없는 2차적 이야기, 즉 암시적 이야기 속으로 우리를 곧장 끌고 간다. "그로칼랭의 외모는 무척 아름답다. 조금은 코끼리 코를 닮은 듯도 하다."(『그로칼랭』) 변신은 이미 완료되었다. 조제프 씨의 성기는 주체화되고, 독자는 어리둥절하기만 하다. 이제 아자르가 된 가리에게 모든 종류의 곡예가 허용된다. 우리는 아무것도, 심지어 눈앞에 들이대고 보여주는 가장 뻔하고 명확한 것들도 알아차리지 못한다. 따라서 우리가 알고 있는 『죽은 자들의 포도주』의 본래 스토리에 기대어서야 비로소 『그로칼랭』의 무수한 단락에 내재된 이중적 의미를 명확하게 파악할 수 있다. 미셸 쿠쟁이 "젊은 여인(드레퓌스 양)으로 하여금 그런 식의 사랑의 증거와 함께 둘이 얼굴을 맞대고 사는 것을 받아들이게"(『그로칼랭』) 하는 어려움에 대해 언급할 때 그는 당연히 발기와 자위행위에 대해 이야기하는 것이다. 또한 쿠쟁이 경찰서장에게 자기 사무실의 사환에 대해 "심지어 나더러 자연을 거스르는 행위라면서 아첨하려 했죠"(『그로칼랭』)라고 붙평할 때 가리는 실제의 성적 포옹에 자연을 거스르는 행위라는 자위행위의 상징성을 덧씌우면서 1차적 이야기와 2차적 이야기, 다시 말해 표면적 이야기와 암시적 이야기를 동시에 다루는 것이다. 휴지통 속의 그로칼랭이 포르투갈 가정부가 보는 앞에서 몸을 곧추세울 때 가리는 더 멀리 나아간다. 포르투갈 가정부는 기절했다가 정신을 차린 뒤 경찰서로 달려가 외친다. "무슈 사디스타, 무슈 엑지비시오니스타Monsieur sadista, monsieur exhibitionnista." 프랑스어와 포르투갈어가 뒤섞인 비문으로 '가학증 환자, 노출광'의 뜻. 가리가 우리를 보다 호기롭게 이끄는 다음의 문장에서 정황이 확실해진다. "내가 경찰들에게 가정부가 본 것은 나의 비단뱀일 뿐이라고 말했을 때 (…)"

자신의 최면술을 확신하는 가리는 들키지 않도록 보안에 만전을 기하며 연출을 이어나간다. 쿠쟁은 경찰서에서 자신이 어떻게 중죄인으로 몰린 것인지 해명하며 "비단뱀이 느닷없이 몸을 들어 올렸고 나로서도 예기치 못한 일이었다"라고 덧붙인다. 이 문장의 숨은 뜻은 몇 줄 뒤에서 화가 치민 쿠쟁이 경찰서장에게 다음과 같이 말할 때 명확해진다. "좋아요, 못 믿겠다면 내가 여기서 직접 보여주죠." 그러자 경찰서장이 "그런 행동은 일을 더 크게 만들 수 있고 (…) 공무집행방해에 풍기문란이 될 수 있다"라고 경고한다.

소설의 이 열쇠에 비추어 보면 그로칼랭의 모든 것이 다른 의미를 갖는다. "그로칼랭은 아파트 밖으로 기어나갔다. 왜냐하면 나는 그로칼랭이 대단한 구멍 애호가라는 것을 알았기 때문이다……" 따라서 페니스/비단뱀이 특히 "샹주아 뒤 제스타르 부인의 털북숭이"에 주향성을 보이는 것은 당연하다. 이상한 느낌에 변기 속을 들여다 본 샹주아 뒤 제스타르 부인은 무시무시한 비명을 지른 뒤 기절한다. 가리는 여기서 포르투갈 가정부 에피소드를 반복한다. 샹주아 뒤 제스타르 씨한테 "쓰레기"에 "변태" 취급을 받자 쿠쟁은 천연덕스럽게 이렇게 서술한다. "마치 배수관 속으로 들어가 샹주아 뒤 제스타르 부인의 그곳을 건드린 것이 나이기라도 하다는 듯한 태도였다." 범인은 두말할 것도 없이 가리/쿠쟁이다, 비단뱀이 아니라! 쿠쟁은 다시 한 번 경찰서장에게 해명하지만 경찰서장은 발기한 쿠쟁의 성기가 주범임을 의심치 않는다. 쿠쟁에게 이렇게 단단히 경고하기 때문이다. "자, 안녕히 가세요. 하지만 다시는 배수관으로 들어가서 정숙한 여자들의 정숙하지 못한 곳을 간질이면 안 됩니다. (…) 만일 선생의 미꾸라지를 끄집어내고 싶어 못 견디겠거들랑 그런 여인네들을 찾아가세요."

결국 다음 페이지에서 쿠쟁은 자신이 그로칼랭임을 고백하고, 독자는 동요하지 않는다. "다만 마지막 남은 배수관의 흔적을 씻어내기 위해 목욕을 좀 더 오래 하는 정도였다." 만일 비단뱀이 범인이라면 쿠쟁이 왜 '목욕 시간을 연장해야' 한단 말인가?

더욱 무의식적인, 심지어 틀림없이 가리도 의식하지 못했을 세 번째 해석의 여지가 이 이상야릇한 우화 속에 비쳐 보인다. 가리는 모든 파충류가 그러하듯 탈피하는 비단뱀의 특성을 차용한다. 그로칼랭의 연속적인 탈피 속에 변신과 자가생식의 테마가 내포돼 있고 가리는 소설 서두에서 쿠쟁의 선언을 통해 이를 확인시킨다. "변신은 내게 일어난 가상 아름다운 일이다." 자신의 껍질 속에서 괴로움을 느낀다면 '새로운 껍질'이 필요해진다. "많은 사람들이 자신의 껍질 속에서 괴로워한다. 그들의 것이 아니기 때문이다." 가리가 '한물간has been' 작가라는 '낡은 껍질' 속에서 극심한 고통을 겪었음은 알려진 사실이다. 가리는 『스테파니의 얼굴들Têtes de Stéphanie』 두 번째 판본 커버에서 그 고통을 밝힌다. "나는 가명을 사용하기로 했다. (…) 때로 정체성을 바꿀 필요를, 나 자신과 책으로부터 약간의 거리를 둘 필요를 느끼기 때문이다."

자가생식의 결단이 빛을 본다. "나는 억누를 길 없는 격렬한 출생 욕구에 사로잡혔다……"(『그로칼랭』) 가리를 끊임없이 지배하는 불안감은 이 변신에도 수반된다. "극심한 공포심에 사로잡혀 잠시 내가 출생할 것 같다는 생각마저 들었다. 때로 출생이 공포심의 결과로 일어난다는 것은 익히 알려진 사실이다." 쿠쟁/그로칼랭의 궤적을 그리는 가리의 펜 끝에서 우리는 새로운 로맹, 즉 에밀 아자르의 탄생을 목도한다.

소설 말미에 이루어지는 변신은 성공적이다. 그로칼랭은 쿠쟁에게서 분리되고 쿠쟁은 이 그로칼랭을 아클리마타시옹 동물원으로 데려가 작별한다. 바로 에밀 아자르로 다시 태어난 젊은 로맹이 아니고 무엇이겠는가? "나는 거기에 없고, 사람이 된 기분이었다."

이 놀라운 풍자소설은 로맹이 필사적으로 삶의 새로운 균형을 찾던 존재의 위기의 순간에 쓰였고, 가리는 『에밀 아자르의 삶과 죽음』에서 이를 증명한다. "나는 내가 만들어낸 나 자신의 새로운 탄생이라는 환상에 완벽하게 빠져들었다."

자기 앞의 생

『자기 앞의 생』에서 직접적으로 발견되는 『죽은 자들의 포도주』의 요소들은 극히 일부인 반면 전체적인 스토리에서는 로맹의 청소년기와 노모의 악화되는 건강 상태에 직면한 젊은 로맹의 불안감을 떠올리지 않을 수 없다. 왜냐하면 로맹의 모친 미나도 로자 부인처럼 엘리베이터 없는 건물의 7층에 살았고 진행성 만성 질병인 당뇨에 시달렸기 때문이다. 가리는 이 부분과 관련하여 숱한 단서들을 흘렸다. "로자 아줌마의 부모가 무슨 일을 했었는지는 몰라도 폴란드에 살았다는 것은 확실하다."(『자기 앞의 생』) "로자 아줌마는 내게 (…) 가장 오래 전에 사용한 언어인 폴란드어로 이야기했다. (…) (로자 아줌마는) 엉덩이에 주사를 맞아야 하는 상태였다." 미나의 당뇨병을 상기시키는 대목이다. 모친의 위태로운 건강 상태로 인해 불안에 떨었던 로맹의 유년 시절을 떠올리게 하는 대목도 있다. "매일 아침 나는 로자 아줌마가 눈을 뜨는 것을 보며 행복해했다. 나는 밤이 몹시 두려웠고, 로자 아줌마 없이 혼자 남겨질지도 모른다는 생각에 와락 겁이 났다."

로자 부인이 죽기 위해 '유태인 구멍'에 자리 잡는 소설 말미에서 가리의 작품에 반복적으로 언급되는 단골 장소가 다시 나타난다. 구멍, 동굴, 은신처가 그것이다. 불문학자 안니 다얀로젠망Anny Dayan-Rosenman이 「로맹 가리의 '은신처들'Les "cachettes" de Romain Dary」(〈정신적 대면Confrontations psychiatriques〉 48호)에서 말했던 것처럼 "등장인물들이 좋은 날을 기다리며 안도감을 얻고 자아를 회복하고 상처를 동여매고 많은 경우 단지 살아남기 위해 도피하는 장소들"인 것이나. 『유럽의 교육』의 첫 페이지에서 야네크가 판 구덩이, 야네크가 모니에크를 발견한 지하실(이곳 또한 빨치산들의 지하 세계다),『징기스 콘의 춤』의 집단 구덩이 '유태인 구멍',『자기 앞의 생』의 로자 부인의 '유태인 구멍',『솔로몬 왕의 고뇌』에서 주인공이 전쟁 동안 4년을 보내는 샹젤리제의 지하실, 그리고 무엇보다 로맹의 기분에 따라 가리식 작품에 상징과 클리셰를 빌려준 모델 소설인『죽은 자들의 포도주』의 지하 묘지가 그것들이다. 대부분 유태인이 숨어 있는 저 무수한 은신처들에서 가장 먼저 연상되는 것은 유태인을 숨기고 있는 로맹의 육체다. 이 양면성은 그에게 뿌리에 대한 애착과 '피부에 들러붙은 단어'를 의미한다.

로자 부인의 '유태인 구멍'은 필시『죽은 자들의 포도주』중 **앙주 부인과 악취** 에피소드가 원천이 되었을 것이다. 앙주 부인은 과거에 매춘부였고 현재는 노에미라는 젊은 창녀를 관리하는 포주이며, 마리아 부인은 죽어가고 있다.『죽은 자들의 포도주』말미에 빈번하게 언급되는 악취는 죽은 것이나 다름없는 이 살아 있는 시체들의 세계를 거북하게 만든다. 로맹은 앙주 부인이 운영하는 매음굴로 우리를 이끈 뒤 죽음을 물리치기 위해 섹스와의 유사성으로 유희하는 곡예를 펼쳐 보인다. 노에미는 앙주 부인에게 이렇게 말한다. **"손님이 불평을 해서요. '이런 악취 속에서는 섹스할 수 없어!'"**

육체에서 풍기는 냄새 그리고 악취는『자기 앞의 생』서두에서 곧바로 언급된다. "향수를 좋아했던 로자 아줌마는 (…) 아주 나중 말고는 아줌마한테서 나쁜 냄새가 난 적은 단 한 번도 없었다."(『자기 앞의 생』) 가리는 이 나중에 나는 냄새, 즉 송장의 악취를 '자연의 법칙'이라고 부른다. 모모가 로자 부인에게 말한다. "아줌마는 분명히 살아 있어요. 비록 똥오줌을 싸긴 했지만 그게 바로 살아 있다는 증거예요. 산 사람들만 똥오줌을 싸니까요." 로자 부인의 임종 직전 이야기는 마리아 부인의 단말마와 매우 흡사하게 흘러간다. 모모가 말한다. "나는 다시 내려가 로자 아줌마와 함께 유태인 구멍 속에 틀어박혔다. 하지만 견딜 수 없었다. 남은 향수를 아줌마의 몸에 모조리 뿌렸지만 냄새가 가시지 않았다. (⋯) 사람들이 악취의 진원지를 찾아 문을 부수고 들어왔고, 아줌마 곁에 누워 있는 나를 발견했다. 사람 살려, 끔찍해라, 그들이 울부짖기 시작했다. 하지만 그 전엔 울부짖을 생각을 하지 못했다. 삶은 냄새가 없으니까."

가면의 생

마지막으로『죽은 자들의 포도주』를 가장 직접적으로 차용한 작품은『가면의 생』이다. 가리도『에밀 아자르의 삶과 죽음』에서 어릴 적 친구들도 알아본『가면의 생』의 두 대목, "매음굴에서 사부작거리는 경찰 벌레"와 "그리스도와 어린아이와 성냥"을 언급하며 이를 숨기지 않는다.『가면의 생』은 로맹 가리의 가장 감동적인 고백임이 분명하다. 로맹은『가면의 생』의 이중 필명하에(소설 속에서 그는 아자르이고, 아자르의 입장에서 감수성이 극도로 예민한 가리에 대해 이야기한다) 고삐를 놓아버리고, 자살할 때 남긴 스스로의 말처럼 "마침내 자신을 완전히 표현할" 수 있었다. 워낙에 독자의 관심이 낭시 가리의 조카로 알려졌던 신비로운 작가 에밀 아자르에게 쏠리는 바람에 삼촌을 향한 이 신랄한 펜을 로맹 가리 자신이 직접 들었으리라는 것은 상상할 수 없었다. 따라서 가리는 유년 시절의 메커니즘과 그에게는 늘 현재형인 『죽은 자들의 포도주』로 되돌아간다. 『죽은 자들의 포도주』의 기이함과 엉뚱함은 『가면의 생』의 아자르식 망상 속에 전혀 겉도는 법 없이 녹아든다.

처음으로 차용된 이야기는 **경찰들의 밤** 에피소드다. 1년에 단 한 번 경찰들에게 매음굴 출입이 허용되는 날을 묘사한 그 떠들썩하고 기상천외한 장면. 경찰들이 여기저기 스며드는 벌레 떼처럼 매음굴의 이곳저곳을 드나드는가 하면 벽을 기어오르다가 심지어 여인의 신체의 가장 비밀스러운 곳까지 침투한다. 이날 매음굴을 방문했던 한 해골이 다른 해골들에게 그날의 정황을 설명한다. **"우리는 올라갔어요. 계단이 경찰들로 빼곡했죠. 다들 곳곳에 퍼져 사랑할 차례를 기다리며 가없는 선의로 세상에 남자와 여자를, 그리고 경찰과 창녀를 창조한 위대하신 주를 찬양하고 성가를 부르느라 웅성댔죠."** 이 구절은 『가면의 생』에서 다음과 같이 보완된다. "또한 벽을 기어오르는 경찰도 있었지만 이들을 박멸시킬 방도가 전혀 없었다." 경찰 벌레들에 대한 이 '박멸'은 『죽은 자들의 포도주』의 '플릭톡스'를 연상시킨다. 표현도 거의 동일하다. **"침대에 거대한 경찰이, 마천루 같은 거인 경찰이 있었어요. 알몸인 채 온통 털이 무성한 그가 거대한 젤리 산이 출렁거리듯 딸꾹질을 하고, 땀을 뻘뻘 흘리고, 헐떡거리며 구시렁거렸죠."** 『죽은 자들의 포도주』의 이 단락이 『가면의 생』에서 다음과 같이 연결된다. "엄청나게 거대한 경찰이 몹시 권위적인 자세로 소파에 앉아 있었다……." 이 익살맞고 소란스러운 장면은 수프에 떨어진 머리

카락처럼 다른 어느 작품에든 갖다 붙일 수 있었겠지만 로맹이 『가면의 생』에 삽입한 정신착란 구절 한가운데서 정확한 제자리를 찾는다.

하지만 『가면의 생』에서 『죽은 자들의 포도주』를 문자 그대로 차용한 '그리스도와 어린아이와 성냥' 장면은 특히 빼어나게 아름답다. 이 장면은 가리 세계의 근원적인 테마들이 무수히 내포돼 있다. 그리스도의 구원 영역, 그리스도의 품에 안긴 어린아이(의심의 여지 없는 『가면의 생』의 모모), 청소년기부터 줄곧 로맹에게 내재된 마법사 기질 등.

『가면의 생』에서 모모가 그리스도 곁을 지키는 존재라면 『죽은 자들의 포도주』의 어린아이는 장면의 주인공이다. 어린아이가 보였다. 맨발이었고 체구에 비해 너무 큰 셔츠를 걸쳤다. 셔츠 속에 잠긴 듯한 모습이었다. (…) 커다란 검정색 십자가가 아이의 가슴을 눌렀다. 십자가 위에는 눈을 치뜬 그리스도가 있었는데 그리스도 또한 일렁이는 불꽃을 흥미롭게 바라보았다. 『죽은 자들의 포도주』의 불빛이 튤립이 들고 있는 성냥불빛이라면 『가면의 생』의 불빛은 희망의 불빛이다. "그들 둘 다 점점 타들어가 여느 때처럼 내(로맹/아자르) 손가락들을 데게 하려는 희망을 바라보았다……."

그 뒤에 이어지는 아이와 그리스도의 대화는 그야말로 문자 그대로 차용되었다. 아이가 말했다. "저 사람이 성냥불에 손가락을 델까요?"(『죽은 자들의 포도주』) "모모가 성냥을 바라보며 물었다. '저 사람이 성냥불에 손가락을 데지 않을까요?'"(『가면의 생』) 이 장면은 습관적 언어로 끝이 난다. 그리스도가 웃었다. "헤! 헤! 헤! (…) 이젠 나와의 내기가 어떤 거라는 걸 잘 알았겠지!"(『죽은 자들의 포도주』) "그리스도가 웃었다. '히, 히, 히! (…) 이젠 나와의 내기가 어떤 건지 잘 알았겠지!'"(『가면의 생』) 30년 남짓의 간극에도 불구하고 로맹은 첫 원고에서 단지 몇 개의 단어와 문장부호만 변경했을 뿐 아무것도 버리지 않았다.

만일 우리가 지금 가리/아자르 문제와 정체성을 숨기기 위한 가리의 노력을 제외하고 『가면의 생』을 읽는다면 아자르/파블로비치의 목소리를 빌려 자신을 표현하는 가장 진솔한 로맹의 고백과 마주하게 된다. "내 안에선 두 인물이 싸우고 있었다. 내가 아닌 인물과 내가 되고 싶지 않은 인물이."(『가면의 생』) 하지만 이 불가결한 변신은 이제 소용없게 되었다. "나는 아자르를 잊었다. 더는 그가 필요하지 않을 것이며 결코 더는 새로운 책을 쓰는 일도 없으리라는 것을 알았기 때문이다. 왜냐하면 나 자신이 되는 것이 이제 더는 고통스럽지 않을 테니까. (…) 이것은 내 마지막 책이다."『가면의 생』의 이 마지막 문장은 그 자신으로 완성된 여정의 증명이나 다름없다.

1974년

1974년에밀 아자르로 서명된 첫 작품 『그로칼랭』의 출간 연도을 기점으로 몇 년간, 우리는 아자르가 된 가리의 변신을 목도한다. 여기에는 여러 가지 정체성을 취하면서 평생토록 가리의 껍질에서 달아나고자 했던 젊은 로맹의 딜레마가 비쳐 보인다. 그의 시도는 새로운 육체, 즉 조카인 폴 파블로비치의 육체를 덧씌운 아자르를 통해 성공한다. 1974년, 『죽은 자들의 포도주』의 귀환은 가리가 아자르가 된 것이 아니라 외려 카체프가 되었음을 입증한다.

1974년에 가리는 예순 살이었다. 한없이 다중적이지만 종국엔 한없이 분열된 그에게, 아직 이런 표현이 의미가 있다면, 그가 마침내 '자기 자신이 되는 것'에 성공한 해다. 왜냐하면 거대한 퍼즐인 그는 끊임없이 자신의 퍼즐 조각들을 주워 모아 거기서 무언가를 생산해내려 했기 때문이다. 이것은 필시 그의 복합적인 성격 및 양극단적인 기질과 관련이 있을 것이다. 위대한 창조성은 종종 변덕스러운 기질과 관련이 있다는 것을 우리는 잘 알고 있지 않은가.

1974년은 사실상 1970년 말에 시작되었다. 진 세버그와 이혼한 뒤로 엄청난 고독과 절망과 불안이 로맹을 엄습했던 시기.(로맹 가리와 진 세버그는 1970년에 이혼했지만 둘 사이의 아들 알렉상드르 디에고 가리를 중심으로 매우 가까운 사이로 남았다.) 1960년 이후 가리는 갈리마르 출판사에 매우 규칙적인 리듬으로 1년에 한 권씩 원고를 보냈다. 그 절망의 시기가 계속되면서 기분도 들쑥날쑥한 가운데 가리는 문학 생산에 돌연 박차를 가하면서 두 권 또는 세 권, 때로는 네 권까지 동시에 작업했다. 1973년 3월부터 7월까지 가리는 마요르카 섬 푸에르토안드라츠에 있는 자신의 빌라에서 『그로칼랭』을 집필했고, 그사이 『스테파니의 얼굴들』이 프랑스어로 번역되었다. 6월에는 『마법사들』이, 이어 런던 퍼트넘 출판사에서 『영혼의 짐The Gasp』이 출간되었다. 9월에는 『스테파니의 얼굴들』을 프랑스어로 다시 썼으며, 어릴 적 친구인 프랑수아 봉디와의 가상 대담 형식을 띤 『밤은 고요하리라』를 끝마쳤다. 1974년과 1975년 초의 대변신을 위해 모든 것이 제자리를 잡았다. 가리의 작품 속에 『죽은 자들의 포도주』와 젊은 카체프가 귀환한 가운데 로맹은 각기 다른 이름으로 서점에 진열되었다. 출간 순서로 그 이름들을 열거하면 다음과 같다. 프랑수아 봉디, 샤탄 보가트, 프랑수아즈 로바, 로맹 가리, 에밀 아자르, 르네 드 빌.

5월 7일, 예순 살 무렵(가리는 5월 8일생이다)에 『밤은 고요하리라』가 출간되었는데, 〈르몽드〉 신문의 문학 담당 기자이자 비평가 자클린 피아티에Jacqueline Piatier는 이 책에서 "가리를 지배하는 끊임없는 정체성 변신 욕구"를 간파한다. 5월에는 여전히 갈리마르 출판사에서 샤탄 보가트의 이름으로 『스테파니의 얼굴들』이 출간되었고 이 책은 다시 프랑수아즈 로바(가리가 우선 영어로 썼다가 이어 프랑스어로 직접 번역한 이 소설의 가상 번역가)에 의해 영어로 번역되었다. 이로써 『스테파니의 얼굴들』은 작가와 번역가가 모두 가명으로 서명한 매우 특별한 소설이 되었다. 책의 판매율이 저조하자 편집자 클로드 갈리마르는 속임수를 밝히도록 가리를 설득하고, 가리는 한 달 뒤 '가명을 불태우는 것'을 받아들인다. 7월에 로맹 가리의 이름으로 『스테파니의 얼굴들』이 재출간되면서 커버에 장문의 고백이 담긴다. "나는 『스테파니의 얼굴들』을 쓰기 위해 가명을 택했다. 때로 정체성을 바꿀 필요를, 나 자신과 책으로부터 약간의 거리를 둘 필요를 느끼기 때문이다……." 여기서 이미 아자르의 목소리를 느꼈을 법도 하련만 아무도 가리가 같은 시기에 파리의 바크Bac 거리에서 남아메리카로 보내졌다고 여겨지는 『그로칼랭』 원고를 교정하고 있으리라고는 상상하지 못했다. 그렇게 『죽은 자들의 포도주』가 우회적으로 세상에 모습을 드러낸다.

가리는 봄을 타는 경향이 있다. 봄에 신경이 쇠약해지고, 가을에 정열과 기운이 넘친다. 『그로칼랭』이 출간되자 평단의 격찬이 쏟아졌으며 르노도상 후보로 거론되었다. 발각될지도 모른다는 두려움이 커져갔다. 가리는 아자르에게 모든 문학상을 거절하겠노라고 선언하게 했다. 10월, 가리의 불안증이 치료를 요할 정도로 심각해지는 바람에 베지네 병원에 입원하는 일이 잦아졌다. 그럼에도 불구하고 가리는 석 달 만에 아자르의 두 번째 소설 『돌들의 부드러움La tendresse des pierres』(『자기 앞의 생』)을 썼으며 『이 경계를 지나면 당신의 승차권은 유효하지 않다』를 끝마쳤다.

1975년도 똑같이 활발한 리듬으로 시작된다. 가리는 봄에 어릴 적 친구인 르네 아지드의 집이 있는 로르그에서 『돌들의 부드러움』을 끝내고 『가짜, 가짜Pseudo-Pseudo』(『가면의 생』)의 집필을 시작한다. 9월에 출간된 에밀 아자르의 『자기 앞의 생』으로 두 달 뒤 공쿠르상을 수상하며, 그사이 런던 콜린스 출판사에서 『스테파니의 얼굴들』 영어판인 『알라신에게 가는 직항 편Direct Flight to Allah』이 마지막 가명인 르네 드빌의 이름으로 출간된다. 1976년 〈르몽드〉와의 인터뷰에서 위대한 사기꾼 가리는 자신이 아자르일 수 없음을 이렇게 변론한다. "난 최근작 『이 경계를 지나면 당신의 승차권은 유효하지 않다』를 영어로 번역했고 희곡 한 편과 시나리오 한 편을 마쳤소. 이런 내가 어떻게 에밀 아자르의 소설을 쓸 시간이 난단 말이오?"

글을 마치며

익살스럽고 폭발적인 이 젊은 작가의 소설『죽은 자들의 포도주』는 한편으로는 내면에 간직되고, 잠재된, 거침없는 분노의 저장고이기도 하다. 우리가 인간의 영혼이라고 부르는 한없이 더럽고 저열하고 악취 나는 그 빌어먹을 것을 비난하는 젊은 카체프의 정맥 속엔 이미 가리의 수액이 흐르고 있었다. 그는 그 악취를 "신이 직접 중재한 두 사내 간의 협약의 증거"라며 비난한다. 자, 이제 우리에게 '죽은 자를 어떻게 자백시킬지' 설명하는 이 우화『죽은 자들의 포도주』에서 교훈을 얻어보기로 하자. "충고 하나 하지. 바깥세상에 나가면 신분을 들키고 몰매를 맞아 가루가 되고 싶지 않을 거 아냐, 안 그래? 그렇거들랑 잘 들어! 자연스럽게 행동해! 진심으로! 여전히 무덤 속인 것처럼 행동하란 말이야. 그럼 산 자들 중 누구도 속임수를 눈치채지 못할 테니까!"

필리프 브르노

276

가리 대신 돌아온 원고

1933년, 훗날 로맹 가리 또는 에밀 아자르로 전 세계에 알려질 열아홉 살의 법대생 로맹 카체프는 찬연한 햇살이 플라타너스 나무들 사이로 흐드러지는 프랑스 남부 엑상프로방스의 대로에 위치한 카페에서 『죽은 자들의 포도주』를 쓰기 시작한다. 4년 뒤 완성된 원고는 다수의 출판사들로부터 거절당한 채 완전히 잊히지만 작가와 함께 "온갖 전쟁이며 풍랑이며 대륙들"을 거치면서 작가의 인생 전체를 따라다닌다.

1992년, 드루오 호텔의 경매품 목록에 '로맹 카체프로 서명된 육필 원고—331장의 미제본 서류 뭉치'라고 소박하게 소개된 매물이 포함된다. 로맹이 젊은 날 짧고 깊게 사랑했던 스웨덴 출신 기자 크리스텔 쇠데룬드에게 사랑의 증표로서 선사한 것을 그제까지 간직했던 기자가 경매로 내놓은 것이다. 정신과 전문의이자 '레스프리 뒤 탕' 출판사의 문학 디렉터인 필리프 브르노는 출판사들의 치열한 경쟁을 예상하며 헛일 삼아 전화로 입찰한다. 그의 예상과 달리 출판사들은 벌 떼같이 달려들지 않았고, 그는 원고가 소개된 방식 못지않게 소박한 금액으로 원고를 손에 쥐었다. 바로 『죽은 자들의 포도주』를.

하지만 원고를 책으로 출간할 수는 없었다. 타이핑된 다른 버전을 소유하고 있던 로맹(과 여배우 진 세버그 사이)의 아들 디에고 가리가 출간을 거부했기 때문이다. 하여 브르노는 『가리/아자르의 잃어버린 원고Le manuscrit perdu Gary/Ajar』(레스프리 뒤 탕, 2005)라는 재치 있는 소설에서 수많은 괄호를 사용하여 『죽은 자들의 포도주』를 우회적으로 언급하고, 이 책의 서문에서처럼 『죽은 자들의 포도주』와 아자르의 작품들이 일치하는 부분들을 소개한다. 그에게 『죽은 자들의 포도주』는 가리가 아자르의 작품들에 살을 붙이기 위해 각각의 요소들을 캐내는 광맥이었다. 그는 그 요소들로 에밀 아자르에게 들씌운 수수께끼의 가면을 벗길 수 있으리라 생각했다. "내가 읽는 것은 더는 카체프의 작품이 아니었다. 나는 더는 가리를 읽는 것이 아니었다. 나는 세상에 모습을 드러내기 전의 아자르를 탐사하고 있었다. 어린 로맹이 아자르가 되어 부활하고 있었다."(『가리/아자르의 잃어버린 원고』)"

2014년 마침내 『죽은 자들의 포도주』가 필리프 브르노의 주도로 갈리마르 출판사에서 출간된다. 브르노는 적절하고도 빛나는 서문을 통해 『죽은 자들의 포도주』를 아자르의 작품들의 모태로서, '아이디어의 실험실'로서 소개하는 한편 로맹 가리 자신에 의해서나 연구자들에 의해서 다양한 방식으로 소개되었던 로맹 가리의 삶을 다시 한 번 요약하며 이 원고가 그의 삶과 문학에서 차지하는 위치를 설명한다.

이제 우리에게 가리의 최초의 원고가, 최초의 지표가 그의 작품 중 마지막으로 전달되었다. 미처 제본도 되지 않은 이 지표엔 유년 시절부터 들끓던 가리의 저항심과 부르주아계급에 대한 맹렬한 비판 정신, 삶과 죽음, 사랑이 정제되지 않은 채 자유분방하게 분출한다. 포도주에 취해 지하 묘지 밑바닥으로 굴러떨어진 튤립의 눈을 통해 기괴하고 익살스러운 이야기들이 펼쳐진다. 저열하고 잔혹하고 위선적이고 나약하고 우스꽝스럽고 추악하고 원색적인 해골들, 아니 인간 군상이 행렬한다. 무수한 피와 땀과 똥과 오줌과 정액, 요컨대 상상 가능한 온갖 분비물들 속에서 청년다운 수많은 느낌표들과 함께. 청년 가리가 노란 햇살이 쏟아지는 거리에서 불러낸 『죽은 자들의 포도주』의 유령들은 생기가 넘치고 '한결같이 우상파괴적인 가리의 유머'에 생명을 가진 해골들의 경직된 행동들에서 나오는 유머가 더해져 저 너머 세상의 기괴한 음산함과 유쾌한 발랄함이 조화를 이룬다. 그리고 일견 이상한 나라인 그곳에서 들려오는 소리는 이승과 다를 바 없는 "젠장, 젠장, 젠장, 랄라!"다.

튤립과 앨리스는 저 너머 세상에서, '거울의 이면' 이야기에서 돌아왔는데, 포도주 대신 입안에 들이민 총구의 방아쇠를 당겨 그쪽으로 넘어간 가리는 영영 돌아오지 않았다.

2018년 12월
장소미